U0926750

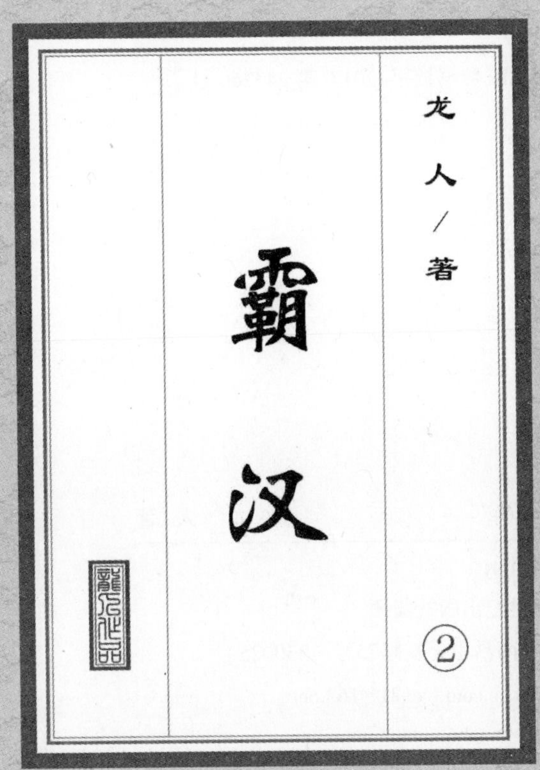

霸汉

龙人／著

②

二十一世纪出版社集团
21st Century Publishing Group
全国百佳出版社

图书在版编目（CIP）数据

霸汉：全 10 册 / 龙人著 . -- 南昌：二十一世纪出版社集团，2017.10

ISBN 978-7-5568-3101-2

Ⅰ . ①霸… Ⅱ . ①龙… Ⅲ . ①长篇历史小说－中国－当代 Ⅳ . ① I247.5

中国版本图书馆 CIP 数据核字 (2017) 第 243760 号

霸汉：全10册 龙　人　著

责任编辑 敖登格日乐
出版发行 二十一世纪出版社集团
（江西省南昌市子安路75号　330025）
www.21cccc.com　cc21@163.net
出 版 人 张秋林
经　　销 新华书店
印　　刷 北京龙跃印务有限公司
版　　次 2018年2月第1版　2018年2月第1次印刷
开　　本 710mm×1000mm　1/16
印　　张 160
字　　数 1600千
书　　号 ISBN 978-7-5568-3101-2
定　　价 498.00元（全10册）

赣版权登字—04—2017—743

如发现印装质量问题，请寄本社图书发行公司调换 0791-86524997

目　录

第十一章　锋芒初露

白玉兰一行的速度并不快，她并未乘马车，因去唐子乡并不远，也无多大急事，是以她只是坐着软轿而行。

乘轿自然要比坐马车舒服，马车的车厢封闭，在这种炎热的天气里如蒸笼似的，这并不好受，是以白玉兰选择乘轿。

轿篷四面敞开，只以竹杠抬着一张大软椅，在上面支起一个遮挡太阳的凉篷，软椅设垫足之处和扶手之处。

八名家丁抬轿，稳当至极，而白玉兰则薄纱长垂，玉扇轻摇，意态极为悠闲。在软轿前后，则是二十余名家将。喜儿乘马而行，余者也有数人乘马护在白玉兰的轿旁，剩下的则是步行。

到唐子乡的路途不远，步行也只要一个时辰左右。

当林渺诸人赶上来之时，白玉兰正欲出南城门。

守城的官兵对这些白府的人都恭敬至极，而对白小姐更是敬若天神，湖阳城中，谁人不知道白家小姐美若天仙，皆欲一睹其芳容，虽此刻白玉兰以薄纱轻遮，但仍能隐约窥见其姿容。

“小姐，他来了！”小晴快马赶到白玉兰的身边，轻声道。

白玉兰扭头望了快马而至的林渺和白良一眼，似乎并无多大表示，直到林渺的马与小晴并行之际，才向林渺点了点头。

林渺拱手行了一礼，却并没有说话。

众白府家将基本上都识得林渺，但白玉兰对林渺另眼相看让这些人有些不解。

到唐子乡的路很宽阔，因为唐子乡是宛城通往随城的必经之地，是以拥有极宽的驿道。

正因为唐子乡是一条要道，所以白家才选择此地作扎根之所。不过这里的地势并不平坦，若是沿淯水而下，倒是极为平坦之路，但向唐子乡方向，却已经接近桐柏山，其地多丘陵小峰、低谷，虽有官道，但却回环曲折于山谷坡崖之间。

林渺紧傍小晴而行，不时望白玉兰一眼，若不是因烈日当空，倒是一种极佳的享受。

八名家丁的脚程极快，八个人抬白玉兰一人，自不是什么累事。不过，这种天气倒确实有些热，尽管每个人头上都戴有草笠。

林渺倒想起了栲栳帮的那种打扮，只不过那些人都是戴着那种以柳条编织而成的斗笠。

一路上众人都无语，林渺找不到一个说话的对象，小晴也不跟他说话，或许只是因为白玉兰在场，是以大家都保持一种特殊的沉默，便是喜欢找林渺闲谈的白良也闭口不言。

“卖酒嘞……”林渺诸人正欲转过一个山坳，便听得前方传来货郎的吆喝声，夹杂着货郎鼓的清响，使得本来宁静的路上多了一点点生机。

“卖酒嘞……”货郎挑着一大担酒水在林渺诸人转身之后出现在眼前。

白府家丁有几人不由得回头望了望白玉兰，倒似乎对这货郎所担之酒大感兴趣。

林渺也狠狠地吸了一下鼻子，这酒香味极浓，仅老远闻一下，就让人感到精神大振。

小晴瞟了林渺一眼，见他那样子，不由得好笑地问道：“动心了是吗?”

林渺也笑道：“倒也不是，只是觉得很香而已。”

“如果你想喝的话，不妨去尝一碗。”白玉兰见林渺如此说，不由淡淡地道。

“那倒不用，府上不是有那么多美酒吗?”林渺否认道。

“这大热天的，喝喝酒解解暑吧，我这酒可是用荷花、高粱精酿而成，保证别无他家!”那货郎本欲自众人身边走过，但听林渺和白玉兰的对话，忙道。

“货郎，给他们每人盛一碗!”白玉兰扭头向货郎唤道。

“谢小姐!”白良诸人大喜，没想到白玉兰如此慷慨，他们嗅到那酒香早就忍不住了，白玉兰如此一说，正合他们的心意。

“小姐真是菩萨心肠!”那货郎也大喜，就因为白玉兰这一句话，便让他多了一笔生意。

林渺也不客气，只是那八名抬轿之人却不敢放下轿子，他们只盼那群兄弟快喝完来接替他们。

“嗯，好香!”林渺对这浓浓的酒香大加赞赏，迫不及待地欲喝上两口。

“大家慢慢来，别急，这些够大家喝的!”货郎见众人纷纷抢着喝，都浪费了很多，不由得叫道。

哪里有人会理会这货郎的叫嚷，林渺也喝了大大的一碗。入口甘冽，确实是上佳好酒，只是酒中似乎仍美中不足地带点说不出的味道，似茴香的味道，但又不全是，这种味道并不明显，若不是林渺这种刁嘴的酒鬼，只怕还品不出来。

“这酒的味道真爽!”白良拍着林渺的肩膀，畅快地道。

林渺点头首肯，但是他却发现白良的脸色似乎突地微微变了变。

“好强的后劲，只喝他妈的一碗便有些头晕了!”白良怔了一下，有些迷糊地道。

林渺一呆，他感到白良搭在他肩头的手软了下去，竟踉跄欲倒，不仅如此，那群喝了酒的家将都仿佛醉了。

“唉，让你们不要抢着喝这么多，你们就是不听，我这酒的后劲可强了!”

“你在酒里下了药!”林渺突然惊呼，似乎顿时明白了什么。

货郎一听林渺如此说，微惊之下，突地露出一丝狞笑，抬手“轰……”地一掌印在林渺的胸前。

林渺惨哼着飞跌而出，这货郎的掌劲惊人!

白良诸人更是大惊，但此刻他们根本就没有出手之力，虽然众人惊呼怒吼，但却很快地软倒在地。

小晴大惊，掉转马头便向林渺飞跌而出的方向冲去，“快送小姐走!”同时高喝。

那八名抬轿的家丁也大吃一惊，立刻分出四人向货郎扑去。

“嗖嗖……”一簇劲箭自两边的密草丛中射出。

小晴大惊之下，翻身落马贴地倒滚，胯下之马惨嘶而倒，那四名家丁在全无防备之下尽数中箭而亡。

小晴刚起身，蓦地觉得脖子上一寒，那货郎的刀竟已架在她的脖子之上。

“呼……”白玉兰坐下的抬椅的竹杠劲射而出，直袭向密草丛。

“呀……”草丛之中传出一声惨叫之声，白玉兰已如彩蝶一般自软椅上掠飞而出，直袭向那货郎。

白玉兰竟也是个高手!

货郎并不意外，却并不与白玉兰交锋，而是带着小晴疾速倒退。

白玉兰怒喝：“恶贼，纳命来!”袖间飘出一截如霓虹般的彩绸。

“白小姐的火气真大!”一声轻笑之际，白玉兰蓦地惊觉已有一人挡在她与那货郎之间。

“砰……”白玉兰的飞袖竟被那横插而入的人挡住了。

白玉兰落地，微退两步，那接她一招之人却跌出了四步之多。

“如果白小姐还想要她的命的话，最好不要太冲动!”那货郎见白玉兰又再抢攻，忙呼道。

白玉兰大怒，可是却无可奈何，小晴与她情同姐妹，她自不敢拿小晴的命做赌注，只得停手。

“小姐!”喜儿也忙赶到白玉兰的身边，而两边草丛之中竟蹿出了二十余人，所有人的箭头都指向白玉兰。

“白小姐的武功确实令在下佩服!”说话之人正是与白玉兰交手者。

此人年纪二十上下，颇有几分书生气，但挂在脸上那邪邪的笑容和那色迷迷的眼神却让人感到极为恶心。

“你是什么人?”白玉兰变得极为冷静，似乎根本就没有感觉到四面相对的弩箭。

“小姐！你快走，不要管我!”小晴大恨，她没有料到自己竟会落入这些人的陷阱之中，也大急，刚才她是关心林渺的安全，却忽视了周围的埋伏。

“我是什么人并不重要，我们并不想伤害白小姐!”那年轻人双手操在一起，以他自以为潇洒的动作耸了耸肩。

那四名抬轿的家丁全都护在白玉兰的身边，神情极为紧张地紧握兵刃警惕地注视着周围的箭手。

“那你们究竟想怎样?”白玉兰冷冷问道，她明白，此刻若想自这些箭下逸走，绝非易事。

“我们只是想请白小姐跟我们走一趟而已。”年轻人眼里闪着一丝怪异的神采。

“休想!”喜儿大怒。

“如果你们自认为可以躲得过这些劲箭的话，那也无妨!”年轻人冷笑道。

喜儿手中长剑一摆，却被白玉兰拉住。

“识时务者为俊杰！白小姐是明事理之人，无谓的挣扎是没有用的。”

“至少，你得告诉我是什么人想见我。”白玉兰淡然问道。

“想见你的人是太白先生，我只是奉命而为。告诉白小姐这么多应该够了吧？”年轻人反问道。

“太白先生？名不见经传之辈！”喜儿不屑地道。

白玉兰的脸色却微变，她并没有像喜儿那样认为。

那年轻人听喜儿如此一说，顿时脸色也变了。

“没想到你们竟是那臭道士的走狗！”小晴不屑地道。

“你的嘴最好干净一些，否则老夫会让你再也说不了话！”那货郎狠声道。

“哼！别人怕那杂毛，你以为你可以拿来吓得了我吗？”小晴毫无惧色地道。

“那我就让你试……”那货郎还没有说完，却突觉脖子一紧。

白玉兰和喜儿同时出手！

“嗖……”所有的箭全都向货郎方向射去！这只是因为货郎的身后突然蹦起一人，这人使本来心神紧张的箭手立刻以他为目标松开了手中的弦。

当然，这是因为每位箭手都感受到这突然蹦起之人对货郎的威胁，他们几乎来不及出口提醒货郎什么，因此只好以手中的劲箭以最快的速度解决这突然出手之人。

货郎手中的刀还没来得及划破小晴的脖子，全身已如电击一般僵直，惨哼之声犹未发出，他的身子已被抛出，撞向一旁放箭的箭手，不仅成了一面盾牌，更成了一种特殊的武器。

小晴似乎早已有感此异变发生，在货郎手臂一僵之际，滚身滑至那倒地的死马之旁，不过，尽管她的速度够快，但肩头仍是中了一箭。

出手之人是林渺，货郎绝没想到这个中了他一掌的人竟成了他致命的杀手。

林渺半丝都不敢迟疑，身子附在那货郎的躯体之后，滚落至那曾与白玉兰交手的年轻人身边。

那群箭手的箭势本就比较集中，只是怕误伤了货郎和那年轻人，是以只要林渺能以最快的速度脱开被箭笼罩的小范围，就不惧箭势的威胁了。

“呀……”那货郎惨号之下，身体连中十箭，重重地落地。白玉兰和喜儿则以极速冲向草丛之中的箭手，在他们还没有来得及准备第二支箭时，白玉兰已然攻至他们的眼前。

那年轻人大吃一惊，林渺的速度实在太快，当他发觉之时，林渺已经滚到了他的脚下。

“呛……”年轻人袖间滑出一道亮光。

林渺正欲弹身而攻，但这年轻人出剑的速度也让他惊讶，而且这一剑的角度和方位几乎封锁了他所有可以进攻的方向，这使他不得不退。

年轻人手中剑光暴涨，洒成漫天星雨，自四面飘向林渺，不让林渺有半丝喘息的机会。

林渺的动作够快，但这年轻人的剑也绝不慢，而且剑法之精妙使人有种无从下手的感觉，尽管林渺的目力惊人。

“接刀!”小晴见林渺空手几无还击之力，不由得急忙将手中的刀抛出。

林渺心喜，迅速接刀，仅凭感觉急忙划出。

“叮……”那年轻人的长剑绕过一道优美的弧线，绞在林渺的刀身之上，蓦觉剑身一轻，林渺手中的刀竟然被绞飞，心神不由得微微一怔。

便在那年轻人微怔之际，林渺的手掌已以快得不可思议的速度破入剑网之中。

“砰……”那年轻人惨哼一声，手腕被林渺劈了一掌，几乎骨折，手中的剑“哐啷……”一声落地。

“砰……”林渺绝不会给对方任何喘息的机会，紧接着一脚狠狠地踢在对方的小腹之上。

那年轻人哪里抗拒得了来自林渺脚上的那股巨大力量，差点五脏俱裂。

“嗖……”林渺正欲上前，侧面一支冷箭却重重地钉入他的肩头，不禁惨哼一声飞扑向那倒地的年轻人。

“梁渺！”小晴大急，也不顾自己肩头中箭，拾起兵刃便向路边伏击的箭手杀去。

路边的战局已是混战之势，白玉兰和喜儿及四名家丁与那群箭手杀成一团，这种近距离相搏，弓箭全无用处，同时也是害怕误伤了自己人。

林渺一把揪住那已经没有半点还手之力的年轻人高声喝道：“你们再不住手，我就杀死这贱种！”

那群欲上来围攻林渺的箭手一时犹豫了起来。

“只要完成任务，牺牲谁都没有关系！”箭手之中突地有人高喝道。

“给我上，只要杀了这臭小子，为柳公子报仇就行了。”一名箭手自背后拔出一根短戟，呼喝道。

林渺见此计行不通，不由得心中暗怒，忖道：“妈的，要老子的命，老子难道还怕你们这群杂毛不成！”

“看来老子今天是要大开杀戒了！”林渺一挥臂，重扫在那年轻人的脑袋之上，便听的一声颈骨折断的声音，可怜这年轻剑手连惨哼声都没有来得及发出便冤死在林渺的铁臂之下。

“杀！”那群人见林渺真的杀死了那年轻剑手，不由得都红了眼，怒吼道。

“妈的！”林渺伸手连皮带肉地拔出射入肩头的箭，也顾不上钻心剧痛，退身竟抓起一根两丈余长、用来抬轿的粗竹杠。

“我让你们知道老子不好惹！”林渺将长竹杠以万夫莫挡之势横扫而

出，竹杠所过之处，风雷隐隐，草木尽折。

如此声势只让那群箭手脸色都变了。

剧痛，对于林渺来说，根本就算不得什么，他尝过比这箭伤更痛一百倍的滋味，但他仍活了过来，那火怪和风痴的折磨已使他对其他任何痛苦没有畏惧。对于他来说，那时所受的痛苦已经达到了一种极限，是以，在箭伤之下，他仍能使出如此狂猛的一击。

“砰砰……”挡者披靡，无论是撞上竹杠的人还是兵刃，都如弹丸一般被弹了出去，没有人能抗拒林渺的神力。

小晴呆住了，她本欲上前给林渺助阵，却没想到林渺会用如此长而笨的粗竹竿作兵刃，而且拥有如此强的威力。这些人便像是摧枯拉朽一般倒下、跌出，轻者骨折，重者吐血。

根本就没有人能够逼近林渺。

林渺微愕，这些人似乎比他想象的更不经打。他却没有想到，自己所怀的功力如此之强，尽管不会武功招式，但这挥棒的力量是何其强霸，这些人只是山寨中的喽啰，自然是难以抗拒了。

林渺奋力横扫仅三下，身前便已看不到站立的人，有的已吓破了胆掉头就跑，有的躺在地上只有呻吟的份，哪还有再战之力？

另一边白玉兰诸人也微怔，不过，与那群箭手的缠斗也极麻烦，所以她并没有时间观看林渺的搏杀英姿。

“你们这群小毛贼，也敢在这里撒野，今日就让你们有来无回！”林渺长竹杠一横，便向路边的坡上冲去。

那群箭手哪里会没有看到林渺那勇不可挡的竹杠？此刻见林渺冲了上来，而白玉兰和喜儿及那四名家丁也难缠得紧，哪敢再战？大声呼道：“风紧……”

待林渺冲上矮坡，这群人已经全都掉头跑了。

喜儿和那四名家丁欲追，却被白玉兰喝止了。

“梁渺……”小晴突地在坡下传来一声尖叫！

林渺和白玉兰回头，却见一道红影如一道霓虹般飞掠而过，伴着一缕青霞幽光。

“杀手残血！”林渺脱口惊呼，惊呼之间，不顾坡陡，飞身向那红影纵去，同时长竹杠以雷霆万钧之势直劈向那正掠向小晴的杀手残血。

小晴急退，白玉兰和喜儿却呆住了，不是因为杀手残血那快捷无伦且诡异莫名的身法，更不是对小晴的担心，却是因为林渺那飞扑而下的身法。

虚空之中，林渺竟像一只滑翔的大鹰，自坡顶到坡下那近十丈的距离加上至少有五丈高的高度，林渺竟双手抡动竹杠，不顾一切地飞扑而下，而那在空中所凝聚的气势仿佛可开天劈地，风雷大作。

白玉兰和喜儿正是被林渺这种气势所慑，更被林渺超乎寻常的攻击所震慑。

小晴只觉剑气已将她全身紧裹，如一只无形的大手紧揪着她的心神，无论她如何退，都始终摆脱不了来自杀手残血的死亡阴影。而且那种死亡的感觉越来越明显，她知道杀手残血要杀她，这种无法摆脱的死亡阴影使她的精神几近崩溃。她没有想过世上会有如此可怕的剑招，会有如此可怕的杀手，她几乎闭上了眼睛等待死亡的降临。而也在此时，她突然感到呼吸困难，另一种沉重的压力自天降下，如一个巨大的气罩。

“休要伤她！”林渺的巨喝惊醒了小晴，她睁眼之时，林渺带着那根竹杠，以开天劈地之势自虚空中泻下，那让她窒息的压力便是来自林渺，而并非杀手残血。

“轰……”杀手残血的攻击步伐刹那顿住，他无法避开林渺这看似简单，却又避无可避的一击。

小晴终于看清了这个可怕对手的面容：苍白、冷酷、瘦削，却拥有一双忧郁得让人心碎的眼睛……

一切似乎在刹那间静止，天与地，山与水，风与人，静止在竹杠与剑相交的那一瞬间，但仅一瞬而已，天地再次变得爆烈、狂野。

巨大的冲击力以杠、剑相交点为中心向四面辐射，泥沙飞射，草木尽折，在虚空中尚未落地的林渺竟被再次弹起，手中长竹杠的最前方丈余处断开，而后又爆成七截……

杀手残血"蹬蹬……"连退七步，手臂与剑在空中划过一道美丽凄艳的弧迹，却没入背后不见，旋又一声悲啸，在所有人都怔愕之际，如一道残虹般掠过另外一道山坡，犹如空气般消失不见。

林渺坠落地上，一个踉跄，却以断竹杠拄地稳住身形，目光望着杀手残血所去的方向，竟显出一丝迷茫而呆痴的神色。

小晴也好久都没有回过神来，白玉兰和喜儿则匆忙赶下山坡，关心地问道："梁渺，你没事吧？"

林渺这才回过神来，发现白玉兰的斗篷已经不见了，一双凤眸之中透着关切之色，心中不由得微微一荡，吁了口气道："我没事。"随即转向小晴道："你没事吧？"

"我没事，幸亏你救了我！"小晴捂着肩头的箭伤跑了过来，感激地道。

"你受伤了？"喜儿见林渺的肩头血流不止，不由吃惊地道。

"中了一箭，不过没什么大碍！"林渺抛去手中的长竹杠，眉头皱了一下，似乎这才感觉到了那钻心的剧痛。

"晴儿快给他包扎一下。"白玉兰提醒道，旋又惊道："晴儿也受伤了，还是我来吧！"

"怎敢有劳小姐？"林渺有些意外，但话音未落，白玉兰已经自喜儿手中接过了金创药，撕开林渺肩头染血的衣衫，丝毫不避男女之嫌地为其上药，并扯出一块纱布为其紧紧缠上。

林渺心中涌起一种异样的感觉，喜儿却已在为小晴包扎伤口了。

"小姐，这些贼人全都死了！"一名家丁惊呼了一声，使林渺的注意力不由得转到现实中来。

林渺大感意外，他知道，自己刚才绝对没有将这些人全部杀死，最多只是使这些人内腑受伤、骨折之类，丧失了战斗力而已，这也是他刻意留下活口的缘故。是以此刻听那些家丁如此说，他不由得还真吃了一惊。

白玉兰也微微回过神来，这还是她第一次为一个异性包扎伤口，虽然她的表情很平静，可内心同样难免生出一种异样的感觉。尤其自林渺的体内似乎散发出一股让人心悸的生机，似是张狂的热力，使得她的脸有些发烫，心在发热。

林渺道了声“谢谢”，便赶到那些被他竹杠击倒的人身边，只见本来呻吟不断的贼人一个个都成了冰冷没有半点生机的尸体，每个人的眉心都有一条淡淡的红迹，是一串细密的血沫所凝而成。十余具尸体，十余道血痕，长宽一致，窄细如线。

“好狠好可怕的剑法！”白玉兰深深地倒抽了一口凉气道。

“是残血干的！”小晴无可奈何地道。

“除了他，这里还会有谁有如此可怕的剑法呢？”白玉兰吁了口气道。

“他为什么要杀这些没有还手之力的人呢？”喜儿不由得惑然问道。

“杀人灭口，如果我估计没错的话，这些人也许根本就不是太白顶派来的人！”林渺吸了口气道。

“你为什么有这样的想法？”白玉兰讶异问道，小晴也似乎在思索着某个问题。

“首先，他们对小姐的行踪掌握得如此清楚，这是值得怀疑的一点，只看他们的准备，根本无仓促之嫌，也便是说，他们是有备而来，而且知道小姐会在这个时候去唐子乡。其次，残血为什么要杀人灭口？难道他还会怕我们知道什么吗？而又有什么重要的事是我们不可以知道的呢？如果他们是太白顶的人，根本就不怕我们知道，因为我们本已知晓了这一点。所以，他们很可能是太白顶之外的一股力量，而这股力量又害怕我们知晓。当然，这股力量绝对与杀手残血有关！”林渺肃然道。

“嗯，可是杀手残血本身就是一个谜一般的人物，我们根本就无从查起，那这股力量我们又如何查证呢?”白玉兰微微皱眉道。

“这个可能还得自湖阳世家内部查起了。”林渺想了想道。

“你是说我们府内出了内奸?”喜儿惊讶问道。

“林渺所说确有可能，我们应从府内查起！”白玉兰肃然道。

林渺不再出声，却去查探白良诸人是中了什么毒。让他放心的是，这些人只不过是被一种烈性迷药迷昏而已。

喜儿看林渺的眼光有些怪异，她似乎并没有忘记林渺刚才与杀手残血的那惊人一击。

小晴看林渺的眼光也有些怪异，但却绝不是与喜儿内心所想一样，而是一种温柔且欣慰的神采。

“原来你是一个深藏不露的高手！”白玉兰的声音有些冷涩。

林渺知道这个问题终究会来临的，这也是他不可回避的问题，不过此刻似乎来得快了一些。

“我并没有刻意隐藏，同时我也并不觉得自己是个高手，如我这等身手之人，天下之大，何其之多?便是在白府之中也比比皆是，若真的叫深藏不露，今天我就绝不会如此张扬了！”林渺淡然道，对于白玉兰的态度，他似乎并不在意。

白玉兰似乎在揣度林渺此话的真伪，半晌才突然道：“你与赤眉三老有什么关系?”

“没有关系！”林渺回答得十分干脆。

“我还是那句话，如果小姐真的不相信我，我也无话可说，留在白家，是因为有感小姐抛木之恩，我并不图什么！”林渺微微傲然道。

“但你对我说的话不尽其实，以你的身手，根本就不会是个渔夫！”白玉兰仍冷冷道。

林渺淡淡一笑，抬头扫了白玉兰和她身边的几名俏婢一眼，见小晴的眼中有些无奈，不由得心头一软，吸了口气，笑了笑道："是的，我说的话是不尽其实，但却是有不得已的苦衷，并非故意蒙骗小姐。"

"不得已的苦衷？我倒想知道你有什么苦衷。"白玉兰显然对林渺承认当初骗她很是恼火。

林渺心中暗怒，冷冷一笑道："不错，我并非渔夫，更不是梁渺，如果小姐很想知道的话，我可以告诉小姐，我就是安众侯以五百两银子通缉的要犯林渺！正是我杀了宛城都统的儿子孔庸！这便是我为什么不得不化名梁渺的原因，也是我不敢暴露身份的苦衷！"

顿了顿，林渺又道："如果小姐要将我移交官府，我不反抗！"

喜儿和小晴全都呆住了，几人都极为讶异地打量着林渺，白玉兰久久不能出声。

"不是五百两，而是三千两，能拿你人头者，可获白银三千两！"小晴突然道。

林渺笑了，不由得自嘲道："原来我的人头会这么值钱，看来我真该高兴才是。"

白玉兰半晌后才深深地吸了口气，淡然问道："你为什么要杀孔庸？"

林渺的眸子里射出一缕黯然之色，凄然道："因为他逼死了我最心爱的人，所以他必须偿命！"

白玉兰、小晴与林渺的眼神一触，皆不由自主地感到心神大震，她们完全可以感受到林渺内心那种刻骨铭心的痛，那根本就不需要用言语表述。

"对不起，我不该问这些，是我错怪了你！"白玉兰的语气一软，柔声道。

林渺自悲伤之中回过神来，涩然道："你和我是处在两种不同的立场，你怀疑我是因为我值得怀疑，一切都已经过去了，如果小姐不将我送官的话，那我便走了！”

林渺说完转身便向门外行去。

“你去哪儿？”白玉兰惊问道。

“天大地大，何处不能容我？虽是王莽的钦犯，但天下有太多王莽管不来的地方，既然湖阳世家不是容身之所，我可以浪迹天涯，做个闲云野鹤之人也会快哉！”

林渺说完不再理会白玉兰诸人，掀开门帘，便行了出去。

“梁渺，等等……”小晴大急，也不等白玉兰示意，便大步追了出来。

林渺行至后院的花园，顿住，对于小晴，他有一份特殊的好感，那是因为她有一种特别的聪慧和灵质。或许，那是因为她是凭直觉而活的原因吧。

“晴儿不用再说什么了。”林渺淡淡地道。

小晴追到林渺的身边，拉住他的衣袖，急切地问道：“你真的要走？”

“我是朝廷钦犯，在这里只会连累你们白家，难道你愿意看到白家受到牵连？”林渺淡然反问道。

“你也太小视我湖阳世家了，你以为在我们的家族中只有你一个钦犯吗？便是官府知道你就是钦犯林渺，又敢怎样？此刻南阳根本就不在官府的管辖之内，试问谁敢来惹白家？”小晴微急道。

林渺不由得笑了笑，却并没有作什么表示，仅仅望了望天空，深深地吁了口气道：“我并不是一个喜欢受到太多束缚的人，虽然我出身低微，但从来都不想委屈自己的尊严和人格。你应该知道，当一个人被别人当贼看的时候，那并不是一种很好的滋味，我并不欠白家的，也无求什么，是以我不想……”

“难道就没有任何东西值得你留在白府吗？”小晴无限期待地望着林渺，有些幽怨地打断林渺的话，小心翼翼地问道。

林渺心头一震，目光深深地射入小晴的眸子里，心中仿佛有些莫名的感动，他怎会不明白小晴的话意？可是，他能接受对方的这份情意吗？尽管他对小晴并不是没有好感，但这跟男女之间的爱情似乎并不完全相同，虽然他不需要因为梁心仪的死去背负什么承诺，可是此时此刻他能接受对方的情意吗？

林渺不由得叹了口气，道："也许有！可是人在江湖，身不由己，湖阳世家并非等闲之地，以我的心性，此处只怕容我不下！"

"其实小姐很欣赏你，但为了家族的利益，她才不能不慎重，可是眼下事情已经澄清，她已经向你道了歉，难道你就不可以退一步吗？"小晴有些微微忿然地问道。

林渺默不作声。

小晴心中有些气恼，又道："我觉得你应该不是一个没有度量的人，在我的观点之中，男人要有傲气，要有傲骨，否则只会失去其人格的魅力，但是大丈夫不应常记小节，常记小过，更应该设身处地的为别人着想，站在别人的立场之上体谅别人，这叫仁。我喜欢你的傲骨，可你总不能为一些小事就常以清高自居呀，小姐乃女流之辈，知错尚能抱之以歉意，你身为大丈夫，却无此容人之量吗？"

林渺被小晴这样一说，脸色骤变，但他却没有说话，只是平静地盯着对方。

"大丈夫，能屈能伸，忍常人所不能忍。真的，晴儿很希望你能留下，相信你绝对不是一个鼠肚鸡肠之人，就当是为了晴儿，好吗？"小晴苦口婆心地道，她眸子里充满了热切的期待，仿佛不在意林渺会因她的话而拂袖走人，她似乎很相信……

林渺心中涌出了百般滋味，知道小晴此话之中所包含的感情，这番话真诚而又有如巨石惊澜般的分量。

林渺没有愤怒，只有感动和惭愧，他不由自主地将双手搭在小晴微显瘦小的双肩上，愧疚而感激地道："谢谢晴儿此番当头棒喝，骂得好，如果林渺仍故作矫情，只怕天下人都会耻笑于我了……"

"我们欢迎你留下来！"白玉兰也掀开帘幕，悠然道。

林渺和小晴不由得一齐扭头向白玉兰望去，旋又转头对视，同时露出一丝会心的笑意。

"一切都不用说了，从今天起，你将真正成为白府的一员，没有人敢再当你是外人，除非有一天你要离此地远去！"白玉兰温柔地道，隔着深纱，仍可见其泛起的温柔至极的浅笑。

白玉兰在路上受到袭击之事在白家引起了极大的震动，居然有人敢一而再再而三地对付白玉兰，这让白家的老太爷白鹰大为恼火。

白鹰对这个孙女最是疼爱，视之为掌上明珠，可是这些日子来先是伏牛山的栲栳帮欲劫持孙女，现在又是太白顶的人，这使多年不问家事的白鹰也动了杀机。

林渺此次是救白玉兰的功臣，自是受到白家热情的欢迎。在白家这种求才若渴之际，林渺的出现，倒确实引起了白鹰注意。

白鹰得知林渺似乎与小晴的关系很好，更是高兴，至少这样更能拉拢这个年轻人。他亦是人老成精，知道如何笼络人心，是以他倒很乐意让小晴拴住林渺。

当然，这只是白鹰自己的想法，林渺是否会如此想却是另外一回事。

"年轻人，你想要什么奖赏？"白鹰亲自召见林渺，可谓是对林渺极为优待了。作为一个家丁，得白鹰如此之问，更是一件值得骄傲的事。

白鹰已经知道林渺的来历，乃是朝中的钦犯，但这一切已经不重要，反而使得白家更重视这个人。

林渺倒不知道该怎么回答，他需要什么奖赏呢？望着这位脸如铁铸、须发斑白的老者，他犹豫地望了一下白玉兰，但白玉兰只是含笑望着他。

“保护小姐安危是小的职责，何谈奖赏？小人无所求！”林渺肃然道。

“呵呵……”白鹰捋须而笑，朗声道：“很好，居功不傲，你知道为什么老夫要亲自召见你吗？”

林渺摇了摇头，道：“老太爷的心意，小的不敢乱猜，而且也猜不到。”

“老夫见你，只是想看看你这个可以与南阳第一俊杰刘秀称兄道弟的人究竟是怎样的一个人物！”

白鹰的话让林渺吃了一惊，心下愕然，忖道：“谁说我跟刘秀称兄道弟了？”

“邓禹今日也来了唐子乡，此刻正在敝府做客，他听说你在这里，甚是欢喜，这些都是他说的。”白玉兰突然开口道。

“邓禹来了?!”林渺大愕，随即大喜，竟失声反问。

白玉兰和白鹰诸人不由得都笑了，他们倒不会怪林渺的失礼之处。自林渺的表情之中，他们可以看出林渺的身份绝没有假，而传闻邓禹、林渺、刘秀这三个人的关系特殊也绝不会有假。

“不错，待会儿老夫便可让人带你去见他，不过，老夫很希望你能够留在我湖阳世家。当然，如果你执意要离开这里，与邓禹另谋发展，老夫也绝不阻拦，毕竟，年轻人有自己的主见。”白鹰突然极为客气地道。

林渺不由得微怔，白鹰说得竟如此直截了当，而且此话自湖阳世家老太爷的口中说出来，其分量自是更不容小觑，也让林渺感到这个老人对他所抱的期待极高极大，如果他仍要离湖阳世家而去的话，那确实对不起这位老人的知遇之恩了。

“老太爷何说此话？蒙老太爷赏识，林渺便是肝脑涂地也要为湖阳世家出力，古人有士为知己者死，林渺一介草民，得太爷、小姐和老爷看得起，岂是不知感恩之辈？”林渺表情肃然，语态诚恳地单膝跪地道。

“呵呵……”老太爷白鹰起身伸手相扶，欢喜地拍了拍林渺的肩头，对他似乎甚是喜爱，道：“好，以后湖阳世家便是你的家，不必自称小的之类了，待会儿和邓禹聊过之后，便让玉兰带你来见我，我有事想找你谈!”

“谢谢太爷赏识，林渺知道该怎么做!”林渺诚恳地道。

白鹰点了点头，道：“很好，让玉兰带你去见邓禹吧!”

邓禹依然是那般神采飞扬，舌辩如簧，白府之中的许多食客及几位南阳的豪客也在客厅之中。

林渺很远便听到了邓禹的辩论之声，他早就知道，邓禹在宛城之时便已是南阳有名的才子，与刘秀同游长安，可谓满腹经纶，文武全才，在南阳之地有很多人都极为推崇其才学。尽管他年纪轻轻，可是无论到哪里都受到上宾的礼遇，包括湖阳世家也不例外。

“不知邓公子对今文经学又有什么高见呢?”有人问道。

“我在长安之时，曾听刘歆大夫谈过这样一些话，不妨说给大家听听，‘往者缀学之士，不思废绝之阙，苟因陋就寡，分文析字，烦言碎辞，学者罢老，且不能究其一艺。信口说而背传记，是末师而非往古。至于国家将有大事，若立辟雍、封禅、巡狩之仪，则幽冥而莫知其原，犹欲保残守残，挟恐见破之私意，而亡从善服义之公心。或怀嫉妒，不考情实，雷同相从，随声是非’。我觉得这段话讲得非常精辟，今文经学派于繁琐说经的同时，甚至疲老不能究一经，抱残守缺，目光短浅，死抱着师法，拒绝进步……”

“邓公子说得太武断了一些吧?难道董仲舒大宗师也是抱残守缺、目光短浅、拒绝进步吗?”一人有些愤然地打断邓禹的话道，他乃是南阳大儒董仪。

客厅之中的许多人都知道董仪乃是董仲舒大宗师的后人，极推崇今文经学。谁都知道邓禹的话激怒了这位大儒，事实上客厅之中仍有许多人都崇尚今文经学，邓禹这番话，确使许多人听起来极为不舒服，但也有几个向往古文之经学，因此对邓禹之说大感快慰。

“董仲舒大宗师当然不是抱残守缺、目光短浅、拒绝进步之辈。”众人正在担心邓禹如何解释的当儿，自客厅门外传来了一阵极为洪亮的声音。

白玉兰和林渺及小晴大步行入客厅，说话之人竟是林渺。

白玉兰本来对邓禹那一番话大为震动，却没想到身边的林渺竟然突地开口，人未入门，声音已经送了出去，一时之间，她也不知道该如何说。

林渺与白玉兰步入客厅，立刻吸引了所有人的目光，一来是因为林渺的话，二来是因为白玉兰那虚掩于轻纱之后的绝世姿容。

邓禹一见林渺，不由得大喜，立身快步相迎，竟不理白玉兰的问候，与林渺搭肩激动地道：“想不到你仍活在世上逍遥自在，也不知骗得多少人为你伤心，真是该罚三坛烈酒呀！”

“本来已见到阎王的面了，但想到邓兄那里还有三大坛烈酒没喝，一不小心又活了过来，所以请邓兄那三坛烈酒不要这么快给我喝，否则下次要见阎王就没有牵挂，那可真去了！”林渺再见故人，心怀大畅，拥着邓禹的肩头爽朗地笑道。

白玉兰本来对邓禹未理她的问候有些微恼，可听得林渺和邓禹这有趣的对话，不由得掩口笑了起来。

客厅之中本来气氛极为尴尬，可林渺这一句话把大家全逗乐了，便是董仪也为之微微一笑。当然，这是因为林渺肯定了董仲舒的大宗师地位，算是为他先祖挽回了一些颜面，因此对林渺倒多了几分好感。

邓禹见林渺答得有趣，也不由得哑然失笑，拉着林渺道：“兄弟便坐到我身边吧。”

“恭敬不如从命！”林渺望了白玉兰一眼，见白玉兰冲他笑了笑，也便放心地坐到邓禹的身旁，只是他有些不明白，何以客厅之中聚着这许多人？

“林渺见过各位先生，不知厅中有此盛事，贸然而至，打断诸位的话题，实是深感歉意。”林渺客气地道。

众人见林渺与白玉兰一起出现，而又与邓禹如此亲密，虽然深感此人名不见经传，却也不敢存半点小觑之心。

白玉兰的座位在邓禹诸人的对面，那可算是主人的席位。

白玉兰对林渺的表现有些讶异，在这种舞文弄墨的场合之中，林渺似乎也毫不怯场，一般的武人在这种只有儒士相聚的环境中，很难应付得体，除非他自身对这类知识很有底蕴，便像邓禹那样，文武双全。相对来说，邓禹的文采比其武功要出名得多，尽管许多人说他是个高手，但仅是相对而言。可是林渺出身于市井，难道也会和邓禹那般才高八斗？这使白玉兰感到林渺更是有些高深莫测了。

事实上，白玉兰确实感到林渺有些高深莫测，最初见到的林渺与此刻所见的林渺像是两个完全不同的人。

林渺似乎每天都在改变，从内在的气质和气势上的变化，这种变化让人有些吃惊，可又似乎是情理之中。

总在特别的时刻，林渺总有惊人之举。

小晴的目光始终停留在林渺和邓禹身上，对于林渺的这些异常，唯有她表现得最为平静，仿佛一切都在她的意料之中。

“我倒要请教一下，邓公子刚才那番话有何立论?”董仪仍然无法对邓禹刚才的那番话释怀，旧事重提道。

白玉兰神色也为之一肃，邓禹刚才对今文经学加以大力抨击，她倒想听听邓禹有何高见。

邓禹淡然一笑，目光却自白玉兰扫过，再落到林渺身上，不由得悠然问道：“刚才阿渺话未说完，相信阿渺定有高论，你先说说，看我们的见解有什么不同之处。”

众人不由得都感讶异，谁都没有想到邓禹竟会将这个问题推到林渺的身上，而眼前的林渺只不过是个名不见经传的人物，知道者也顶多只是知其乃杀害宛城都统之子的钦犯。不过，众人心知肚明，刚才林渺确实曾接过董仪的话题，而且此人又与白玉兰同来，应该不会是简单等闲之辈。

白玉兰和小晴是知道林渺底细的，也不相信以林渺那出身市井的底层人物会对这今文经学的儒家学说有什么高深的见解。要知道，坐在这客厅之中的人物无不是满腹经纶的大儒，这些人有的是湖阳世家的客卿，有的是湖阳大儒，若是林渺的立论难以立足，只一听就知道，她们倒为林渺的处境感到为难起来。

林渺见所有人的目光都盯着他，不由得笑了笑，自若地放下手中的茶杯，道："我刚才听了邓兄的一番话，深有同感，虽然刘歆助纣为虐，助王莽谋逆汉宗江山，但此人确实是学识过人，见地别具一格！"说到这里，顿了一下，林渺的目光一丝不漏地将厅中每个人的表情捕捉了下来。

董仪的脸色很难看，在座的也有几人神色不太自然，林渺此话分明表示刘歆和邓禹的见地是对的，也便是说今文经学抱残守缺……那几位热衷于今文经学之人闻言自然神色不自然，但谁都知道林渺话还没有说完，同时他们也不能不赞同林渺对刘歆的评价。

刘歆之才乃是天下公认，也可算是一代宗师级的大儒，其文采可称是同代人的表率，自然没有人敢否认刘歆。同时，厅中众人对林渺称其为助纣为虐也大感愕然。

白玉兰对林渺的话并没有多大的惊讶，只是耐心地等待着林渺说出下文。

"在今文经学之中，百余年来，成就最高者，莫过于董仲舒大师！"林渺又道。

董仪脸上这才有了半丝笑容，林渺对他先祖的肯定，而且说是成就最高者，这怎不让他感到自豪？

"董大师的大一统思想实是聚古今之大成，融百家思想而成。其实，孔子、墨子、孟子都曾有过这种新的一统意识，梁襄王曾问孟子：'天下乌定乎？’孟子说：‘定于不嗜杀人者能一之。’这个‘一’便是大一统，只是那时仍没有董大师这般明确地提出。虽然这种思想只是迎合了帝皇掌权者，但是这也是人民的需要。唯天下一统，施政者仁，才能让百姓免受战火之灾，安居乐业。唯道德伦理一统，方能使百姓、官吏相敬相爱，和睦不相侵犯，使天下得以太平，生活得以安稳。所以我很敬仰董大师！”

林渺侃侃而谈，只让所有人都目泛奇光，虽然林渺仍未完全解释自己的立论，但他从剖析别人思想入手的叙述方式却吸引了所有人的注意力，而且剖析之精辟便是那些看不起今文经学的人也无法反驳。

林渺的评析客观而切实，又引孟子与梁襄王之对话，更说孔子和墨子也曾有过这样的意识，这话也并不假。而林渺将董仲舒比孔子、孟子诸人，使得董仪心中更是欢喜，对林渺好感大增。

白玉兰的眸子里闪过一丝异样的神采，林渺那种傲然而洒脱的神态与那深邃又似乎带有野性的眼神，让她内心莫名地为之颤动。她倒希望林渺快点说出自己的高见，同时又觉得林渺有些像某个人，可又说不明白。

邓禹也微讶，林渺的陈述比他想象的还要精彩，便是他也忍不住想知道下文，看林渺怎样把话题引述过去。

“董大师的大一统思想确实是不朽的思想，这一点在他的《春秋公羊学》之中可以看得很清楚，大师在向武帝献策时曾说：‘《春秋》大一统者，天地之常经，古今之通谊也，今师异道，人异论，百家殊方，指意不同，是以上亡以持一统，法制数变，下不知所守。臣愚以为诸不在六艺之科孔子之术者，皆绝其道，勿使并进，邪辟之说灭息，然后统纪可一，而法度可明，民知所从矣。’不知大家是否读过这段话？”林渺突地问道。

董仪点头，同时也有数人点头应和，因为这段文字只要是崇尚今文经学者，都必读。

“如此说来，何以林公子认为今文经学是抱残守缺、目光短浅呢？”有人问道。

“每家学说有其利也有其弊，包括董大师的《春秋公羊说》，诸位若读过《礼记·中庸》，应知其中有：‘仲尼祖述尧舜，宪章文武，上律天时，下袭水土，辟如天地之无不持载，无不覆帱。辟如四时之错行，如日月之代明，万物并育而不相害，道并行而不相悖。小德川流，大德敦化，以天地之所以为大也。又曰：唯天下至圣，为能聪明睿知……溥博渊泉，而时出之。溥博如天，渊泉如渊……天之所覆，地之所载，日月所照，霜露所坠，凡有血气者，莫不尊亲，故曰配天。’这之中的大一统思想，把‘大’神化了，董大师也不免未曾摒弃这个神化的思想，不只是把皇帝当权者神化了，亦把它的道德规范也神化了。当然，这种思想并没有错，但由这种神化的精神所引出的东西却成了问题。”林渺端起茶杯轻啜了一口，神态有种说不出的优雅，倒似乎他此刻已成了一代大儒，正在教化众生，正在传道授业。

众人全都默然倾听，林渺这种信手拈来的引用再加上其抑扬顿挫的声音，配以沉稳而傲然的表情，使人对其思想有种深信不疑的感觉，觉得他的每一句话都包含至理而无可辩驳。

“那林公子所称引出的弊端又是什么呢？”董仪心情也平静了下来，因为林渺所说确实是事实，而所引用之话他也并不陌生，其中思想亦确如林渺所说，但他并不认为有什么错，在他眼里，君权至上，神化又有何不可？

“这种思想神化对于一统只有利而无害，使人们更拥君、拥政，会使天下政局更稳，但是一种思想如果神化，只会使他更易引入歧途，易生出虚无缥缈之学说，一旦学说脱离了实际，往往会误导人们走入一种死胡同，而今文经学的信徒们却茫然不觉，盲目地信奉师法、家法，也使其思想脱离实际越来越远。比如，最初董大师的大一统思想只是想用以巩固皇权，安宁天下，可后来学习者却忘了经学本身的宗旨，一味寻求经学文字之间的意义，且众说纷纭，以至于现在的今文经学，一味地繁琐说经，一经说到百余万字，少也有数十万字，令人生厌。这使神化的思想更为虚缈，什么求雨呀，止雨呀，更有甚者，以孔子名义胡乱捏造……这些从实际之中不难看出，朝中提倡今文经学者无不是吹捧阿谀之辈，他们已无法在思想上真正像董大师那样开创一派，只好撕下脸皮做些让人唾骂之事，而今文经学也是在他们手上不断糟蹋，实在是让人为之惋惜！”林渺悠然叹道。

这番话只让在座的每一人都大为动容，虽然林渺的立论并不全面，但其就事论事、举出实例也使人无话可驳，而且，他并不是全面驳斥今文经学，而是指出这只是今文经学学者的过错，使人感到林渺评断中肯而又不是刻意攻击，连董仪也为之心服。纵观今日之世，今文经学的儒生无大成之人，可见其末落之势，他也不得不承认林渺一针见血的评论。

“林公子认为今日之今文经学是虚无之学了？”有人问道。

“也不全如此，但大部分已是如此了，其经文繁琐，却无多少实质的东西，刘歆所说：‘不考情实，雷同相从，随声是非。’我已在今日所著之今文经学之中找不到新东西，而景帝大会白虎观，正是总结今文经学的大好机会，但今文经学的博士和儒生竟没有人能把这个任务承担起来，这难道说不是一种悲哀吗？难道不可以说明什么吗？”林渺反问道。

厅中众人顿时哑口无言。

“好，好……”邓禹首先拍掌赞道。

白玉兰和小晴也鼓掌附和，厅中另有几位崇尚古文学的大儒也颔首称好。

“听林公子一席话，实在是畅快至极，若有机会，还请林公子和邓公子前往老朽府上一坐！”一名与董仪并坐的老者捋须欢笑道。

“郑老庄主客气了，邓禹若有时间定当拜访！”邓禹客气地拱手道。

林渺亦连忙称谢，他其实对厅中之人都不甚熟悉，只好唯唯诺诺地应称。

白玉兰见他那样子，差点笑出声来，忙介绍道："这位是闻名南阳的大儒郑芝先生，乃前朝大学士。"

"噢，久仰久仰。"林渺恍然。

"不知林公子师法何家呢?"郑芝客气地问道。

"晚辈自幼随父读过几本圣贤书，应算是家传之学。"林渺客气地道。

"不知令尊大人是……"郑芝又问道。

"家父乃市井小民，说出来先生也不会知道。"林渺坦然自若地笑答道。

"那林公子可听说过'林策'其名?"郑芝突然问道。

林渺一震，有些讶异，回答道："正是家祖父，难道与先生曾相识?"

郑芝笑了笑道："难怪林公子有如此才情。不错，老夫确实曾与令祖父有过两面之缘，最后一次相见是令祖父去参加白虎观大会之前，我曾向他求教。后来令祖父去参加白虎观大会后，便再无缘得知其下落，却没想到今日遇上故人之孙!"

"哦，原来令祖父当年也曾参加过白虎观大会。"董仪和在座的诸人皆大惊，包括白玉兰，但唯有林渺苦笑，他可不知道这些，他生下来才五岁，爷爷便去世了，父亲也自那时开始消沉，仕途不得志，家业被败，他也便开始了痛苦的童年。对于祖父的往事，他只是偶尔从父亲口中听说一些而已。

白玉兰得知林渺的祖父曾参加白虎观大会，自不再怀疑林渺的才学，却不明白为何林渺会出身市井，按理应该是书香门第才对。对于这一点，不仅是白玉兰，便是邓禹也感讶异，知道原因的只有林渺自己，因为他对家庭的没落感受最为深刻也最为直接，但他却不会将之告诉这里的任何人。

邓禹仅知林渺生在天和街，其父为一穷儒，倒没有料到其祖父也曾是显赫一时的大儒。要知道，当年能够参加白虎观议事之人都是德高望重、才气声名盖一方之儒士，因此林渺虽家境没落，但其文化底蕴仍然存在。

第十二章　神秘任务

林渺再与众儒谈了一会儿，却已不耐这种气氛，借故拉着邓禹便走，留下白玉兰陪众儒。虽然林渺家学渊源极深，但毕竟生在市井，哪习惯这种咬文嚼字的腔调？

邓禹也巴不得借故脱身，不顾厅中诸人的挽留，径直而去。这些人自不能怪邓禹，因为人家好友相聚，自然希望有一片自由的天地，要怪也只能怪林渺不给面子。所幸，白玉兰也学识过人，不时提些问题，而有如此美人相伴，倒使得厅中的氛围仍很活跃。

“邓兄今日来此应不止于谈经论文吧？刘兄现在怎么样了？”林渺拉着邓禹步入花园，淡然问道。

“自然不是，大哥他现在很好，正在宛城。我今次前来湖阳世家是想定做十艘战船，以备我军南下之用。”邓禹并不隐瞒，悠然道。

“那可真是太好了，不知道刘大哥何日南下？他帮我杀了孔森那狗官，等于是帮我报了大仇，如果有机会，真想再回宛城看看。”林渺兴奋地道。

“这个还不简单？只要你愿意，待我这里事毕，便立刻与我返回宛城！”邓禹也大为欢喜地道。

林渺不由得苦笑道：“我也想去，可是我答应过要留在湖阳世家，只怕这次是不行了！”

“哦？”邓禹有些意外，但是却并没有作太多的表示。他见林渺与白玉兰同入客厅，便隐隐猜到了一些什么。

“阿涉是怎么来到湖阳世家的呢？”邓禹转过话题问道。

“当日，我落入淯水之中，是他们救了我，我也便到了湖阳世家。对了，如果邓兄回宛城，请帮我向天和街的乡亲们询问一下老包和小刀六几人的下落，若能见到他们，便告诉他们我很好！”林涉简单地作答道。

“这个没问题，湖阳世家也是个大有发展的地方，相信兄弟一定能够有大显身手的机会。今天见到你，比之昔日相见之时似乎多了许多当初所没有的东西，整个人都焕发着一股浓浓的生机，想来定是因祸得福，是那烈罡芙蓉果发挥了作用吧？”邓禹有些微感惑然地望着林涉问道。

“邓兄法眼通天，这些日子来，我确实有许多变化，想必应该是烈罡芙蓉果改变了我吧。”

林涉并不想将事情的真相说得太过详细，而邓禹也并不想问得太明白，那似乎并没有必要。

“对了，邓兄所需战船之事可曾定好？”林涉又问道。

“我们得知湖阳世家有十艘为官府所制的大战船，本想与湖阳世家商议一下，将之买下，那样便可以节省许多时间，好早一些计划其他事情。可是半路上又杀来了一个秦丰，他也要这十艘战船，是以这件事情很难说了！”邓禹吸了口气道。

“义军很急用这些船只吗？”林涉讶异问道。

“当然，王兴聚兵八万回夺宛城，而淯阳和棘阳守兵与王兴相呼应，我们义军新夺宛城，训练并不精良，偌大一个宛城，义军很难面面守稳，因此我们必须先撤离宛城与春陵义军汇合，那样才有力量拒敌。所以，我们对这些船只极为需要。”邓禹有些忧郁地道。

“既然这样，我去请白小姐向老太爷说说，看能不能先将船给你们。”林涉爽快地道。

“如果兄弟能够帮上忙，那可就太好了。秦丰那老小子并没有安什么好心，他此来只不过是想拖我们的后腿而已！”邓禹狠声道。

“为什么？拖你们后腿对他们有什么好处？同为义军，合力抗敌才是最重要的，若是能多有一份力量抗击朝廷，不是更好吗?”林渺有些不解地问道。

“如果他这么想，那就好说了。秦丰其人极为奸滑，极为自私，虽然我们同为义军，但如果我们真的能够成势，就会影响到他的利益。近来，他极力游说绿林军余部，想联合下江兵及新市兵，将这两支义军兼并，但目前这两支义军却不太乐意。而我们这次起事，自宛城、舂陵数地同时举兵，一时声势浩大，只要我们几路兵马汇合，必会在南阳和南郡掀起一股浪潮，甚至会吸引绿林军的加入。若真是这样，秦丰的野心便会落空，所以他并不想我们真的能够崛起!”邓禹分析道。

“这自私的小人，我不会让他阴谋得逞的!”林渺因深知邓禹与刘秀的为人，所以对邓禹的分析自然无甚怀疑，对那从未谋面的秦丰却多了几丝鄙夷。不过，他知道秦丰确实来到了这里，昨天他便听府内之人说起这事，此刻只是不知秦丰是在湖阳还是在唐子乡的白府之中。

邓禹拍了一下林渺的肩头，林渺似乎把这些人之间的关系想得简单了一些。邓禹明白，尽管林渺自小在市井之中钩心斗角，但毕竟对义军和这种权力之间的争夺尚不熟悉。

“如果有一天你也到这之中去试试，就会发现原来很多事情比想象中更为复杂!”邓禹笑了笑道。

“如果真有那么复杂倒也有趣，你认为我可以避免被卷入这种斗争之中吗?”林渺也笑了笑，反问道。

“不知道，应该是难以避免，现在大乱已成，谁又能独善其身呢?湖阳世家也不能例外!”邓禹肯定地道。

林渺笑了笑，道：“其实，我倒是很在意你们这些义军的举动，每天都能够在白府听到各地方的义军情况。这个天下实在是比我想象之中的要乱多了，如果湖阳世家仍能保持沉默，那应算是个奇迹。”

邓禹眼中闪过一丝喜色，小声地问道：“你是说湖阳世家也准备行动了?”

“我可没说，来此时日不长，并不知道太多的情况。”林渺耸耸肩，笑道。

邓禹大感好笑，不过他并不想逼林渺说什么，因为林渺所代表的是湖阳世家的利益。

“邓兄什么时候回宛城？”林渺淡然问道。

“这里事了，便即回去，我倒想尽快返回宛城。这些日子来，新军待编，有许多事情要做，而王兴大军将至，宛城之事急待处理，可恨这边的事情迟迟不能谈定。”邓禹微有些焦灼。

“我不信以刘家与湖阳世家的关系，还比不过秦丰！刘家与湖阳世家不是紧密相连吗？而且我听说刘圣公还是湖阳世家的姑爷，按理怎么也不会被秦丰比下去呀？”林渺不解地问道。

“坏就坏在这里，圣公刘玄与我的长兄刘寅之间本就微有些不睦，圣公一向嫉妒寅大哥的威德和才华，此次寅大哥起事得到了刘家宗族的支持，而圣公刘玄却早入绿林军。圣公刘玄本想借绿林军的声势得到刘家宗族的支持，却没料到寅大哥也起事，如此一来刘家宗族更多的支持寅大哥，而使得圣公刘玄与秦丰交好，才会出现今日这等尴尬的场面！”邓禹无可奈何地道。

林渺也为之头大，他可不知道这之中涉及到如此多的关系，不仅是各义军的斗争，还涉及到刘家内部的斗争。

“那岂不是说，你们没有一点希望？”林渺无可奈何地道。

“白家老太爷并不是一个不明事理之人，而且白善麟先生也不会轻易作出这些对白家没有好处的事情！因此，我们并不是没有希望，白家是不会受外人左右的！”邓禹肃然道。

“要不要我们一起去见见老太爷？”林渺问道。

“我已决定晚上与老太爷谈谈，现在仍不合时宜，因为我刚与总管谈过，他为我安排在晚上。”邓禹道。

“那我便先去见白老太爷，跟他说说，看他怎么讲，如果白小姐肯为你说话，那定会更好！”林渺道。

“那就要兄弟你多出些力气了。”邓禹道。

林渺坦然地与白玉兰共同进入白鹰的宅所“养心殿”。

养心殿之中极为清静，地面皆以大青石板铺就，使整个建筑显得简单而古朴，鸟语花香，小桥流水，无不显露豪门的气派。

养心殿占地十余亩，并不大，相比整个白府而言，只是隅守一角，但这里的守卫却极严。在这种战局极乱的年代，即使是白鹰这样的人物，也不能不担心受到外敌的侵袭。

养心殿的主楼仅两层而已，依旧是以简古清新为主。

此刻白鹰悠然地坐在一张加有软垫和靠背的太师椅上，两名俏婢正分别为其捶着肩膀和大腿，而在太师椅后则分立着两名面色沉郁的剑手。

两名剑手的沉郁与白鹰的悠闲惬意完全是一种极为鲜明的对比，使得养心殿中的气氛显得有些怪异。

林渺一步入养心殿，便迎来了那两名剑手最为犀利的眼神，这让他心中暗骇。那两人的目光犹如利箭一般刺入他的体内，仿佛可以洞穿他内心所有的秘密。不问可知，那两名剑手绝对是超一流的高手，林渺不由得暗忖：“湖阳世家果然是藏龙卧虎之地。”

“爷爷！”白玉兰轻步移到白鹰的身边，轻唤道。

白鹰似乎这才回过神来，悠然睁开了眼，看到白玉兰，不由得露出了一丝慈祥而爱怜的笑容，伸手轻抚了一下她的秀发，道：“兰儿见过了邓禹吗？”

“见过！兰儿带了阿渺来见爷爷了。”白玉兰微显娇憨地道。

“呵呵……”白鹰淡淡一笑。

“林渺扰了老太爷休息，实不该……”

白鹰挥手喝退了两名俏婢，打断林渺的话道：“年轻人不必客气，坐吧！”

"谢谢老太爷!"

"你没让我失望，年轻人!"白鹰悠然地笑了笑，有些高深莫测地道。

林渺和白玉兰不由得愕然，不知道白鹰此话何指。

"还请老太爷明示!"林渺在愕然之际，有些不解地道。

白鹰不由得呵呵一笑，道："你不仅武功不坏，而且连文采也出众，所以没有让我失望!"

林渺和白玉兰皆一头雾水，不明白白鹰怎会说出这样的话，他只和林渺才见过两面，怎会知道林渺文武双全呢？要说林渺武功不差，只是听到白玉兰和那群家丁所说，可是又怎会知道林渺的文采过人呢？这就让人有些不可思议了。

白鹰拍了拍掌，声音送远之际，自楼下缓缓行上一人。

"杨叔!"白玉兰微讶地叫出了声。

林渺恍然，上楼之人他并不陌生。他在那客厅之中高谈阔论之时，这名叫杨叔的白府客卿当时就在大厅之中。

"杨叔见过老爷子、小姐和林公子!"杨叔缓步行至，满面笑容，一副意定神闲之态。

"赐座!"白鹰向那两名俏婢道。

"谢老爷子!"杨叔恭敬地行了一礼。

林渺心中有种异样的感觉，隐隐觉得他与邓禹相见似是白鹰刻意安排的一种场面，也可能是白鹰在故意考验他。

"想来阿渺已明白了为何会安排你在那种场合之下见邓禹了吧?"白鹰悠然道。

林渺心中忖道："果然没有猜错，这一切只是白鹰故意安排的，但这又有什么目的呢?"

"原来老太爷是要考验小的，只是不知这又是为何呢?"林渺直截了当地问道。

白鹰望了林渺一眼，暗赞他思维反应神速，但只是淡淡地笑了笑道：

“你对今文经学的评论确实很精辟，只是不知你对南阳和南郡这两地的形势又有什么看法，可否说与我听听？”

林渺一呆，白鹰的问话确有些高深莫测之感，他不明白白鹰问他这些问题又是为何，“难道湖阳世家对南郡、南阳两地的形势还会不明白吗？还用得着来问我这样一个资历全无的人？”林渺虽是这么想，但却并不说出来，他估计白鹰这样问，同样是考验他，而白鹰一而再再而三地考验他又有什么目的呢？这确实让他有些惑然。

白玉兰也微有些不解，不过，她明白爷爷做事往往会很出人意料，做出一些让许多人不解，却又会很有成效的事来，因为她相信白鹰的每一个决断及眼光。

在湖阳世家的决策之中，白鹰从未在某种决策之上犯过错误，这才有今日湖阳世家的繁荣。

“你直说无妨！”白鹰见林渺在犹豫，不由得淡然道。

“我觉得此刻的南阳和南郡两地的局势可以用一个词来形容，那便是乱中有序！”林渺也不再犹豫，淡淡地道。

“乱中有序？怎么一个乱中有序法呢？”白鹰讶异问道。

白玉兰也好奇地望着林渺，想听听他究竟会有何高论。在她的感觉之中，林渺似乎总会有些惊人之举。

“乱，是指两郡之中义军纷起，战火激荡得州县面目全非，而无兵乱之地则苛捐杂税让百姓苦不堪言，盗寇横行，民不聊生，其乱状已不言自明！”林渺断然道。

“何以又会有序呢？”白鹰和白玉兰同声问道。

“我也看不出其中有何秩序可言，还请林公子解释！”杨叔也附和道。

“有序只是指可能出现的大趋势。战乱，只是受苦的百姓想寻求一种安宁和幸福的手段，他们最终的趋势将会迈向统一。也便是说，眼下仅这两郡的义军起义就有六起之多，还没计算那群落草为寇的盗匪。但是我们仔细分析之下，在不久的将来，这些义军和匪寇终将融合为一体。”

"何以你会如此肯定?"白鹰的眸子里闪动着一缕奇光,问道。

"这是大势所趋,乱中有序便是这些义军拥有共同的目标,拥有共同的命运,更有着唇齿相依的关系,任何一支都难以独抗朝廷的大军,若是绿林军未因瘟疫而散或是例外,但是绿林军分裂成三支之后,很难独抗官兵,他们没有赤眉军那股雄厚的实力!为了生存,他们必须相互支援联合,这种形势应不用多久就可以看到!"林渺分析道。

"你所说的只是义军形势,而非整个两地的形势!"白玉兰提醒道。

"这并无不同,在这两地,义军的形势将左右一切,要么义军皆灭,我们再'享受'苛政的奴役,品尝战乱之后的苦果;要么义军壮大、胜利,我们享受新兴的和平安宁,我们的命运与义军并未分开。虽然我湖阳世家可以不受朝廷苛政的左右,但我们却不能不受义军的影响,不难看出,此次宛城起事,众多大豪,诸如李通、李轶这等大富也都投入了义军,可想而知这次起事已经不像单纯的绿林军为了生活而占山为王的性质了。"林渺肯定地道。

白鹰和白玉兰及杨叔也都陷入了深思,林渺所说的话确实让他们不能不思索。

"可以说,绿林军起事,他们的目标并不高,那便是反苛政,使自己能够生存下去,但是那样没有高目标的起事,只能够陷入困境。而眼下起事者所代表的却是汉室宗族,他们的目标是恢复汉室江山!因此,他们将会是引导两郡义军的龙头,也因为他们是汉室宗族,才会更具号召力,这也将成为战乱之中的一个新趋势,也便是我所说的'序'。当然,这种有序是要经过仔细分析才能够看出来的!"林渺侃侃而谈。

白玉兰和白鹰的眸子之中闪过一丝赞许的神情。

"那你认为湖阳世家在此两地将会充当一个什么样的角色呢?"白鹰突然问道。

林渺微愕,他倒没有想到白鹰会问他这样的问题,一时之间他也不知道该如何作答,更不明白白鹰此问又是何意图,不由得面显难色。

“你但说无妨！”白鹰又道。

林渺犹豫了一下，见白鹰和白玉兰都望着自己，不由得咬了咬牙，忖道：“既然你要我说，那我就说吧，是好是歹说了再说，要是怪罪下来，大不了一走了之！”

“湖阳世家在两郡之内可算是一大巨头，正因牵涉极广，因此最是容易受这种战火的环境影响，若想独善其身不卷入这场烽烟之中，那是不可能的。也可以说，湖阳世家的命运也与这群义军的命运连在一起，如果这群义军被灭了，湖阳世家定会受到牵连，首先是因为湖阳世家涉面甚广，与义军有生意上的往来，另外与刘家也有关系，这定招王莽猜忌。因此，在两郡之地，湖阳世家想独善其身很难，当然，这也是因为义军不好得罪。在义军和朝廷之间，湖阳世家必须作出一个选择，小的要知道老太爷如何选择，才好分析！”林渺悠然道。

白鹰不由得“呵呵”而笑，眸子中闪过锐利至极的神采，紧锁着林渺的目光。

林渺并不回避白鹰的目光，而且神色坚定，绝没有半点慌乱。

“很好，果然有胆有识，如果老夫选择朝廷会如何？选择义军又会如何呢？”白鹰见林渺毫不畏怯，不由得暗赞，问道。

“如果老太爷选择朝廷的话，那就要忍受巨大的经济损失，甚至停止江水和沔水的各项漕运。因为两郡之地水路发达，尤其以江水称著，而我们湖阳世家又以船业出名，自然成了各路义军眼热的目标。如果选择依附朝廷，便不能卖船于各路义军，势必会遭到义军的敌对礼遇，若他们在水路抢劫船只，那是防不胜防。依照目前的形势来看，义军日盛，朝廷也风雨飘摇，选择朝廷仅只是权宜之计，不甚久远也！”林渺半点也不含糊地道。

“难道你认为朝廷无力平乱？”白鹰又问道。

“不是朝廷无力平乱，而是人人思乱，如此苛政，百姓生不如死，此乱平，彼乱起，又因四夷扰境，朝廷耗资无数，若依然无新政以代的话，百姓只怕会更加困苦。在外耗内虚的形势下，朝廷仅虚有其表，大势已去!”林渺直言不讳地道，只让杨叔惊得脸色都变了。

白鹰的脸色也变了数变，望着林渺半天没有吱声。

“那若是亲义军呢?”白玉兰忍不住问道。

“亲义军，则是诸路义军皆有求于我们，那时，只会使湖阳世家生意兴旺，虽不免受朝廷猜忌，但是在两郡之地，朝廷大势已去，至少在这两郡之地间，朝廷根本就无力相侵。当然，我们湖阳世家可以保持中立，只要不明显地相助义军，不明显地抗拒朝廷，那时很可能是左右逢源!”林渺断言道。

白鹰望了望林渺，半晌才沉吟地问道：“你和刘秀、邓禹关系极好，那依你看，刘秀和他的刘家实力与我们湖阳世家相比呢?”

林渺不由得再一震，他似乎有些明白白鹰的话意了，正如邓禹所说，湖阳世家是不会甘于寂寞的，以湖阳世家的财力，要是甘于寂寞那才是咄咄怪事。

林渺不由得暗自叹了口气，望了望白鹰道：“我对刘家和湖阳世家了解得并不是很透彻，在人力和财力之上相比，如果两家相仿的话，我想，刘家仍要占优势。第一，因为他们先一步起事；第二，他们是汉室宗亲，在号召力上显得更有利一些，而且更始朝廷之中有许多汉室旧臣忠于汉室江山，另因汉室宗族分布于天下各地，这使得刘家有着得天独厚的优势!这只是指两家的人力和物力在相同的情况下，不过，刘家也有其不利的一面!”

“哦，何事不利于刘家呢?”白鹰又问道。

“刘家宗室遍布天下，这对刘家来说有利也有弊!”林渺肯定地道。

“此乃好处，何为弊处呢?”白玉兰和杨叔皆不解地问道。

“古往今来，皇室之争并不少见，权力之争，哪管宗亲?在对外敌之时，或许汉室宗亲可以齐心协力，但是外敌一除，或是外敌势弱之后，汉室宗亲内部就会为一己之私而争权夺利，那时将会出现怎样的一种局面却是难以预料的。所以，这也可能成为刘家的致命之处！”林渺悠然道。

“好！说得好！你比我想象的还要好！我湖阳世家得此人才，确实是应值得欢喜了！”白鹰拍掌欢笑道。

“老太爷太过夸奖了，小的只怕……”

“以后不许自称小的，我们就叫你阿渺，你也以阿渺自称好了！你并不是我湖阳世家的下人！”白鹰打断林渺的话，肃然道。

“谢老太爷，阿渺恭敬不如从命了！”林渺立刻改口。

白玉兰也不由得掩口笑了。

“你喜用什么兵刃？”白鹰突然问道。

林渺一愣，不知道白鹰问此话的意思，但是他却不知道该如何回答白鹰的话，忖道：“我喜欢用什么兵刃？什么兵刃好使呢？倒还真没想过，凭自己那点招势，只怕什么兵刃都不怎么好使吧！”

思及此处，林渺不由得尴尬地笑了笑道：“我也不知道自己会用什么兵刃，好像没有一样称手的。”

“听说你能够击退最近名动一时的杀手残血，当时你用的是什么兵刃？”白鹰问道。

林渺耸耸肩，不好意思地笑道：“长竹杠！”

林渺此话一出，不仅杨叔和白鹰呆住了，便连白鹰身后的那两名剑手也呆了。

“阿渺确实是用长竹杠击退残血的！”白玉兰补充道。

白鹰也干笑一声，问道：“那你以前用过什么兵器呢？”

“用过锤、刀、剑、枪、棍、戟，可是却并不称手！”林渺并不想说假话。

白鹰讶异，但却并没有说什么，只是向身后的一名剑手打了个手势。

那名剑手似早已知道白鹰的意思，转身自一道屏风后捧出一个长木匣。

白鹰拿过木匣，打开，匣中射出一缕幽暗的光彩。

那名剑手双手自匣中捧出一柄通体幽暗的刀。

刀长四尺，背脊自距刀柄两尺处变薄，尖端微似剑，呈小弧度上扬。刀身隐显奇异的纹理，刀把若盘曲吞吐的龙首。

“此刀名为龙腾，老夫已将它收藏了二十载，今日便送给阿渺，希望它能对你有些用处。”白鹰淡然道。

林渺双手捧过刀，入手沉重，但却又不由得惑然问道：“送给我？”

“不错，世人皆知欧冶子乃铸剑大师，一生铸出七柄绝世好剑，但世人却很少知道欧冶子大师也曾铸过刀，你手中的龙腾便是欧冶子大师一生所铸成的两柄神刀之一，其锋利绝不下于鱼藏、巨阙、湛卢！”白鹰悠然道。

“还不快谢谢我爷爷？”白玉兰忙提醒道。

林渺顿悟，大喜道：“谢老太爷赐刀之恩，林渺定当不辱此神物！”

“很好！明日，老夫要你随总管白庆一道前往云梦一趟，去办一件极为重要之事，你可愿意？”白鹰问道。

“愿听老太爷吩咐！”林渺肃然道。

“很好，你今天先去休息吧，邓禹前来购船之事，你不用为他们担心，我可以答应他的请求！”白鹰似看出了林渺的心思，悠然道。

“谢老太爷！”林渺大喜。

次日，邓禹与林渺早早起床，他们彻夜未眠，但却兴致极高。林渺没有什么东西需要准备，因此他根本就不急于去找总管白庆，也懒得费神去猜测究竟会是什么事要他去云梦，到时候自然会知道。

林渺刚演习了几遍昨夜所领悟到的招式，小晴便匆匆赶了过来。

“阿渺！”小晴唤住兴致正浓的林渺。

邓禹也有些讶异，他在一旁看着林渺逐渐圆通的招式，颇觉欢喜，倒没想到小晴竟会一反常态地在此时打断林渺的练功。

林渺收刀，不由得有些微微讶异，问道：“晴儿怎这么早起来？有事吗？”

“圣公姑爷来了！”小晴神色微有些不对劲地道。

“圣公来了？什么时候？”林渺和邓禹都吃了一惊，林渺心想：刘玄此来该不会是为了那十艘战船吧？

“他昨晚到的！”小晴道。

“他来干什么？”林渺有些讶异地问道。

“他来好像是为云梦之事，我并没有听到他跟老太爷商议了什么，但后来他又找大总管商量了好久。直觉告诉我，这与你此次去云梦有关，而且此行可能会极为凶险！”小晴有些担忧地道。

邓禹松了口气，如果刘玄此来不是为那十艘战船倒还好说，可是小晴的话也让他大感兴趣。

林渺不由得笑了笑，他知道小晴极相信直觉，可是他并不在意，走过去抓住她的手，柔声道：“不要担心，如果此行没有危险，老太爷用得着派大总管亲自去吗？相信我，没有什么困难难得住我！”

小晴不由得望了望邓禹，脸上显出一丝犹豫之色。

邓禹乃是八面玲珑之人，一看小晴的表情，哪有不明其意之理？当下忙道：“你们两人慢慢聊吧，我也要去准备一下东西回宛城了。”

林渺不好意思地笑了笑，却并没有说什么，他也知道小晴定是有话对他说。他自不是个不解风情的男人，在天和街里的混混生涯使他的心思不仅变得细腻，而且更显通透，那便是望风使舵、见机行事的脾性，这样才能够更好地生存。

小晴见邓禹如此“配合”，并没有什么不好意思，只是眉头皱得更紧，深深地吸了一口气，道：“有件事我本不想对任何人说，也不敢对任何人说，可是今天我觉得不能再沉默下去！”

林渺不由得也微微皱了皱眉，他本以为小晴会有情话对自己说，却没想到她说得如此严肃，如此认真，一时之间倒也愣住了，很意外地问道：“什么事这么严重？”

“阿渺先答应我，在事情没有证实之前绝不可以向其他任何的人说！”小晴肃然地望着林渺。

林渺觉得有些不自然，他不知道小晴何以表现得如此神秘，但却明白小晴之所以如此，绝非无因，她不是一个喜欢故弄玄虚的人，但他仍禁不住反问道：“难道连小姐也不能说吗？”

小晴坚决地点了点头，旋又吸了口气道：“其实我也想他们能知道，可是他们绝不会相信的，说出去反而只是惹祸上身！”

“究竟是什么事如此严重？”林渺抽了口凉气道。

小晴目光扫了一下四周，见四下静悄悄的，是因为起得太早，仍没有多少人起来，而那些丫头婢仆们不会来到这练武场之上，场地四周空寂，倒使小晴安心了不少。

“你此去云梦，必须小心提防大总管！眼下白家所惧的不是外敌，而是内患，虽然我没有证据，但大总管所做的几件事却极让人怀疑。此次前往云梦，据小姐说是想请天机神算前来湖阳，如果我估计没错的话，大总管绝不想此人来到湖阳！”小晴小声而认真地道，林渺吃了一惊，反问道：“晴儿怎会有这般断言？你究竟知道了什么？”

“阿渺可曾听说过天机神算东方咏？”小晴不答反问道。

“当然听说过！不过只是听过关于他的传说而已，有人说他是奇人东方朔的玄孙，也有人说过他是东方朔的传人，但听说此人神卦可断天机，世间之事通过卦象而无所不知、无所不晓，只是此人神龙见首不见尾，很少有人真正见过他，大多都只是听闻过其人其事，而未睹其貌！”林渺肃然起敬道。

“不错！此人的确与昔年活神仙东方朔有极密切的关系。我听小姐说过，他是东方朔书童的后人，此人不仅神卦断天机，而且与魔宗有着极为密切的关系。此次老太爷之所以相请此人，虽然我不知道有什么目的，但定是与魔宗有关，且会对魔宗不利，而我却发现大总管数次与魔宗之人相会，是以我会有此猜测！”小晴解释道。

林渺对魔宗并不熟悉，他仅是生活在市井之中，那便局限了他对江湖秘闻的了解，尽管对江湖的趣事闻知不少，但如什么魔宗这样的名字他还是第一次听说。

林渺听得最多的自是关于各路义军的行动和发展，因为在他身边的每个人都在关注着，都在议论着，更是茶前饭后的最好话题。而他也亲历过与义军作战的场面，至于什么魔宗之类的东西却并没有放在心上。

“魔宗是一个什么样的东西?”林渺讶异问道。

“这是一个新近崛起的神秘宗派，具体我也不太清楚，因为魔宗只会在暗中从事各种活动，而且身份都极为隐秘，使人无法探得更具体的消息，只知道他们不仅做青楼、酒楼、赌场生意，还贩卖私盐和妇女，是一个极为庞大的组织。近来好像在生意上与我们湖阳世家有些瓜葛，我们千方百计才探得一些关于魔宗的消息，而且听说他们手段极为残忍，为求目的不择手段……”

“所以，老太爷准备请天机神算来湖阳?”林渺打断小晴的话，低问道。

“也许，我并不知道详情，但魔宗对湖阳世家似乎并没有安好心，我心中有种极不祥的预感!”小晴担心地道。

“不要担心，我不会有事的!”林渺搭着小晴的肩头，柔声安慰道。

小晴涩然笑了笑，道：“我不是担心你，而是担心湖阳世家，我昨晚梦见白府到处起火，老太爷他们一个个都倒在血泊当中……”

“可能是你想得太多了吧!”林渺自不相信梦中的东西，不由得安慰道。

“也许吧，但愿我的直觉这一次会失准。其实在湖阳世家之中确实存在着许许多多的问题，每个人都为自己戴着一张虚伪的面具，只要你仔细体会，就不难发现那些言行不一的举止，也便不难辨出其真善丑恶，甚至于其内在所包藏的祸心!”小晴叹了口气道。

林渺心中暗自怜惜，这美人的心思极为细腻，所以才会有如此感慨，也可听出聪慧之外的无奈。他不由得想起当日小晴在说到更叔的时候，也似乎是这种表情，心中禁不住升起一丝异样的感觉，但一时又难以肯定那是一种怎样的情绪。他不知道是不是该相信这一切，但他却知道，小晴是不会向他说谎的。

在第一次真正认识小晴之时，小晴便告诉他，她是一个靠直觉而活的人，直觉从来都不曾有误过。可是这个世上真的会有这样灵异的直觉吗？真的会以直觉去分辨一件事物的好与坏吗？

林渺不知道脑子里想了些什么，他待在湖阳世家或许有一部分原因是有感于小晴的深情，另还含有一丝私情，那便是白玉兰的美丽对他有着吸引力，而湖阳世家更有一个极大的舞台，供他避乱，供他发展，他需要有这样一个休憩之地，使自己不断地强大充实，然后便去找樊祟完成琅邪鬼叟的心愿。可眼下的湖阳世家仿佛也处在一种极为不妙的环境之中，只是在外人的眼里很难明察而已。若不是今日小晴说出来，林渺绝没想到这个兴起似乎不久的神秘魔宗竟然会对湖阳世家有着这般大的威胁。

小晴说完后这些后满脸忧郁地走开了，林渺哪有心思再练功？直到老太爷再次召见他之时，他的耳边似乎仍回荡着小晴的话。

白鹰依然在养心殿见他，只是这次多了几个人而已。

大总管白庆自是其一，杨叔和白玉兰也在，另外几人却是林渺没有见过的。

“阿渺来了，快来见过这几位！”大总管白庆似乎极为客气和热情，见林渺来了，欣然道。

白鹰并没介意，白庆与他虽非亲兄弟，但也一脉相承，在这里，白庆可以代表他发言，他并不想制造一种紧张的氛围，因为今天所来的人都是白府的重要人物，更是他的亲信。

当然，这些人当中，也只有白庆才敢以主人的身份说话，同时也只有白庆才适合为林渺介绍在座的陌生人。

“阿渺见过太爷、小姐和大总管！”林渺先行礼后才恭敬地来到白庆身边。

白鹰只是浅浅笑了笑，而白玉兰则显出欢悦的神采。

白庆指着在座的除杨叔之外的其余五人为林渺一一介绍，林渺这才知道这几人的身份，有两人是湖阳世家元老级的人物，另外三位则是白府的重要客卿：金田义、钟破虏、苏弃。

这三人皆曾是名动一时的高手，只是林渺对他们所知有限，但在市井之中，也时常会听到过这三人的传闻。

金田义和钟破虏对林渺的态度并不热情，只是因为他们对这个名不见经传的年轻人有些微的轻视，并不怎么看得起林渺，而白鹰更赐林渺龙腾刀，这使他们心中不免微生嫉妒，不过作为成名多年的高手，自不愿太过有损颜面与林渺计较。倒是苏弃对林渺态度极好，颇有长者风范，让林渺感到舒心，而林渺的位置便排在苏弃的身边。

"湖阳世家已经面临着极为严峻的威胁和挑战，所以我找来你们几位！"白鹰开门见山地道。

林渺心神一震，他明白，小晴并没有说错，同时他的目光扫了一下其余几人，金田义、苏弃和钟破虏三人的神色也微变，显然他们对白鹰的话感到非常的突兀，也很意外。倒是白庆和那两位长老及白玉兰的神色平静如初，显然他们对整个事件知之甚详。

"不知阿渺和三位先生可曾听说过魔宗这个组织？"白庆接过白鹰的话题问道。

金田义和苏弃诸人皆摇了摇头，林渺也跟着摇了摇头。

白庆深深地吸了一口气，向杨叔望了一眼，杨叔立刻站了起来，道："魔宗兴起只是近三十年的事，至于确切的时间无法查知，其行事隐秘，从不露迹于江湖，更不留名姓，可其根系极端盘错复杂。据我们所得资料，他们的实力渗透到包括朝野内外，而且其实力之强让人难以想象，囊括了青楼、酒楼、布、铁、盐、漕各个行业，以各种形式存在于江湖之中，又以各种身份掩饰自己。所以，江湖之中从来没有传出魔宗这个名字，但魔宗又确实存在着，这是毋庸置疑的！"

林渺和金田义诸人心神也皆大震，杨叔这般轻松道来，却使人生出了许多的遐想。

“最近，我们漕运的生意受到一群神秘人的破坏，而自海上而归的盐船也遭抢劫，更损失了一百多名兄弟，在东方的许多生意都被这股神秘势力所霸夺。初步估计，我们湖阳世家已经损失了近两百万两白银的生意！”

杨叔说到这里，林渺和金田义诸人全都倒抽了一口凉气。两百万两白银，这是一个多么庞大的数目，林渺想都不敢想，他不由得看了看白鹰和白玉兰的脸色。

白鹰依然平静，似乎并不为这两百万两白银所动，倒是白玉兰的神色极差，她显然不知道家族竟损失如此惨重。

“我们经过了两年的查探，共损失了一百七十余名优秀的探子，终于查出这神秘的力量源于一个名叫魔宗的庞大组织，但对于这个组织究竟以何种具体形式存在和其总坛在何处仍然是个谜，所知道的仅只是他们的生意网络的大致模式以及其惊人的野心！”

杨叔说完望了白鹰一眼，白鹰深深地吸了口气，看了看众人，深沉地道：“我想要大家知道，我湖阳世家今日所遇之敌是前所未有的强大，我希望在我湖阳世家有难之时，大家能齐心协力，渡过难关！”

“愿听太爷吩咐！只要林渺仍有一口气在，便会为湖阳世家拼尽最后一份力！”林渺肃然而诚恳地道。

金田义诸人也纷纷出言相和，白鹰和白玉兰望着林渺皆露出了欣慰之色。

“据我所知，天下间只有一个人对魔宗了解甚深，我今日召大家来，便是要几位去将此人请来湖阳！共商大计！”白鹰淡然吁了口气道。

“不知太爷所指是何人？”金田义出声问道。

“此人便是天下第一神算东方咏！”

“天机神算？”白鹰话音刚落，金田义和苏弃同时惊呼。

“不错，正是天机神算，传说此人与魔宗极有渊源，只要能请来此人，我们便可知道魔宗的秘密了。但是此人并非常人，所以我要你们与总管同去，同时也是为了防备无孔不入的魔宗之人来破坏我的计划！”白鹰悠然道。

林渺倒想起了小晴的话，她所猜的与事实并没有什么不同，白鹰确实是要他们去请天机神算，那么小晴的另一个猜测或是直觉会不会也是真的呢？他不由得将目光投向白庆，但白庆的神色平静而冷峻，根本就看不出他脑中在想些什么。

金田义起身抱拳道：“我们定当竭尽全力，不负太爷所望！”

苏弃和钟破虏也作出保证，林渺自然也相附和。

“阿渺像是有心事？”白鹰极为敏锐地捕捉到了林渺的表情，不由得淡淡问道。

林渺心头一惊，暗赞白鹰观察细致，但忙否认道：“没有，阿渺刚才只是在想，如果天机神算真的是神算，那他是否会算准我们去找他呢？”

众人一听，不由莞尔，都觉林渺的想法尚未脱稚气。

“也许他会算到！”白鹰却并不感好笑，淡淡地道。

“如果他真的算准了，而又愿意相助我们，那此行便会顺利；如果他不愿意，只怕会回避我们，那时想要找到他人恐怕有些难了。”林渺又道。

“虽然他能断天机，但也不会神到这个地步，小兄弟多虑了。”苏弃道。

白庆倒觉得林渺确有些孩子气，不由得笑了，道：“车到山前必有路，天机神算之所以会算，是因为他相信因果命运，所以他不会刻意去违背命运，刻意躲开我们，只会让一切顺其自然，这一点你放心！”

“总管教训得是！”林渺诚恳地道。

白玉兰也笑了。

“你们今天便动身前往云梦避尘谷，具体行动由总管安排。”白鹰淡然道。

对于请天机神算东方咏之事，白府对外是秘而不宣，仅只有几位重要人物和参与者知道。

在离开养心殿之时，白玉兰留住了林渺，让白庆等人先去准备，让林渺待会儿与之会合。

对于白玉兰的单独相留林渺并不意外，但对于白玉兰的问话却让他意外。

“我要给你看一样东西!”白玉兰独对林渺，淡淡地道，眸子里闪动着一丝异样的神采，娇媚而又有着莫名的忧郁。

林渺没有说话，只是望着白玉兰自袖间突然拿出的东西，不由大震，失声低呼：“三老令!”

自白玉兰袖间滑出的东西竟是三老令！林渺怎不吃惊？不自觉地伸手向怀中移了一下，但随即又将手停在空中。

“你这个是假的!”林渺沉声道，心头微微松了口气之时，白玉兰却笑了起来。

白玉兰笑得很灿烂很欢欣，眼中的阴云一扫而空，像是拨开云层看到了日出一般。

“玉兰很开心，阿渺，你还想继续隐瞒下去吗?”

林渺神情微变，顿时明白了白玉兰所指，他自还没笨到不懂白玉兰此举的用意，但却不知道自己究竟什么地方出了纰漏。

“我不明白小姐在说什么。”林渺故作糊涂地道。

“你明白的，我并没有恶意，即使你是赤眉军的三老!”白玉兰听林渺这么一说，语调也变得平静了下来，深深地注视着林渺的眸子道。

林渺再无怀疑，白玉兰确实已经查察了藏于他身上的秘密，不由得苦笑道：“我并不是什么赤眉三老，也从未加入过赤眉军，这之中有些误会!”

“那你何以一眼认出这块三老令是假的？而你怀中之物又会是什么?”白玉兰说话间伸手便向林渺的怀中摸去。

林渺挥手一挡，白玉兰的手臂如灵蛇般一绕，竟避开林渺的手插入其怀中。

林渺吃了一惊，急忙回救，速度快极，白玉兰也没想到林渺回救的速度会如此之快，她还没有来得及变招，才伸入林渺怀中一半的小手便被林渺抓住。

“小姐何必要逼林渺呢?”林渺抓住白玉兰的手带了出来，有些无奈地道。

白玉兰任由林渺抓住她的柔荑却不抽回，微欣喜地道：“这么说来，你怀中确实有一块真的三老令喽?”

林渺不由得头大，但却不能否认，只好点了点头道：“不错，我怀中确实有一块三老令，但之中有些误会，并不代表我就是赤眉三老!”

“但至少你是那晚救我们的那个神秘蒙面人!”白玉兰不仅没有不快，反倒极为欢悦地道。

第十三章　云梦之行

林渺哭笑不得，他不知白玉兰怎会对这件事耿耿于怀，但只好点头承认，问道："不知道我究竟是哪里的破绽让你猜穿了？还弄个假三老令来试探我，看来我真是太不够机灵了！"

白玉兰不由得意地笑了笑，道："不是你不够机灵，而是本小姐够聪明！"

"是吗？"林渺见白玉兰竟显出一副难得的小女儿之态，不由得心神微荡，倒真的确信白玉兰没有恶意，而且心中涌起了一种奇妙的感觉，似乎让他捕捉到了一些什么。

"当然是，你再聪明，也无法使你的眼神关住你内心所有的秘密。有人说，眼睛是心灵的窗户，这便是你的破绽之一！"

"你还记得那蒙面人的眼神？"林渺反问道。

"当然！那种眼神不是每个人都能拥有的，野性、骄傲，仿佛永远都不会屈服，更带着侵略的神采，但那绝对不会是亵渎和猥琐的目光。你在独对我之时，你的目光与那人的眼神绝对没有任何的不同，总会让我想到他！"

"这只是你的直觉而已，难道就凭这一点，你就认定我和他是同一个人？"林渺又问道。

"不！这只是一种感觉，你的破绽并不只于此。那日你离船上岸之时，脚下微微踉跄，当时我并没有想太多，但在上次你击退杀手残血，落地之时同样也是一个踉跄，仔细一想，如果这一切是巧合，那也罢，但你与那神秘人先后出现本也是巧合，这已是两个巧合。而那晚蒙面人中了阴风的毒却毫无所损，更证明他是百毒不侵之躯，而那天你和白良都喝了药酒，而白良昏倒，你却没事，证明你也是百毒不侵之躯。我想，这难道也会是一种巧合？”

白玉兰顿了顿，目光认真地打量着林渺，又接着道：“我仔细查过你过去的一切，包括你被抓去参军，后来不知为何又返回了宛城，然后闹出了那么多的事。”

林渺不由得再吃了一惊，白玉兰对他被抓去参军之事都清楚，还真表明佳人对他的身世作了一番考察。

“你自小就在天和街长大，很少离开过南阳，而赤眉军兴起才一年多时间，这之中，你只是数月之前被抓参军才去过齐地。我想，在这短短的时间内，你根本就不可能会成为赤眉军的三老，而且你太年轻了，但你的武功却让我费解，如果在没有参军之前你便拥有这般武功，那他们岂能强拉你入伍？你即使不寻他们的晦气，但自保应该是绝对没有问题的。因此，你的武功应是近几个月才拥有的。那晚你蒙面出现之时，如果真是赤眉三老，根本就不必说那么多的废话，而传说中的赤眉三老并没有说废话的习惯，之所以说废话，是因为你那时候根本就没有把握打发所有的贼人！所以只有以特殊手段威慑那群人。你上岸之时，之所以踉跄，是因为你的轻功身法尚未达到炉火纯青的地步，这才会发生那种情况……”

“不知小姐是从什么时候开始怀疑我的？至于那些已经不重要了，小姐略施小计便让我露出了马脚，真是佩服！但那又如何呢？”林渺打断白玉兰的话，无可奈何地道。旋又补充道：“小姐准备怎样处置我这个没有说实话的人呢？”

白玉兰不由得“扑哧”一笑，直把林渺看呆了。

“干吗这样看着我？”白玉兰白了林渺一眼，俏脸微微发红地道。

林渺干笑了一声，有些尴尬地道：“这个问题可就深奥了，还得从阴阳合、天地开的时候说起……”

“油嘴滑舌，不过，这才真的是昔日天和街的林渺!”白玉兰也不由得笑了起来。

林渺一怔，仔细想想白玉兰的话，还真是如此，这些日子经历了半年的征战和苦训生活，又被天虎寨的人追杀，再遇上心仪之死，又担心自己的身份在湖阳世家暴露，使得他已失去了昔日在天和街的洒脱和痞气，也使他显得有些呆板。若是在往日，面对如此美人，只怕早就已经口若悬河，仅口水便可淹死对方了！想到这里，他不由得笑了，道：“没想到小姐连我油嘴滑舌的习惯也调查得如此清楚，我想，现在也没有什么好说的了。”

“那只是你的过去，不过，我仍不明白你怎么会有三老令？而你的武功又是谁教的呢?”白玉兰仍有些不解地问道。

“如果所有的事情都让小姐知道了，我这人岂不是太透明了？我可不想如此，请恕我不能坦白，至少小姐应给我留一点属于自己的私人秘密，可好?”林渺耸耸肩道。

“如果梁心仪在，你会不会告诉……”白玉兰话没说完，便见林渺脸色变得极为苍白，不由吃惊地打住了话头。

林渺放开白玉兰的手，后退了几步，神色黯然，眸子里闪过一丝伤感的神情。他的心很痛，像是突然被捅了一刀。

“对不起，我不是故意的!”白玉兰顿时明白，不由得大感后悔，恨不该提起梁心仪这个名字。她根本就没有想过梁心仪的死对林渺的打击会有多大，只是随口道来，却没料到勾起了林渺本来已经埋得很深的伤痛。

“这不是你的错!”林渺叹了口气，苦笑着道。他不想让白玉兰也跟着他难过，倒似乎有些理解这美人，对其不计较身份的随和与那善解人意、敢于面对错误的性格倒是极为肯定，这在一些大家贵族子女之中是极为难得的。白玉兰不摆任何架子，美丽却又让人感到亲切，是以林渺不想让其难过。

“我不该提起这些……”

“不要说了，你是什么时候开始怀疑我的呢？又决定怎么处置我？”林渺强笑着转换话题，他也不想再提过去伤心之事。

白玉兰认真地望了林渺一眼，想了想道：“我并没有想过要处置你呀，我之所以想知道你是不是那个拥有三老令的人，只是为这次你去云梦着想，如果你不是那个人，我只好取消你去云梦的安排，但所幸你是！”

“这是为什么？”林渺讶异地问道。

“因为东方神算脾性极怪，并不是每个人都可以见他，包括我们湖阳世家。但此人与樊祟却有着极为深厚的交情，之所以有云梦之行，我们只是想借用你这个拥有三老令的人！否则的话，便是找到了避尘谷，同样也无法见到东方咏！如果你不是那个拥有三老令的人，大总管和金田义他们此去只不过是碰碰运气而已，不会有什么很大让人满意的结果！”白玉兰毫不隐瞒地道。

“这么说来，你将对我的怀疑向老太爷说了？”林渺吃了一惊，问道。

“不错，否则他怎会将龙腾神刀轻赠于你？那是他的心爱之物，虽然我不习惯爷爷这种笼络人心的方式，但我却觉得有这柄刀陪你有益而无害！”白玉兰点了点头道。

林渺哭笑不得，白玉兰倒也坦白得可以，竟直接表明白鹰那是一种笼络人心的手段。

“那你认为我去便一定可以请来东方神算吗？”林渺反问道。

“也许这个问题东方神算能先算到，至于我嘛，还没练到那种本事！”白玉兰不无优雅地回应道。

林渺想了想，也觉得好笑，却想到白庆，不由问道：“总管知不知道这件事？”

“他当然知道！”白玉兰点头道。

林渺心神大震，顿时忧心忡忡起来。

“怎么，有什么不对吗？”白玉兰见林渺脸色一变，不由得问道，旋又补充道：“金田义他们并不知道。”

林渺也不知道该不该把小晴的怀疑告诉白玉兰，他这才想到，为什么小晴会说白庆很可能会对他不利，那是因为小晴也知道他是寻找天机神算的重要环节，如果白庆不想去寻找天机神算，最好的办法莫过于将他杀了，那样就可以不用去费心办事了。可是此刻他没有丝毫的证据可以证明白庆的立场，而且白庆可以说是湖阳世家举足轻重的人物，而他只不过是一个刚入府不久，才得到信任的新人而已。如果让白家选择，自然只会选择白庆而不是他，这也是小晴不敢轻易将自己的怀疑和想法告诉白玉兰的原因，因为她明白人微言轻的道理，除非她有证据证明白庆的立场，但是这有可能吗？

如果白庆真与那神秘的魔宗有瓜葛，那其行事便绝对谨慎。

想到魔宗，林渺便大为心寒，以湖阳世家的人力财力，居然花了两年时间才探得一些皮毛消息，而且还付出了一百七十多名探子的代价，可见这个魔宗是多么神秘，多么庞大而复杂，否则也不能让湖阳世家损失如此之多的优秀探子。而他几可肯定，魔宗力量渗入了湖阳世家，并任要职，这或许也是一种直觉，但这直觉很真实，绝非没有可能。

“你说话呀！”白玉兰催道。

“这件事情究竟有多少人知道？”林渺回过神来，问道。

“暂时只有我、爷爷、总管知道，喜儿、小晴也可能知晓。”白玉兰道。

“更叔和你爹知道吗？”林渺问道。

“不知道，带你来唐子乡是我的主意，我爹要让我嫁人，可是我并不想，是以逃到爷爷这里，只要爷爷护着我，我爹也没有办法，他们本想让你过几天去接那个男人，但我却把你带来了这里，定会出乎他们意料之外。不过不要紧，爷爷已命人通知了我爹，说你去云梦了。”

“那请太爷不要将我有三老令的事告诉你爹，可好?”林渺问道。

“怎么?”

“我只是不想让太多的人知道，待我从云梦回来再说也可以呀!”林渺道。

“其实说不说也无所谓，那已经不重要!”白玉兰道。

“谢谢小姐理解和信任，好了，我该去与总管会合了!”林渺说着便要离去。

白玉兰点点头，道：“好吧!”

林渺转身才走几步，突地白玉兰又喊道：“等等!”

林渺不由得再转身，白玉兰已急上几步，来到林渺身前，认真地打量了林渺一眼，突然问道：“如果可能，你会不会……哎，还是算了!”

话说到一半，白玉兰突然打住，似乎又不想说了，只让林渺有些摸不着头脑。

“小姐有什么事不妨直说，只要林渺能办到的，自当尽力!”林渺有些不明所以，试探着道。

白玉兰望了林渺一眼，见林渺也在望着她，不由得慌忙又把头低了下去，似乎是害怕林渺那灼灼的目光。“没什么，你去吧，路上小心，无论如何，你都定要回来!”

“那当然！谢谢小姐关心!”林渺肯定地道，说完再次转身便欲离去。

“等等!”白玉兰又呼道。

林渺不由得再次停步，他被白玉兰的表现给弄得有些糊涂了，不知其究竟在弄什么玄虚。

“这个你收下!”

林渺在转身的时候，倏觉白玉兰已将一物塞入他的手中。

“这是……”林渺拿起手中之物，却惊见是一块古色古香、温润剔透的玉牌，不由得惑然问道，他心中却隐觉白玉兰的眼神有些异样。

“这是我的玉令，持此玉者便如我亲至，只要是湖阳世家的人都得听其调遣，如果你觉得总管不放心的话，到时可以拿我的玉令去湖阳世家各分舵调派人手，以保证能够成功请回东方神算！”白玉兰对视着林渺，极为诚恳地柔声道。

林渺心中大为感动，白玉兰竟然如此相信他，更如此细腻而敏感地觉察到他对白庆的反应。白玉兰的这席话已是明摆着，若让她在林渺与白庆之间选择，她宁可选择林渺，这确实让林渺不能不感动，似乎在此刻若让他去为白玉兰拼命也在所不惜，正所谓最难消受美人恩。

“谢谢小姐……”

“叫我玉兰！”白玉兰打断林渺的话，温声道。

林渺心中暗呼：“天哪，这美人不会是爱上我了吧？不然怎会对我这般好？怎会这般温柔？怎会有那样复杂的眼神？”他不由得深深地注视着白玉兰，温柔而深沉地唤了声：“玉兰！”

白玉兰身子一震，仿佛是被电击了一下。

林渺竟在此时双手搭上了白玉兰的香肩，在白玉兰尚未回过神来之时，在她的额头亲了一下，真诚而激动地道：“能得玉兰赏识，便是让林渺此刻去死，也已无憾了。此次云梦之行，林渺以生命担保不会让玉兰失望的！”

白玉兰被林渺突然亲了一下，顿时大羞，她虽对林渺极有好感，甚至是爱意，但一时之间哪能接受林渺如此唐突之举？她毕竟是从无此种经历，正欲斥责林渺，但听得林渺如此一番表白，又把要说的话咽了回去，同时心中更泛起了一丝淡淡的温暖和柔情，于是一时之间她竟不知该说什么了。

林渺也不再说话，放开白玉兰，转身大步而去，只留下白玉兰一人立在原地发呆。

此刻林渺的心中升起了无限的斗志和激情，他怎么也没有想到白玉兰也会喜欢上他，这很意外，但却绝对让他欢喜。如此美人没有人能拒绝，他确实是愿为白玉兰去做任何事，为湖阳世家去排除危难！不为别的，就为这看得起他的美人！当然，他也没有忘记小晴。

南下云梦，其行极为隐秘，白鹰并不想太过引人注目，并没有派多少人，一共只派了十二人，还包括白庆和杨叔在内。

十二人顺乘秦丰的大船由沔水（指今日的汉水）南下。

林渺来到舱顶，静坐于顶部观望两岸之景色，虽有烈日，却也能感轻风之悠闲。

看河水滔滔而去，两岸悠悠而退，偶见飞鸟翔天，兽走林间，倒也是一种极妙的意境，林渺的心亦变得极为静谧而安详。

但在静谧的心中，仿佛又可清晰地捕捉到船上一切的动静，包括有人缓缓来到他的身边，然后如他一样静静地盘膝而坐。

林渺依然沉默，甚至没有扭头看一下，任由江风拂动着他的发端，任由静默和沉寂延伸下去，这种感觉似乎极好。

也不知过了多久，林渺似乎已经忘掉了身边之人的存在，但这种沉默和静寂还是被打破了。

“你在想些什么?”说话的人是苏弃，坐在林渺身边的人也是苏弃。

林渺仍没有回头，只是不改姿势地悠然道：“我在想，人的生命为什么会这么短暂，而大自然为何能无限延伸？花草树木可以四季轮回，而人却为何不能呢?”

苏弃微微一呆，随即淡笑道：“人也有轮回，只是并非是以花草树木轮回的形式进行而已。”

“那只是神话中所谓的精神和灵魂的轮回，但那些只是虚无缥缈的，根本就不切实际，也可以说只是人们的一种理想。”林渺不以为然地道。

“这是因为人与花草树木是不同的生命体，我们能思索轮回，而它们却不能，它们只知道顺其自然轮回，而不会怀疑和猜测轮回的意义，可我们却会怀疑和猜测。是以，我们永远无法像它们那样真正地自然轮回!”苏弃悠然道。

“你说的是一种意识和主观上的问题，你是让我要以无意识的心态去面对生命?”林渺突地问道。

苏弃微怔，旋又笑了笑道：“你说得很精辟，以一种无意识的心态去面对生命！正如道中道非常道一般，唯以自然心道方能得道，刻意求道却适得其反!”

林渺扭头望了一眼身边的苏弃，眸子里涌动着一丝欣慰，但很快又将目光投向那奔涌的河水之上，道：“先生的理解似乎很深刻，不知先生可信道否?”

“不，我不信道，但我却是道教传人!”苏弃并不否认地道。

林渺讶异，问道：“为道徒何不信道?”

“道非用来信的，而是用来遵循的。人有‘人间道’，天有‘天道’，地狱有‘鬼道’，这些只是一个以习惯约成的规则，只有遵循这些规则，才能使自己得以生存，就如同黑道有黑道的规矩，国家有其自身的法纪，这也便是道。若从字面上说，‘道’即‘路’，路是用来走的，不是用来信的，身为道徒，除循道而行外，便是卫道，以己之身使世人遵循而行，这才是道徒本身的意义!”苏弃悠然道。

林渺望了望苏弃，却没有说话，苏弃的话让他想了许多，更是他从未听到过的论调，也许他对道家所了解并不深，但却不觉得苏弃所说之言没有道理。

苏弃见林渺没有说话，他也不再言语，与林渺并坐在舱顶眺望两岸的景色。他并不知道林渺在想什么，但是他感到林渺便像是一潭深深的池水，静而无波，不可揣测。

秦丰所乘的大船在前方行走，与林渺所乘之船相隔百丈之遥，相互呼应，在秦丰船舱顶上似乎也有人，不过是在对酒当歌。

“先生知道避尘谷的所在之处吗?”林渺突然问道。

苏弃点了点头：“那地方不是秘密，但没有几人真正进去过，传说那地方方圆近百里，多沼泽流沙、猛兽毒虫，很少有人敢入其谷!”

林渺讶异道：“那里会是这样一个地方?”

“是的！云梦本就是沼泽之地，其地湿而草木荣，常生毒瘴、巨毒之物，这是天下闻名的，东方咏居于那里，便是不想世人扰其清静。因此，我们此行云梦也并不是一件好差事，难道林兄弟以前没有到过云梦吗?”苏弃问道。

林渺摇了摇头，虽然他曾听说过云梦其名，但从未到过那里，只是知道当年高祖狩猎云梦泽，借机除楚王韩信，因此而知道云梦泽的存在，后来关于各路义军兴起的故事之中也常提到这个地名。不过此刻他却要去那里，当然，他没有必要去为那未知的事情操心，他倒是想知道那魔宗究竟是怎么回事，居然拥有如此神通广大的力量。

“前面便到沔水了，只要顺流而行，四天便可到竟陵，那时我们就得换船去云梦泽！如果一切顺利的话，我们可以在第八天抵达避尘谷!”苏弃道。

林渺笑了，他并不急，反而问道：“当年高祖用陈平计可是便在那地方?”

“云梦泽方圆近千里，至于地点那是无法考证的，不过应该相去不远!”苏弃道。

林渺不由得抽了一口凉气，他倒没有想到云梦泽会有这么大，也难怪官兵对云梦之地的义军束手无策了。

“两位原来在这里，真是好有兴致，面对夕阳美景，难道不想共饮几杯吗?”金田义的声音在两人身后响了起来。

林渺和苏弃回头，却见金田义和钟破虏已提着两大壶酒和一篮小菜登上了舱顶，不由得相视笑了。

竟陵，乃沔水之畔的一大重镇，可谓是兵家必争之地，也算是南郡北面的一道重要门户。在这里，同样拥有湖阳世家的产业，因此，白庆诸人并不担心没人接应和无落脚之处。

竟陵城的防守极严，但却已不是官兵防守，而是绿林军南下的下江兵。

官兵在南郡和绿林山这一带已经无可作为，唯有各路义军割据。绿林军所防的，并不是官兵，而是秦丰的义军。

秦丰对竟陵也是虎视眈眈，想得到竟陵已不是一日两日之事。

秦丰并不是一个只想据守一方的人，对于南郡这片属于他的土地，他并不想受到绿林军的威胁和吞并，但王常和成丹绝不是好惹的角色，即使是秦丰也不敢轻举妄动。

白庆入城，倒没有受到多大的刁难，虽然竟陵守备森严，但对于湖阳世家的人，绿林军多少还会给些面子。守城之将乃是成丹之侄成寇，对白庆等人倒是极为客气。

白庆诸人并不想摆什么身份，也没有想惊动成丹和王常的意思，他们径直前往西城的湖阳世家的分舵翠微堂。

翠微堂在竟陵还算是个知名的地方，至少来竟陵做生意的人都不会陌生，只是近来竟陵为义军所占，纷乱四起，来这里做生意的人已经渐少，使得竟陵变得冷清了许多。所幸绿林军不伤百姓，与百姓和睦共处，使得竟陵还算安定。

王常治军极严，更为下江兵的大首领，成丹对其极为信服，是以治理竟陵全依王常之意，不得扰民，颇受百姓拥戴。

白庆诸人赶到翠微堂外，却发现大门紧闭，门庭冷落，众人心头不由得蒙上了一层阴影。

“白横！”白庆上前用力地拍了拍门，高呼道。

过往的百姓也有些好奇地观望，但却没有人敢上前搭话。

“哐哐……”白庆一气拍门之声并没有得到院内的回应。

白庆心中暗叫不对，林渺却道：“我看里面像是没人，倒似乎有股血腥味！”

“血腥味？”白庆讶异地反问道。

林渺点了点头，吸了一下鼻子，也来到门前，却惊讶地指着门上一处道：“那好像是道掌印！”

白庆经林渺这一提，抬头望去，果见隐约的指掌之印露在门上。

“我想可能是出事了，让我进去把门打开！”金田义吸了口气道，说话间已自门顶之上掠入院中。

不过半晌，大门“吱呀”一声缓缓拉开，金田义的脸色有些苍白地出现在林渺和白庆的面前。

“他们都死了！”金田义的语气沉重得骇人。

白庆和林渺自金田义身边的空处将目光投入院中，不由得也呆住了。

金田义的身子缓缓让到一边，庭院之中的一切全都露于众人的眼下——没有别的，只有横七竖八的尸体。

院中的地面一片狼藉，干涸的血迹、零乱的杂物和两棵折断的杨树，使得整个庭院显得更为萧条而肃杀。

白庆的脸色难看至极，林渺的心中也不是滋味，缓缓步入院子之中，苏弃和钟破虏几人也牵着秦丰相送的健马而入。

健马低嘶，众人却不语。

“大家分头找找，看有没有什么可疑的线索！”林渺首先清醒过来道。

金田义和那六名白府家将也立刻回过神来，将健马拴在已折断的白杨树上，向各分院分头找去。

林渺却蹲身来到一具尸身旁，以手捻了一下地上的血渍和尸体身上的血渍，用鼻子嗅了嗅，再伸手到尸体之下摸了一把地上的泥土，悠然道："这应该是在昨天晚上发生的事！"

"哦？"苏弃有些讶异。

"尸体下的泥土微潮，这证明其热气并没有散出。这微潮的热气不是因为血渍，而是因为露水，因为昨晚尸体便倒在这里，是以今日的太阳不能直射这些露水，只是以热气将之蒸发，但因尸体阻止了水汽的散发，便凝于此，形成微潮的热气。如果惨事是昨天之前发生的，那么这水汽绝不能停留如此长的时间，另外，这血渍虽干，但未成壳，只是表面干，而未全部干透。可见，只是因为今日阳光太强才使其干涸，而非长久地经受风吹日晒！"林渺淡淡地分析道。

白庆和苏弃皆为之震惊，忙伸手摸了一下尸体的底部，果如林渺所言，有股湿热之气，不由得对林渺的分析更信了几分，同时也对林渺细致的观察感到惊讶。

"敌人看来并不止一个，这些人有的死于剑伤，有的死于掌伤，但这些伤都是绝对致命的！可以看出敌人皆是好手，不知苏先生有何看法呢？"林渺吁了口气，问道。

苏弃仔细地审视着尸体上的伤口，又望了望白庆，却摇了摇头，道："我无法判断这究竟是何门何派的杀招，不知总管可有什么高见？"

白庆仰起头来，长长地叹了口气，扭头望向杨叔，道："相信杨叔已经知道是谁干的了！"

杨叔的脸色很难看地点了点头，道："这与魔宗杀手的手法极为相似，我们在六安国的分舵被灭也是这种场面和手法！"

林渺和苏弃不由得对视了一眼，同时变了脸色，他们倒没有想到魔宗竟会如此狠辣，居然先下手为强！

“那我们该怎么办？”林渺向白庆问道。

“先将此地整理一下，今晚我们就在此地住宿，有什么事明天再说！”白庆沉声道。

“我们要不要向绿林军的人说一声，请王常和成丹将军为我们查一下？”苏弃提议道。

白庆吁了口气道：“这件事只是我湖阳世家与魔宗之间的事，不必让外人插手！”

林渺的心中微微打了个突，提醒道：“这里毕竟已是人家绿林军的地盘，我们这里出了事，他们有责任和义务帮我们查找凶手！”

“我们不可以节外生枝，此次我们的目的是为了去云梦请出天机神算，如果是为了解决这里的事，我们大可调来大批好手！”白庆望了林渺一眼，有些不耐烦地道。

苏弃想说什么，却又咽了回去，林渺也不再说话，与苏弃径自向内屋走去。

内屋有些地方仍很整齐，并没有什么打斗的痕迹，但有些地方却狼藉一片，被翻得乱七八糟，显然对方是想找寻什么，也不知道找到了没有，但整个翠微堂，没有一个活口。

“有没有找到白横的尸体？”白庆问道。

“没有！”那几名家将都摇了摇头，而林渺并不认识白横，也不知道其人长得什么模样。

白庆的眉头微微皱了起来。

“也许，他并没有死，只是逃离了此地也说不定！”钟破虏道。

“但愿他还活着，只要他活着，我们就知道发生了什么事。”杨叔叹了口气道。

众人的心情都很沉重，虽然他们来到了翠微堂，但这与没来有什么分别？翠微堂根本不能为他们提供大船，而且还出现了这等惨事。

“魔宗又多欠了我们三十七条人命！总有一天，我会让他们血债血偿！”白庆狠声道。

“总管，我看还是先与绿林军打个招呼为好！”杨叔淡然提醒道。

白庆瞪了杨叔一眼，吁了口气道：“好吧，这件事便交给你去办！”

杨叔点了点头，他在湖阳世家客卿之中的地位极高，极得白鹰的欣赏和信赖，主管湖阳世家的许多事务，便是总管白庆也不敢对他怎样。

“阿渺和金先生便与我一起去一趟王常将军府吧！”杨叔向林渺和金田义道。

林渺忙应允，解马与金田义护着杨叔便行出了翠微堂。

刘秀回到宛城的第一件事，便是聚众商议退兵之策。

宛城之中已经有些军心不稳了，许多人知道刘秀不在宛城之中，军心自然松懈了许多，加上城内的各种力量仍未能完全平服，许多豪族不愿意让刘秀、李通、李轶等坐大，是以，会经常闹出一些乱子，所幸刘秀最担心的齐万寿仿佛已不在宛城之中，这些日子没有半点动静。

刘秀一回返，宛城之中自然军心稳多了，而且刘秀还探清了属正水师的虚实，就等邓禹把湖阳世家的十艘大战船适时开来，到时在水上两头夹击，属正的水师必败无疑。

登上城头，刘秀远远望见淯水之上大旗飘飘，小长安集也清清冷冷，他心中不无感慨“再富裕和繁华的地方也经受不起战火的烧掠”。

属正的淯阳大军仅与宛城义军交锋数阵，双方都没能讨到丝毫好处，但是这对义军并不利。

“大将军，以属下观察，今夜应该有一场大雨！”陈耆望了望天道。

“哦，那也便是说，属正很可能会利用涨水的机会袭击外城喽？”刘秀反问道。

“这是很可能的事！”陈耆小心地答道。

“那好！”刘秀看了看天空，空中有几片鱼鳞般的云彩，风似乎微微有点潮湿，他知道陈奢没有说错，今夜会有一场大雨。他并不是对天象很陌生的人。“你立刻领两千人去淯水上游垒堤！”

“是！”陈奢应了声，接过刘秀掏出的令牌。

“郑远，你立刻送信给邓禹，让他截住属正的退路！”刘秀又吩咐道。

“李轶将军接令！”刘秀又呼道，“你领一千人立刻去伐木扎筏，筏头要全部削尖！”

“末将明白！”李轶接令而去。

“宋义将军接令！”刘秀又抽出一根令箭道，“你领一千人佯装自西城绕向属正大军右后翼，天黑之前赶回宛城！”

“末将明白！”宋义微感惊讶，不明白刘秀让他佯装绕到对方右后翼是什么意思，但军令如山，他不能多问，只好领一千人马而出。

“李通将军接令！”刘秀又道，“你也领一千人马自东门绕出，佯装欲攻属正大军左翼，天黑前赶回宛城！”

李通眼中闪过一丝赞许的神色，他知道刘秀这些安排的用意，是以，他欣然接令而去。

王常将军府，并没有外人想象之中那么森严的戒备。

“来者何人？速速止步下马！”刚到将军府外，林渺几人便受到了极好的“礼遇”。

“在下杨叔，乃湖阳世家的客卿，请相烦通告王常将军一声，说我有要事求见！”杨叔扬声道，说话间翻身下马。

林渺和金田义也相随下马。

金田义的神色间有些紧张，他可是知道王常是何许人物，传说此人的武功已跻身天下高手之列，还从未有过败绩，十五岁之时便击败颍川第一剑手，十七岁又独杀崇山十大寇，二十五岁剑道大成，挑战剑圣于武当山顶，但后来却没有人知道结果，倒是听说其为弟报仇杀尽江夏郡守一百七十二人，受到朝中高手的追杀后与王凤、王匡诸人起义于云杜，成立了绿林军，其武功之高，在绿林军众将之中，几可排在第一位。当然，也有人说王凤和王匡的武功更为可怕，不过，那只是传说而已。

金田义虽在江湖之中有些身份，但是与王常这等人物相比，却要逊色几筹。是以，他有些紧张，倒是林渺神情自若，因为他根本就不知道王常过去在江湖之中有多高的地位，又是初生牛犊不畏虎，自没什么可怕的。

杨叔的神色也略显不自然。

“大将军有请!”不过半晌，一名义军战士前来回应道，说完有几人上前牵开杨叔和林渺三人的马，这才引三人入府。

走过两道圆门，便又听到立于一旁的战士道：“请解下兵刃!”

林渺稍稍犹豫了一下，只好随金田义一齐解下身上的兵器。

而杨叔并没带兵刃。

“请!”那几名绿林军战士见林渺几人如此配合，也显得极为客气。

大堂空寂，高阔通风，朴质而优雅，全以青石铺地，巨大的青石柱支起几根巨大的龙骨，再撑起整个屋顶。

“几位请稍候，将军很快便到!”那名绿林战士客气地道。

话音才落，殿堂的另一端已响起了一阵脚步声。

“大将军到!”一阵高喝在虚空之中回荡开来，林渺抬头向声音传来之处望去，却见一银甲大汉在众人有若众星捧月之下，龙行虎步地行来，一种让人有些喘不过气来的压迫感不自然地由心头升起。

大堂之中似乎在刹那之间变得肃杀而沉闷。

杨叔和金田义不由自主地立身而起。

林渺心中的惊讶是无与伦比的，只对方走入大堂的这股惊人气势已经让他有些难受，如果真正面对对方，与其交手，那又将会是怎样一种局面呢？他绝不怀疑来者是位不世高手!

来人正是王常，白面青髯，虎背熊腰，背上斜插的长剑竟达五尺之长，银甲闪闪生辉，一身戎装使其更是英武不凡，气势逼人。

王常径自落座，解下巨剑横置于身边的几上，八名护卫分立两旁，人人表情肃穆。

“几位请坐！王某因刚巡视而回，未及脱下戎装相待，还望见谅！”王常大手一挥，神情温和地道。

林渺不由得为其气度所折服，此人虽然身为绝代高手，又是一军之首，却并没有将架子摆在脸上，尚能如此温和待人，实为难得。

“哪里哪里，将军太客气了，将军日理万机，却自万忙中抽出时间与我们相见，实在让我等感激不尽。我等本不欲惊扰将军，实是因为湖阳世家在竟陵所设的翠微堂昨晚遭遇不测，三十余名兄弟尽为人所害，这才来请将军帮忙为我们讨个公道！”杨叔也不想绕太大的弯，开门见山地道。

“哦，竟有此事？”王常吃了一惊，惊问道。

“确有此事，我等刚自湖阳而来，不想却发生此事，在茫无头绪之下，只好求助于将军！”杨叔无可奈何地道。

王常皱了皱眉，想了想道：“既然事情是在我的地盘上发生，我总得要给湖阳世家一个交代，待会儿我便派人去翠微堂！”说着向身边的一名卫兵吩咐道：“赵胜，你带五十名兄弟去协助杨先生，有什么事，便听他们的吩咐好了！”

“遵令！”那汉子应道。

“谢谢将军！湖阳世家他日定当相报！”杨叔大喜道。

王常哈哈大笑道：“我与善麟兄交情匪浅，这点小事何须挂齿？他日代我向他问候一声就是！”

“我一定做到！那我等就先告辞了！”杨叔大为感动，但想到翠微堂之事，忙告退道。

“几位不如在此吃了晚饭再走吧？”王常道。

“不相烦将军了，我们还有同伴在翠微堂等候着消息呢。”杨叔道。

“那好吧，我也便不勉强，如果有事，不妨再来找我！”王常极为客气地道。

林渺心中大为折服，此人确有大将风范，举止言谈自有一股王者之气，稳坐如山岳，让人不敢仰视，不敢攀援。当他自将军府出来后，脑子里仍在想着王常刚才的气度，那爽朗而豪放的笑声似仍回响在耳边。

林渺心道：“这样的人物才算是真正的英雄豪杰，才算是大人物！”同时暗下决心，自己终有一天也要成为这般人物！

义军战士很快将翠微堂整理得井然有序，清扫血迹，速度极快。那位赵胜极为热心，可能是因为王常对湖阳世家极客气的原因。

白庆诸人知道，要想找出凶手，那绝不容易，而眼下，他们也根本没有时间去寻找凶手，他们必须准备船只前往云梦泽找天机神算，并不能与魔宗的人纠缠，这一切只能够等来日与魔宗一齐清算了。

“赵将军，不知近来竟陵可有什么异常的事情发生？”林渺见赵胜闲着，不由得走上前问道。

“所谓的异常是指什么呢？”赵胜反问道。

林渺淡淡地笑了笑道：“诸如哪里新开了一家青楼、赌坊或是酒楼之类的，来了几个大商家也算在其中！”

“哦，青楼倒有，但却不是新开的，赌坊和酒楼也都无新开的，倒是有几家关门大吉了，在这种纷乱四起之时，谁会选择这战乱之地来送钱财呢？除非是傻子！”赵胜平静地道，对林渺的问话觉得有些不屑。

林渺心道：“这也确实有理，自己居然问出这等糊涂的问题。”不过，他对赵胜的话并不生气，反而笑道：“所以，我说这是异常之事，若不是在战乱之中，这又有什么新鲜？”

赵胜不由得乐了，一想倒也是，林渺问的是异常之事，也没问错，当下态度好了些道：“这种异常倒没有，朝廷方面却有了异常的举措!”

“哦，什么举措?”林渺讶异地问道。

“王莽派大将严尤、陈茂率十五万大军南下，只怕大战不日便要降临了!”赵胜吸了口气道。

“严尤、陈茂将军?”林渺也吸了口凉气，反问道。

“不错，听说这两人是王莽手下最能征善战的大将!”赵胜吸了口气道。

林渺听出了赵胜口中的担忧，他也确知赵胜的担忧并不是多余的，严尤的确是一员难得的猛将，只怕不会比王常逊色，论气度、论武功，两人也难分高下，比的就只有大军的整体素质了。

“我看竟陵并没有什么大动静呀?”林渺惑然不解地道。

“因为成丹和张卯两位大将军已领兵驻于蓝口集，朝廷军队若欲抵达竟陵，便先要过两位将军那一关!”赵胜道。

林渺恍然，难怪竟陵的一切仍算平静。但仅凭蓝口集这片地方能够挡得住严尤的十五万大军吗？这是一件很难说清的事，不过，他没有必要太过关注这件事，这与他并无多大相关之处。

“报将军，宛城之中秘密潜出两队义军!”探报飞速报进属正的中军账之中。

“再探!”属正放下手中的地图卷，沉声道。

片刻过后，又有探子来报：“西城尚有一路义军秘密潜向我军右后翼，目的不明!”

“再探!”属正吃了一惊。

“报，东城出了一队人马正向我方左翼潜近，请将军定夺!”又一探子来报。

属正也有些讶异，他登上大营最高的坡地，果然见远处林中鸟雀惊飞，显然是有人暗中潜近，不用说也是宛城的义军。

“将军，我看他们大概是想等天黑来劫营!”蔡恒猜测道。

“嗯，看来刘秀真的已经回到了宛城，否则他们也不敢如此主动出击，没想到我们还是未能赶在刘秀返归之前夺回宛城。”属正知道，如果他们不能在数日内有所进展的话，便只好退回淯阳死守，等援兵到后再战了，眼下的援兵也不知道会在什么时候赶来。严尤和陈茂此刻又都在蓝口集附近与王常所领的下江兵交战，根本就无暇兼顾，朝中已无甚大将可派，又有东方的樊崇、河北的各路义军，这些都不能够不让朝廷无奈，官兵更是疲于奔命，战火已经烧晕了王莽的脑袋，烧得满朝文武焦头烂额。朝廷花了无数的力气想扑灭起义的势头，但是战火却越烧越旺，起义越演越烈。

属正心里十分明白，要想攻破宛城，没有十倍于对方的兵力休想做到，但他绝没办法在短时间之内拥有这么多的兵力，他此刻出兵想夺回宛城，只是想赌刘秀新得此城，尚未完全稳住城中的各方势力，欲借城中的内乱而夺下宛城。另外一点，是因为刘秀不在城中，城中群龙无首，容易产生内部矛盾，在城内指挥不协的情况下，他也可能轻易夺回宛城，但是他失望了。

是的，属正失望了，宛城之中并没有发生他想要发生的事。因此，他决定，只要再过数日仍不能取得突破性进展的话，那他便退兵回淯阳了。

此刻刘秀却让人主动出击，当然，这很可能是想偷袭，不管如何，他必须加以提防，绝不可马虎大意。

“苏先生，有没有兴致与我一起去风花雪月呀?”林渺推开苏弃的房门，淡然笑了笑道。

“风花雪月?”苏弃先是微愕，旋又立刻笑了起来道：“正有此意!”

林渺不由得也笑了，道：“我问过了，这里最好的青楼是醉留居，听说里面的顶台柱杜月娘有倾城之美，想来先生无事，我也不想独享温柔，才来邀先生同往!”

“原来阿渺是个有心人，哈哈哈……”苏弃不由得欢笑道。

“阿渺似乎有些不够意思，有如此倾城美人却不带我去一睹芳容，实在该打!”金田义的声音倏地自外面传了过来。

林渺和苏弃不由得相视而笑，道：“有金先生相陪，那自是更妙!”

说着三人便向醉留居而去……

醉留居，竟陵最有名的青楼，气派、豪华，庭院深广。

虽此时战乱纷起，大战在即，但醉留居却仍是笙歌不休，热闹非凡。

乱世总有乱世的生存之道，醉留居也一样，无论竟陵是在官府的控制之下，还是在义军的控制之下，它都有着极强的生命力，不为环境所左右，最多只是在两军交战之时关门一段日子，待战争一过，立刻开张。

竟陵也只剩下这一家青楼了，余者经不起战争的折腾，早已关门大吉，青楼女子们走的走，卖的卖，她们并没有多大的自由，只是比那四处流窜的难民要好一些，至少还可以凭自己天赋本钱混口饭吃。也有些姐妹们找个老实人家嫁了，这是一种最好的归宿。

林渺换了装束，颇有几分风流倜傥之气。对于风月场所，林渺并不陌生，在天和街之时，虽有梁心仪在，却仍拗不住祥林的怂恿去青楼胡闹。

胡闹是他昔日常做之事，他自不介意重温昔日时光。

金田义和苏弃一左一右紧随林渺，更突出了林渺的身份，老鸨一见便眼睛亮了。

“春花、翠花、桃花、杏花、梨花……快出来接客!”老鸨嗲声嗲气，唤了一大串名字。

一时之间，楼上楼下，莺声燕语，众女如蝴蝶一般全都飞了过来，又如蜜蜂遇到花蜜。

林渺扫了一眼，却没有一个入眼的，个个都抹粉涂红，差点连真面目也失去了。

苏弃和金田义更是大皱眉头。

“去！去！去……”林渺大感无奈地挥手喝道，同时抛出一块碎银丢给老鸨，不悦地责备道：“难道妈妈这里就只有这些庸脂俗粉吗？是怕本公子付不起银子吗？”

“哎哟……公子说哪里话？”老鸨立刻腻声道，同时也无限风情地凑了上来。

“公子尝过了我们伺候人的手……”

“去！去……”老鸨打断一个仍缠着林渺的女子的话，拂袖叱道。

那群围过来的女子大感扫兴，埋怨着愤然离去，但很快又围上一群刚入大门的客人。

“本公子今晚前来，只是想来尽兴，银子不是问题，难道妈妈便找这样的庸脂俗粉来坏我兴致吗？”林渺并不吃老鸨那一套，冷然道。

老鸨审视了一下林渺的脸色，又望了望金田义和苏弃两人一眼，突地娇笑道：“公子误会了，刚才那群女儿只是习惯了这种样子，既然公子是雅人，老身岂会如此不识趣？刚好今日有两位新来的，让我把她们介绍给公子吧。”

林渺笑了笑道：“听说月娘是全竟陵最红的姑娘，此来竟陵，岂能错过？妈妈安排一下，我想见见这位美人是否如传闻中一般有倾城之色！”

老鸨微显为难之色道：“实在不好意思，月娘今晚只怕不能抽出空来陪公子！”

“为什么？”林渺反问道。

“因为卫公子已经约好了，所以……”

“哪个卫公子？”林渺冷然问道。

“便是卫政卫公子呀！”

林渺微怔，他并不知卫政是谁，但却听赵胜说过竟陵卫家，这也是竟陵大族，系昔日大将卫青家族的后人，是以其势力仍可称雄一方。

“他只是约好了，却还未曾到来，是吗?”林渺掏出一锭足有十两重的银子塞到老鸨手中，淡然道。

金田义和苏弃不由得暗自好笑，林渺在这种场合还真是肯花钱。

老鸨收了银子神色立变，忙赔笑脸道：“如此让老身看看，不过能不能见到月娘还要看公子自己了!”

“呵，我是没有问题的！就看妈妈如何做了。对了，别忘了将两位新来的唤出来伺候我这两位朋友!”林渺悠然道。

“这个好说!”老鸨向身边的龟奴呼道：“阿圆，快去把燕子和白鹊唤下来伺候这两位大爷!”

林渺向金田义、苏弃使了个眼色，笑道：“两位今晚玩得痛快一些哦。”

金田义、苏弃与林渺交换了一个心领神会的眼神，也笑道：“公子尽管玩自己的，我们知道如何找乐子。”

林渺“呵呵”一笑道：“妈妈，我们这就去找月娘吧!”

老鸨望了望四下闹哄哄的场面，然后才甜甜地给了林渺一个微笑，道：“公子请跟我来!”

杜月娘所居之处是在楼上一幽静小居，以示其在醉留居的地位。

林渺所过之处，那群青楼女子尽皆媚眼乱抛，但林渺却瞟都不瞟一眼，今日的他可不同往日，而且今天来这里也并不是专门寻花问柳。

翠微堂出事，是魔宗所为，魔宗之人为何要对付竟陵的翠微堂呢？这之中尚有可能是生意之上的争夺，当然，也有其他的可能。魔宗之人将翠微堂翻得乱七八糟，自非无因，应该是在找什么东西，而翠微堂有什么东西可找呢?

同时，在竟陵有哪个组织能够将翠微堂轻易捣毁而不惊动四邻呢？绿林军自是不会干这等事，除绿林军外，竟陵还有哪几大势力?

第十四章　初战魔门

林渺自赵胜的口中得知，竟陵大族，有卫、杜两家，另外便是醉留居比较可疑，单凭他们不受战争影响的运作能力也不能不让人起疑。若没有一股强大的实力支持着醉留居，它还能立于战乱之中而无恙吗？

所以，林渺便想来看看这醉留居，看看那倾城的美人杜月娘！

“告诉小姐，有位公子想见她！”老鸨上到小阁楼，对守在楼前的一名小丫头道。

那小丫头望了林渺一眼，有些不屑地转身行入阁楼之中。

林渺心中微恼，望了老鸨一眼，淡淡地道：“妈妈心意已到，你可以先去忙你的了。”

老鸨望了林渺一眼，不由得不好意思地道：“我这女儿脾气是有些大，让公子在楼外相候，实在不好意思。”

“呵呵……”林渺洒脱地笑了笑道：“事实上，这全是男人捧出来的，我们不能不承认，越是有架子的女人，就越能勾起男人的好奇心和欲望！”

老鸨的眸子里闪过一丝惊讶，没有回答，却笑了，道：“公子说话真有趣，也很直率！”

“这个世上虚伪的人太多了，做一个直率的人，会显得与众不同，才会显出自己独特的个性！不是吗？”林渺笑着反问道。

老鸨眸子里闪过一丝讶异之色，由衷地道：“难怪公子这么自信能见到我这女儿，确因公子有着与众不同的独特思想！”

“小姐说今天不想见客！”那小婢很快便行了出来，冷冷地道。

老鸨微微错愕，望着那小婢正欲说话，却被林渺阻住了。

林渺淡淡一笑道：“妈妈先去忙吧，这里便交给我！”说完并不理会小婢，大步向阁楼之中行去。

“你要干什么？”小婢大惊，忙伸手相阻。

林渺哪会在意，伸手轻拨，那小婢哪能阻住？

老鸨也大为愕然，急忙呼道：“公子！”但是林渺根本就不听她的呼唤，更不理会那小婢的阻拦，直接进入阁楼，似乎他已经下定决心，不见杜月娘势不罢休！

老鸨和小婢大急，可是这根本就没有用。

“小姐……”小婢见阻不住林渺，不由得委屈地急呼。

“让他进来！”阁楼之中传出一声极为慵懒而甜美的声音，似乎有些无奈。

林渺扭头望了小婢一眼，露出胜利的一笑，老鸨也无可奈何地笑了，却看到了林渺丢给她的鬼脸。

那小婢直气得翻白眼，但却拿林渺没办法，试问她哪是林渺的对手？

林渺掀帘进入内阁，却见灯光之下，一美人正倚在太师椅边翻看着竹简，一小婢以小扇为其驱暑，淡淡的檀香味使得整个内阁透着一种说不出的温馨情调。

林渺微呆，只见那美人身着薄纱罗裙，秀发如瀑散泻于肩头身后，罗裙在臂间轻绕几圈，有种说不出的惬意和洒脱，玉面粉颈，以及那深具立体感的五官，确可用沉鱼落雁、闭月羞花来形容。

林渺心中暗赞，此女之美与梁心仪的美是两种截然不同的风格，与小晴相比，更胜几分清丽和风情，虽不比白玉兰那种超凡脱俗，但却多了白玉兰所欠缺的妩媚和女人味。

杜月娘没有将目光自简牍之上移开，只是慵懒地问道：“公子强行入内，不觉得唐突吗？”

林渺没想到对方一开始便立刻兴师问罪，但他仅是淡淡一笑，道："难道这个罪名小姐不应该承担一些吗？"

"公子惊扰他人休息，难道有理？"杜月娘缓缓收起简牍，抬头望向林渺。

林渺心神再震，只是因为杜月娘那清冷而略带忧郁的明澈的眼神，这是让任何男人都会为之心碎的眼神。自眼神之中，仿佛可以让人读到一则凄美而伤感的故事。

杜月娘也微微怔了一下，同样是因为林渺的眼神，这是一种她从未见过的眼神，深邃、野性、傲然、直率而又不含半点杂念，这与往日那些男人急色的眼神绝不相同。

"惊扰他人休息自是不该，但是小姐这样对待你的仰慕者，难道不也是一种错误吗？当然，如果小姐要拒所有仰慕者于门外，那又何必要艳名远播，累人千里相追呢？"林渺不答反问道。

杜月娘一怔，倒没料到林渺居然扯出这样一个歪理。

"如果每个仰慕者都能得见小姐，你当小姐是什么人？"刚才那阻止林渺进入的小婢怒气未消地反问道。

杜月娘没有说话，显然是想看看林渺如何回答。

"我听闻小姐有倾城之美，今日一见果然非虚，我想小姐既问我之罪，当非不识书礼之庸俗之辈，既有仰慕者来访，何以拒于千里之外？当然，这位姑娘所说也是，小姐分身乏术，不能如众愿，可小姐也不应厚此薄彼，我们并非乞求小姐走出深闺安抚众生，只想小姐对真心慕名而来之人不以闭门之礼相待便可，难道小姐认为我有错？"

顿了顿，林渺又道："强入小姐深闺是不对，但小姐应看在我一片赤诚之心的分上，不要怪我鲁莽之罪，若要怪，小姐也应承担一些责任才是！"

林渺的滔滔之辞，只让两个小婢哑然无语，便是杜月娘也怔住了，还从来没有哪个男人在她面前如此言词激烈，几乎所有的男人都是卑躬屈膝讨她欢心，对她的兴师问罪更是诚惶诚恐，可是林渺却反过来问她的罪。

“如果小姐仍心中不快，那我林渺只好掉头而去，从此死心了！”林渺耸耸肩，对视着杜月娘，似乎有些无辜和失望地道。

“还不给林公子备座倒茶？”杜月娘回过神来，向那气鼓鼓的小婢吩咐道。

“谢谢小姐不责之恩！”林渺悠然笑道。

“公子教训得对，月娘确有不是之处，还请公子海涵！”杜月娘起身极为真诚地向林渺行了一礼。

林渺慌忙还礼道：“我信口胡诌之语，只是想为自己开脱罪名罢了，小姐万勿当真！”

杜月娘一愣，不由得莞尔一笑，那立在她身边的小婢也禁不住笑了。

“公子快人快语，真乃性情中人。”杜月娘由衷地道。

“小姐过奖了，我只是喜欢率性而活，有时难免冒失犯错，幸稍有小聪明，急智挽救，这才不至于酿成大错。若说性情中人，倒也非全是如此！”林渺接过那小婢板着脸孔递来的茶，不好意思地笑道。

杜月娘又有笑意，确是觉得眼前之人说话很有意思，虽然话风粗俗，但措辞却又雅致。乍听，似乎深具痞性，可细品却又觉得其儒雅过人，倒像是一个兼具雅俗的智者，不像一些儒生们那般咬文嚼字，也不像痞子一样粗痞不文。加上林渺那鲜活的表情，竟形成一种独特的魅力，即使是杜月娘见过的人物无数，但还是第一次接触林渺这种人。

“林公子是自外乡而来吗？”杜月娘淡然问道。

林渺并不否认地点了点头，道：“不错！”

“公子仙乡何处呢？”杜月娘又问道。

“宛城，不知小姐到过否？”林渺也问道。

“只闻棘阳燕子楼中曾莺莺和谢宛儿两位姐姐艳冠当世，才艺天下莫有能比，不知公子可否见过？”

林渺笑了笑道：“在没有见到小姐之前，我也这么认为，不过现在嘛，艳冠当世也不见得了，我觉得与小姐相比，各有所长，难分轩轾。至于才艺，尚未得逢，实为遗憾，但想来今日小姐不会让我千里抱憾而返吧？”

杜月娘不由得笑了，有若万花齐放，直让林渺看得有些晕眩。

“公子真会说话，如果今日真将公子拒之门外，只怕会是月娘今生之憾事了。”

“小姐过奖了，我也只是想千里觅佳音，幸好我是一个不撞南墙不回头的人，一般来说，这种遗憾是不会发生的！”林渺耸耸肩，悠然笑道。

杜月娘以无限娇媚的眼神望了林渺一眼，笑意盎然地柔声道：“月娘很少有今日这般高兴过，既然公子千里觅佳音，那月娘也不怕献丑为公子奉上一曲，看公子觉得可是佳音否？”

林渺大悦，喜道：“洗耳恭听！”

杜月娘莲步轻移，至一古琴之旁悠然坐下，才扭头向林渺嫣然一笑。

林渺顿时魂为之销，今日之局，实有些出他意料。

“铮……咚……”杜月娘玉指轻拨，一阵弦音悠然而起，如自九霄之外缓飘而过，直入人心头。

琴音柔缓而缥缈，空灵而清越。

“将仲子兮，无逾我里；无折我树杞，岂敢爱之……将仲子兮……畏我诸兄……”

在琴音缥缈之际，杜月娘轻声而歌，歌声轻恻，缠绵激荡，若九月莺啼，与琴音相合，绕梁不绝，时而悠扬仿自九霄天外而还，时而低婉仿飘自幽谷冥界……

林渺不由得听痴了，整个心神完全融入了歌声琴声之中，浑然忘却了身外的世界。

琴音歌声绝去良久，林渺才缓缓回过神来，不由得赞道：“此曲只应天上有，人间哪得几回闻？得听此曲，死亦无憾也！月娘此曲此歌，只怕曾莺莺和谢宛儿听了也会从此闭口不开，弃琴不用了！”

杜月娘得到赞赏，神情极是欢悦，喜滋滋地道：“公子的称赞是月娘听过最动听的。”

“那我的呢?”一个冷冷的声音带着一股浓浓的醋意飘了进来。

门帘掀开，一年轻人大步跨入。

“卫公子!”杜月娘惊呼。

林渺扭头斜眼望了望步入的年轻人，却并不怎么在意，他知道此人定是老鸨口中所说的卫家大少爷卫政。

“卫公子……”老鸨也气喘吁吁、急急忙忙地跑了进来，望了林渺一眼，眼中闪过一丝无奈。

卫政并不搭理老鸨，扫了杜月娘一眼，随即目光又落到林渺的身上，犹如欲择人而噬的猛兽，低声略带嘶哑地冷声问道:“你是什么人?”

林渺心中大为恼怒，忖道:“此人好生无礼，老子就不理你这副嘴脸，看你咋办?!”想着不由得扭头先向杜月娘洒脱地笑了笑道:“这或许是美好回忆之中的一个污点，不过仅只月娘的歌声和琴音就够我品味一生，多一点污渍也无伤大雅，是吗?”

杜月娘的脸色有些难看，倒没想到林渺如此轻松自若，老鸨也为林渺担心起来。

卫政大怒，吼道:“你究竟是什么人?”

“过客!小寄萍踪，闲戏游云清风，你说我是谁?”林渺浅呷了一口香茗，悠闲自若地回应道，意态有种说不出的潇洒，便是一旁本来紧张兮兮的小婢也露出沉醉之色。

杜月娘眸子里也闪过一抹温柔，林渺的答话依然是那么特别，总会给人一种新鲜的启示。

老鸨的眼里亦闪过一丝惊讶，林渺出口不凡，颇有诗韵，加上声音铿锵有力，极为悦耳。

“敢对本公子油腔滑调，你找死!”卫政大怒。

“公子，不要!”杜月娘大惊呼道，但她还没来得及呼出口，卫政的剑已出鞘，化成一道弧光直奔林渺的咽喉。

“好狠的剑！”林渺低呼了一声，同时左手在背上一探，背上的刀连鞘横移。

“当……”卫政的剑被林渺的刀身准确无比地截在空中。

卫政的剑身因击出力道过大，曲成弓状，而后弹直。

“蹬蹬蹬……”卫政连退三步，才稳住身子，林渺却依然端着茶杯，背上的刀仍然斜插着，仿佛没有一点异动。

卫政的脸色苍白，双眼之中差点都喷出火来，但林渺似乎毫不为之所动。

老鸨和杜月娘眼中闪过一丝惊讶之色。

“这里只谈风月，本公子不想血染香闺，如果你愿意畅谈风月，我十分欢迎，如果想卖弄手段，便是你乃当朝太子，我也奉陪到底！”林渺轻啜了一口香茗，傲然冷声道，语调之中透着一股无与伦比的自信。

卫政的长剑斜指，剑尖不停地颤鸣着，显然在心上人面前丢了脸，使他本就嫉妒如狂的心更怒，几乎丧失了理智。

“卫公子！”老鸨还真怕弄出事情来。

“卫公子何必动气？有话好好说呀！”老鸨又急声道。

杜月娘也大为生气，恼道：“卫公子，他是我的客人，如果你尊重我的话，就应该尊重我的客人，我当你是好朋友，难道你对我连最起码的一点尊重也没有吗？”

卫政听杜月娘这番责备，又是窝囊又是羞愧，平日趾高气扬的他哪里受过这等鸟气？但是他又不敢真的惹怒杜月娘，若杜月娘因此而恼他，那他会更为痛苦，但叫他咽下这口窝囊气，却又不可能。

想到刚才杜月娘为林渺奏曲高歌，卫政内心不由得妒火如狂，不由得道：“难道月娘不记得我们今日之约吗？”

“对不起，今天我心情不好，不想赴任何约，公子请回吧！”杜月娘冷冷回应道。

“月娘！”老鸨微急，欲说情。

“妈妈，帮我送送卫公子！”杜月娘并不理老鸨的话，立刻下了逐客令，显然对卫政的无理动了真怒。

老鸨有些无可奈何地望了卫政一眼。

“不用你送，我自己会走！”卫政一拂袖，狠狠地瞪了林渺一眼，眸子里充满了无限的杀机。

林渺却露出一丝高深莫测的笑容，虽然他知道在竟陵卫家并不好惹，但却根本就不将之放在心上，因为他明天就要离开竟陵，深入云梦泽，自不用再在意竟陵卫家。

老鸨无辜地望了杜月娘一眼，又有些担心地对林渺道：“我看公子……”

林渺打断老鸨的话，笑了笑道：“妈妈不用担心，宵小之辈，见得多了！”

“公子，竟陵卫家的人很多，公子虽勇，只怕也双拳难敌四手！公子还是尽快离开为妙，请妈妈领公子自后门出去！”杜月娘也担心地道。

林渺不由得笑了，来到醉留居，没探到魔宗之人的消息，倒惹了卫家这个麻烦，确也好笑。不过，见到这才貌双绝的名媛，也算是一种意外的收获，或者算是一种意外的艳遇，若不是卫政这小子搅和，说不定今晚便可一亲芳泽。林渺心中不由得暗恨，旋又一想，不由为自己的念头汗颜，人家当自己是知己，而自己却只想着一亲芳泽。

“公子不用担心，后门不远处有条小河，只要到了河边，就有船，便是卫家的人来了，也不会找到公子！”杜月娘见林渺脸色微变，以为他在担心，不由得安慰道，她哪知林渺是在为自己的念头惭愧。

林渺听杜月娘如此一说，不由得哈哈大笑道：“小姐多虑了，我还从未怕过谁，我只是担心今日一别，何日才能一睹故人芳容，听得那天籁之音！”

杜月娘见林渺此刻仍如此自若，还有心情说笑，心中大为钦佩，对林渺的依恋甚为心喜。但谈到分别，也微微黯然，皆因林渺的一举一动让她心中产生了一种前所未有的感觉，她也不想这么快便与林渺别过，听林渺说话，她心中有种从未有过的快乐。

“世事难料，只要公子有心，可常来看月娘，我便心满意足了。”杜月娘黯然伤感地道。

老鸨和两个小婢大为讶异，女人的直觉告诉她们，这位平时眼高于顶的绝代佳人，竟对这仅相聚不到一个时辰的男人动了情。

“林渺一定会的！有佳人相候，便是身在天涯，也会归心似箭，重逢之日不会遥远！”林渺也是相别依依地道。

“如果公子不弃的话，请收下月娘此物，睹物思人，公子便不会忘记竟陵有位弱女子的一颗盼君重聚之心！”说完杜月娘自脖上取下一块玉佩，缓缓递了过来。

林渺不由得大为感动，握着尚有余温的玉佩，心中涌起千般滋味，同时也自怀中摸出一锭金子，用力一捏，竟在金子之上留下四个指印，递给杜月娘道：“我身上无甚东西可赠，便将这略带铜臭味的东西送给月娘，还望不弃。”

杜月娘和老鸨望着被林渺轻松捏扁的金子，不由得大感骇然，但杜月娘却欣喜地接在手中。

林渺捧起杜月娘的双手，温柔地吻了一下，然后在杜月娘的激动和老鸨的愕然之中转身便向阁外行去，心中更涌起了强大的斗志。

杜月娘从激动中回过神来，林渺已经走出了门外，不由得急呼道：“公子保重！”

“我会的，为了美人之约，我也会好好保重自己！”林渺自信的笑声自门外传了进来。

老鸨急忙赶了出去。

林渺才出阁楼，便觉两旁风声大起，不由得微惊，疾退一步，眼角余光却见两柄长剑自两个方位斜刺而至。

“找死！”林渺冷哼一声，背上刀背一翻，横掠而出。

“当……”左边袭来的剑竟应声而折，林渺整个人如弹丸般撞出，那剑手还没弄清是怎么回事时，林渺的拳头已砸上了他的胸部，然后他便听到自己体内的骨裂之声，身体不由自主地倒飞而出，在空中洒下一蓬热血。

右边袭来的剑因林渺身子突进而斩空，那剑手欲变招之际，顿觉剑身仿佛嵌入了磐石一般，待他看清之时，却只发现林渺那冷冷的眼神，原来他的剑被林渺以两指相夹。

老鸨奔出来之时，正是那人惨号着捧腹跪下，整个身子弓成了虾公状。

“不自量力!”林渺并没有理会老鸨，只是自两个剑手的中间悠然穿了过去，仿佛一切都从未发生过一般。

老鸨都看呆了。

林渺下楼，一步一顿，手扶栅栏，神刀连鞘扛于肩头，有种说不出的惬意与轻松。

楼下出现了一些骚动，数人向林渺极速奔来，显然正是卫府之人，而卫政却不知去了哪里。

林渺嘴角泛起一丝冷笑，依然不紧不慢地下楼，而卫府的八名家将守在楼梯口。

“卫政呢?”林渺立在楼道中间，冷冷问道。

“小子，想撒野也不看看地方，纳命来吧!”一名卫府家将怒叱道，同时飞身扑上。

林渺悠然一笑，这人的动作在他的眼中看来简直慢得犹如老牛拉破车，漏洞百出。

“去死吧!”那人大喝。

老鸨和围观之人皆惊，眼看利剑便要刺穿林渺的咽喉，林渺却突地出脚。

“砰……”林渺的脚后发而先至，那人的剑距林渺咽喉还有三寸之时，已惨哼着身子倒飞而出，直撞向另外七名围守楼梯口的卫府家将。

那七人大惊，慌忙散开，而林渺的身形已如风般自他们之间逸过，待他们发现之时，林渺悠然行于两丈开外，背对着那七人，仿佛根本就不惧这几人的偷袭。

那七名家将相互望了一眼，同时大吼一声，向林渺扑到。

林渺仿似未觉，依然信步而行，有种说不出的优雅和坦然。

“小心！”老鸨急忙呼道，眼看七件兵刃全都即将斩上林渺的身子，蓦地暗影一闪，那七名家丁手中兵刃尽数而落，捂着手腕惨号不已。原来在他们每人握兵刃的手上，各插着半根筷子，筷子透过手背，这才使他们连握兵刃的力气都没有了。

众人的目光全都向筷子飞来的方向看去，却见两位中年汉子正搂着两名极为清丽的女人在喝酒，桌上的四双筷子少了两双，但却没有人知道他们是如何出手的。

这两人正是苏弃和金田义，林渺大步行向两人，依然是笑得很灿烂，只不过耸了耸肩，无奈地道：“只怕我惹祸了！”

苏弃和金田义也不由得笑了，多倒了一杯酒，递给林渺。

林渺也不客气地接过，与苏弃和金田义的酒杯碰了一下，然后一饮而尽。

“祸是我们三个人闯下的！”苏弃也喝了酒，笑道。

“好了，玩了这么长时间，我们也该走了！”金田义推开身边的女人，立身而起，悠然道。

苏弃也不多恋，整了整衣衫，道：“好吧！”

林渺又摸出两块碎银放到桌上，道：“这是两位姑娘的！”说完扫了那几名惨哼着的卫府家丁一眼，这群人只是望着林渺却不敢再攻击，何况他们已经无力出手了。

林渺再扫视了一下四周，却并没有发现卫政，他也不想见到这个人，于是大步向门外行去，苏弃与金田义紧随其后。

夜风微有些凉意，此季已经入秋，远处江风吹来，带着微潮的气息，使人感到无比的轻爽。

天上的繁星灿烂，宁静而神秘，浩瀚而广袤，月光如水，光华流泻于地，颇有几分朦胧的诗情。

长街肃静，战乱后的长街，多了七分萧条，三分冷意。不过，此刻林渺却只感受到三分萧条，七分杀意。

是七分杀意，肃杀而宁静，林渺不会觉得自己的判断失误，事实上他并没猜错。

长街的尽头，横列着十名杀气腾腾的神秘人物，十人一体，杀意浓烈。

林渺止步，苏弃和金田义也止步，他们并不是不想前行，而是不能前行。前行的路弥漫着一股浓重的杀机，他们不得不审视自己是否有力闯的实力。

林渺有些惊讶，直觉告诉他，这群人全都是好手，难道这些人全是卫府之人？

“卫政难道可以在如此短的时间内便回府调来这么多高手？”林渺心中忖道，可是旋即一想，这是不可能的事，卫府在城南，而这里是城东，一来一去，绝不可能这么快，也不可能一时找到这么多的高手。那么，这些人又是哪一路人马呢？他们到底想干什么呢？

苏弃和林渺相互对视了一眼，都看出了彼此的惊诧。

“前面是哪路朋友？”金田义喝问道。

“是敌人，绝不是朋友！”长街之旁的屋顶之上突地响起了一声冷哼。

林渺和金田义诸人的脸色再变，对方已经如此肯定地回答了，不用问也知道是冲着自己而来的，也并非卫府之人，可是他们却想不起来在竟陵除了刚结下梁子的卫府之人，还会有什么敌人。

林渺心头一动，脱口道：“原来是魔宗的人，我们正在到处找你们，没想到你们却自己送上门来了，真可谓踏破铁鞋无觅处，得来全不费功夫！”

那十位神秘人的杀气波动了一下，屋顶上的神秘人物不由得笑了起来，不屑地冷问道："是吗？那倒是一件好事，不知你找我们做什么？"

苏弃和金田义也吃了一惊，立刻知道林渺所猜没错，但是他们却没有想到魔宗之人竟会这么快便找到了这里，不免大感意外。

"他们便在前面，不要让那小子溜了！"一阵急促的呼声自长街之后传来，伴随着一阵马蹄之声。

林渺一听，大喜，这才是竟陵卫府的追兵，只不过他们姗姗来迟，竟自后面追了上来。

火把的光亮映亮了整条长街，只怕这次卫府出动的人不下四十之众，声势非小。

林渺忖道："来得好，来得越多越好！"

苏弃和金田义不由得相视望了一眼，林渺却低喝道："退！"

魔宗的杀手先是一愣，不明白怎么回事，还以为是官兵来了，但见苏弃和金田义随在林渺之后转身便向那火把光亮之处飞退而去，这才意识到林渺想溜。

卫府的家将乘马而来，来势极快，冲在前面的几人本来是追林渺而来，却忽见林渺等人迎面扑至，而在其身后还有十余名杀气冲天的人。

林渺也感到那股杀气越来越浓，魔宗杀手，绝不想让他活着离开，是以必定会自后方追来。不过，他并不急，而是拔刀高喝："卫政，今日就是你的死期，兄弟们，给我杀！"

卫府家将人数众多，一时又不明所以，见林渺扑了上来，自然尽皆挺枪而刺。

魔宗杀手本以为林渺要逃，杀意凛然地高喝："小子，你跑不了！"但是见林渺杀入卫府家将之中，方知这群人也是林渺的敌人，正欲停步观战，卫府的家将却已驱骑杀了过来。

卫府家将哪里会知道这群魔宗杀手是来杀林渺的，见这群人追着林渺而来，而林渺又高呼："兄弟们给我杀！"还以为这群人也是林渺的同党，是以自不会留情，挺枪便杀。

苏弃和金田义大喜，此刻他们才明白林渺让他们后退杀入卫府家将之中的用意了，不由暗赞林渺急智。

林渺此刻自不会对卫府家将手下留情，神刀锐不可挡，但他仅只想夺下健马。

苏弃和金田义与林渺心思一致，在这种情况下，自然是先夺战马为上。

长街虽宽，但数十匹战马相驰，也显得有些拥挤，林渺连劈三人，翻身上马之际，倏觉头顶劲风响起，却是那在屋顶上的魔宗杀手居高临下地杀到。

林渺无奈，此刻四面皆是敌人，他只好弃马，滑至马腹就地滚落。

“嗥……”战马一阵惨嘶，竟被拦腰斩断。

那杀手欲再追林渺，却被卫府的三名家将给缠住了，这群卫府家将也够凶狠的，急速冲杀之下，那群杀手想不还手都不行，欲解释更没有机会，在乱枪之下，竟被宰了两人，而卫府家将也折损了十余人。

卫府家将都杀红了眼，在这长街之上，不是卫府的人，都杀！

林渺险险避过蹄踏之危，又飞身将一名卫府家将撞落马下，夺马便向长街的另一端冲去，金田义和苏弃也不恋战，夺马便逃。

冲出卫府家将的包围圈，林渺仍不忘回头高呼道：“兄弟们，你们撑一会儿，我去搬救兵！”直把那群魔宗杀手气得差点晕过去。

金田义和苏弃更是哈哈大笑，策马扬长而去，并快速甩掉几个追来的卫府家将，仅留下那群杀手与卫府家将狗咬狗地大斗一番。

在竟陵城中，这样的情况并不少见，义军也管不了这么多，主要还是因为王常不想与当地的豪族发生冲突，这就形成了一种法纪的空白，使得当地豪族为所欲为，只要不惹怒义军，在城中杀人放火也不会有人管。这便是乱世，谁强谁就是老子！

金田义和苏弃都受了些轻伤，林渺的肩头也被刺了一枪，不过伤得不深，仅是一些皮肉之伤而已，能够摆脱那群魔宗杀手的伏击，这点小伤又算得了什么？何况还要了对方这么一手。

回到翠微堂，夜已很深，四下寂静，不过，杨叔房中的灯火依然亮着。

林渺将夺回的马儿拴在院中的杨树之上，他也该休息了，不过他不知能否安枕。

“吱呀……”杨叔的房门突地打开，探头道：“三位回来了?”

林渺和苏弃三人微讶，问道：“杨先生还未休息?”

“在等你们，此际正值多事之秋，三位出去，只怕魔宗之人会趁机下手，分散击之，见到你们回来，确实让人高兴。”杨叔淡然道。

“杨先生的猜测真准，我们确实与魔宗的杀手遭遇过!”金田义淡淡一笑道。

杨叔吃了一惊，讶异自语道：“好快，竟能这么快便掌握了我们的行踪，那三位可有与他们交过手?”

“没有!”林渺摇了摇头道：“如果交上手，只怕我们已经无法回来见你了，这群人确实很可怕!”

苏弃并不否认林渺的话，若是他们真的与对方交手，以他三人之力要对付对方十一名杀手，鹿死谁手确实难以预料。最起码可以肯定的是，想这样轻松回来，绝没可能。

“进来坐吧，我为几位准备了竟陵美酒!”杨叔道。

林渺和苏弃、金田义三人相互望了一眼，露出一丝淡淡的笑意，也不客气，全都挤入杨叔的房间之中。

“希聿聿……”几声马嘶惊扰了林渺和杨叔诸人的谈话。

林渺抓起刀伸手便捻灭了灯光，反应之快，连苏弃也为之佩服。此刻他也明白，眼前这个年轻人得到湖阳世家的看重并非无因，仅看其面对魔宗杀手的那种急智和眼下的这份机警，就可知其非同一般。

苏弃和杨叔诸人极速散开，倚墙而立。

林渺轻轻在窗子之上捅出一个小洞，透过小洞，借着月色却见院子之中横列着一排黑衣人，有若幽灵一般。

林渺心忖："好快，居然这么快便追来了！"

杨叔的脸色也显得有些难看，不用问他也知道这群人便是刚才林渺口中所说的魔宗杀手，没想到这些人竟会如此之快地找上门来，显然是不将竟陵的湖阳世家人杀尽绝不罢休。

林渺也有些疑惑，湖阳世家与魔宗有如此大的仇恨吗？用得着做得如此之绝吗？不过事实总不能凭个人的猜断而定，有些事情是不需要理由的，要来的终究会来，要面对的终究必须面对。

苏弃欲出去，但却被金田义拉住了，林渺也不想贸然出去，只想静观其变。至少，到目前为止他尚没有看到白庆作何反应，如果小晴所说不假，白庆与魔宗之人有关系，他倒想看看白庆如何应付这种局面。

"白总管在吗？"林渺低声向杨叔询问道。

杨叔摇了摇头，也小声地回应道："他去了王常将军府！"

"什么？"林渺大愕，他还以为白庆会在翠微堂内，却没想到白庆竟不在，那这一切是不是巧合呢？

"他说他去准备明天早晨的船只，是以带了钟先生及一名家将便去了。"杨叔解释道。

林渺为之头大，不过此刻他已经无从知道白庆是不是去准备船只，抑或是准备其他的什么。眼下白庆不在，应付这群杀手，便只有靠自己几人了，此刻他倒有些相信小晴所说的是事实了。白庆并不是个好东西，可是知道又有什么用呢？没有证据不会有人相信他所说的话，毕竟白庆在湖阳世家的身份非同小可。

魔宗杀手们似乎并不想掩饰自己的行踪，足音在静夜之中极响，一静一动，使屋内的每个人心情都不由得紧张起来。

"嗖嗖嗖……"几支弩箭自西面几扇窗子之中奔射而出，直逼那群杀手。

"叮叮，呀……"几声轻响之中伴着两声闷哼，显然有人中了这突如其来的暗箭。

林渺知道，西边的厢房是那六名家将所居之所，而钟破虏也是住在西边，只不过此刻钟破虏也随白庆而去，西边厢房只有五名家将，是他们率先发起攻势的。

“嗖嗖……”又是一轮弩箭破空，那二十余名魔宗杀手这次已有防备，极速避开，并无伤亡，但却有几人小心地向西厢房逼去。

杨叔大感欣喜，金田义也顺手摘下墙上的大弓，以远攻的形式出击是一种不错的办法，至少可以让对方心里多一些压力。

“嗖嗖……”金田义弩箭信手而出，其去势之疾，那些魔宗杀手根本就没有躲闪的机会，抑或是他们疏忽大意了，没想到除西厢之外，还埋伏有箭手。

“给我点火！”杀手中一人冷喝道。

林渺等人吃了一惊，如果对方施以火攻，那时他们便再也难借房屋藏身了。

“哧……”黑衣杀手立刻点燃了一团东西，也不知是何玩意儿，一擦便着，迅速抛向杨叔等人所在的房子和西厢房。

“嗖……嗖……”西厢房借火光之便又射出两轮弩箭，那群黑衣杀手由黑暗突然处于光亮之中，眼前一时没适应，立刻又有三人中箭而倒。

房子一接触那火球状的东西，立刻便燃了起来。

林渺知道再也不能待在屋子之中，“哗……”地踹开窗子，便掠了出去，并将身上的衣袍一抖，“呼……”地便掩在那刚燃起的火头之上。

那火焰像是突然之间遭遇强力挤压，顿时熄灭。

魔宗杀手们似也吃了一惊，林渺竟如此轻巧地便将那燃起的火苗灭去，实让他们有些意外。

“哪里来的宵小之辈，竟敢来翠微堂撒野！”林渺既已出来，自不能退缩，不由得冷喝道。

“呵呵……”有人冷笑，却并没有人回答林渺的话，仿佛那只是不值得回答的问题。但他们却紧紧逼向林渺，他们所要做的，并不是说话、聊天，而是杀人！

杀人才是他们这次行动的目的，至于为什么要杀人，这是一个不能得知的答案，也许，那并不需要理由；也许，理由太多，不过不重要！

弱肉强食是乱世的真理，有了真理，其他的任何“理”都无足轻重，这是必然的。

林渺横刀而立，夜风肃杀，衣袂飘飘，自有一股不可一世之气魄。

那五名家将持弓而出，紧立在林渺之后，他们并不想让林渺孤身作战，至少，这里是湖阳世家的地盘，绝不能让人在此撒野！

“翠微堂的人是你们杀的？”林渺悠然问道。

那群杀手其中一人淡漠地道：“不错！”

林渺听出刚才正是此人吩咐放火的，想必此人应是这群杀手中的头领。在人数上，对方确实占着优势，但他却无法回避。

“你们为何要杀他们？”林渺觉得自己问了一个多余的问题。不过，他却借问这个问题之时打量了一下身前呈弧形排开的十六人。来敌本有二十余人，但在那轮暗箭的射杀之下，只剩下这十六个仍能够立着说话，但仅这十六人便足以成为一大威胁。

“你去地府后，问问他们就会知道是因为什么了。”那人冷冷一笑道。

“那很好！你来送我一程吧！”林渺将刀向肩上一扛，无比轻松地道，仿佛真是想寻死一般，便是立在他身后的白府家将也吓了一跳，不明白林渺这是在弄什么玄虚。

“很好！那就送你一程好了！”立刻有两名杀手自两翼斜扑而上。

林渺记得这两人，在长街之上挡路的便有这两人在内，而那说话之人正是曾自屋顶袭击他之人。

林渺眼睛都没眨一下，望着那两柄剑奔面而至，似乎在思索着另外一件事。

五尺，四尺，三尺，二尺……林渺依然镇定，全不知死神已在眼前。

那群黑衣杀手嘴角泛起了一丝冷厉的笑，眸子里闪过一抹残忍的杀意，他们似乎极为渴望见到飞溅的鲜血，听到绝望的惨叫，而这一切，即将发生。

那五名家将大惊之下，竟忘了呼喊，而相救已是不及。

“阿渺……”杨叔和苏弃在屋子之中看得分明，不由急得大吼。

林渺的嘴角边也泛起了一丝淡淡的笑意，绝不是恐惧，也绝不是他不怕死，而是因为他知道，自己死不了！

剑锋尚距面门一尺之时，林渺动了，身若游鱼般扭成一道完美的弧线，肩上的刀以绝美的弧迹划出，与身子的扭曲协调得无可挑剔。

两柄剑都刺空了，林渺的身子弯下，如一只匍匐的老龟，而刀却是那沉重的龟壳。

“铮……滋……”两名杀手的长剑落空，立刻下切，但是却斩在林渺背上的刀面之上，而刀锋自剑锋上滑过，响起一阵刺耳至极的金铁之声，犹如一枚枚刺针直刺耳鼓。

“呀……呀……”那两名剑手欲再变招之时，倏觉手指一痛，林渺的刀锋顺势已切断了他们握剑的手指。

“砰……”林渺身子一挺而起，双臂舒展，以汹涌之势倒撞在两名杀手的胸膛之上。

“哇……呀……”两名杀手的身子同时飞跌而出，在火光的映衬下，喷出两口凄艳的鲜血，胸腔完全凹陷。

林渺悠然转身，神刀依然轻松地扛在肩头，面对着那群神情冷漠的杀手，仿佛什么事情都不曾发生过一般。

那五名家将不由得微微发呆，都愣住了，他们没有想到林渺杀人会杀得如此轻巧利落，比宰鸡还要轻松，都不由得精神大振。

屋中的杨叔和苏弃也都大喜，杨叔从未见过林渺出手，只是知道其曾救下白玉兰，而且诛杀孔庸，击退杀手残血，但那些都只是传闻，事实究竟如何他们可不知道。今日一见，林渺似乎比他想象之中要强多了，而且似乎比传闻中还要厉害，这怎不让他们欢喜？

“这两个还不够资格，我看，还是要你亲自动手，或许还会有些效果！”林渺悠然自得地道。

谁都知道，那两人再无活命之理。

那杀手头领的脸色微变，却依然冷然道：“好身手，难怪有此狂劲！不过，这一切都是没用的，今日你必须死！”

“那要看你以多大的代价交换了！”林渺悠然笑道。

“那不是问题！”杀手头领冷笑了一声，随即极速出剑，剩下的十余名杀手也尽数出剑，所有的目标全都指向林渺！

“呼呼……”五名白府家将手中的大弓疾抛而出，以锐不可挡之势直逼对方十四名杀手，他们绝不会再闲着，立刻加入战团。

“嗖……”一支弩箭自林渺身边擦过，钉入一名杀手的心窝，却是金田义出的手。

苏弃急赶而至，杀人，绝不能没有他的份，即使是战死，他也应是其中一员！既然对方已经找上了门，避无可避，便唯有一战！

林渺低啸，声若龙吟凤鸣，望着自四面奔涌而至的刀光剑影，竟涌起万状豪情。

“就让你们的鲜血来祭祀本公子的神刀吧！”林渺朗声大笑道，同时，大步上前，肩头的龙腾刀化作一道精芒横掠过虚空。

刀出，夜空若裂，顿生千军万马厮杀的惨烈场景，而这一切，只因龙腾刀的出手！

白府家将只觉得刀风割脸，杀意仿佛抽干了虚空中的空气，让人有种窒息而绝望之感。

这是什么刀?！这是什么刀法?！

“叮叮叮……”金铁交鸣声不绝于耳，林渺身动如风，刀锋过处，剑折人亡，那些破铜烂铁根本就无法与林渺手中的神刀相抗衡，触之即折。

“哧……”林渺的身形急退，腰间的衣衫被挑破，这是唯一漏网之剑，这柄剑的主人正是那杀手头领。

林渺退开，杀手中已有五人抚腕惨哼，另八人骇然倒退，手中只握着半截断剑。一招之下，兵刃竟被林渺尽数断去，怎不叫他们惊骇？

林渺险险避过那头领致命的一剑，只觉腰间火辣辣的。

那头领绝不想让林渺有任何喘息的机会，如影随形，但在这里并不只有林渺一人，还有五名白府家将。

五件兵刃交错而出，根本就不给那头领伤害林渺的任何机会。

林渺伸手在腰间摸了一下，微有些血迹，心中暗骇对方的剑式之刁钻，刚才若不是五位白府家将抛出的五张大弓干扰了那群杀手的视线和攻势，只怕自己根本就躲不开那柄要命的剑，即使躲开了，也不可能只挨这么一剑，更不可能达到连断十余柄利剑的震慑效果。

"叮叮……"杀手头领在瞬间击出三十六剑，五名白府家将竟被逼得倒退了两步。

"撤！"杀手头领不再进攻，身形倒旋，低喝了一声，竟向院外飞掠而去。

那群握着断剑的杀手们似也无心恋战，转身紧随杀手头领之后飞掠而去。

苏弃刚赶到现场，杀手们已经消失在院墙之外，那五名家将欲追，却被林渺喝住了。

"阿渺，你受伤了？"杨叔也赶忙跟了起来，他并不会武功，是以在刚才那种环境之下，他根本就帮不上忙，但见林渺一刀退敌，禁不住大喜过望。

"无甚大碍！"林渺咬了咬牙，自若地笑了笑道。

"噗……"一声闷响惊动了林渺，众人抬头一看，却见一人自墙头倒栽而下。

杨叔和苏弃也不由得吃了一惊，还以为是那群杀手去而复返。

"白横！"一名家将突然惊呼。

杨叔和林渺诸人也都吃了一惊，急忙赶过去，那人却挣扎着爬了起来，浑身浴血。

“白横!”杨叔也认了出来，此人正是翠微堂唯一生死未卜的人物，却没想到在这个时候如此巧地出现。

“究竟发生了什么事?”杨叔忙去扶住白横，急问道。

白横抬眼一望，见是杨叔，不由得露出了一丝喜色：“是……是你们!”

“快，快，先扶他入屋，快去打些热水来!”金田义向一名家将吩咐道。

那几名家将急忙去打水。

“我怀里有……有……”白横说到这里竟昏了过去，显然是见到了救兵，本来紧绷的心神突地一松，便再也支持不住了。

“他怀中有什么?”林渺惑然问道。

杨叔伸手在白横的胸前摸了一下，却摸出了一本染血的小册子和几个药瓶及一锭银子。

“我想他说的可能是这本东西。”林渺提醒道。

“快，先扶他入屋!”金田义催道。

“吱……呀……”与此同时，正当杨叔扶着白横向内堂走去时，翠微堂的大门却悠然而开。

金田义和林渺回头，不由得低呼：“总管!”

杨叔扶着白横正入内堂，却没有听到林渺和金田义的轻呼，也没有注意到白庆的归返。

“总管回来了?”金田义微喜道。

“发生了什么事?”白庆一眼便看见地上杀手们的尸体，以及满地的血迹。

“魔宗的贼人刚刚离去!”林渺吸了口气道。

“魔宗的人刚才来过?”白庆似乎有些讶异地问道，说话之间，急速赶到那八具尸体旁，神色微变。

白庆神色微变并不是因为地上的八具尸体，而是因为落在地上的五只断臂和十三截断剑。

五只断臂极有规则地呈现于地，像是有人故意摆弄的一般，而那十三截断剑，与断臂之间又似乎暗含规律，这才是白庆色变的原因。

白庆抬起头来，微微望了林渺和金田义一眼，却没有说话，似乎是在猜究竟是谁干的。

“我看此地不宜久留，不知总管可否借到船只？”金田义问道。

白庆叹了口气道：“近来，战事将起，船只全都被充为官用，要不就是被义军占用，一时之间还真难借到船只。”

“总管不是去见王常将军了吗？难道他连这点面子都不给？”林渺反问道。

“总管虽去见王常，可是王将军天黑之前已经离开了竟陵去了蓝口集，听说义军在蓝口集吃紧！”钟破虏出言道。

林渺讶异，没想到王常这么忙，早知在下午见到他时便提出借船之事，那样也不会弄得这么麻烦，而且待在这鬼地方，力单势薄，魔宗杀手又说不定何时卷土重来，这确实有些让人头大。

“只好等到明天再说了，我明日去卫府看看，湖阳世家与他们有生意上的来往，想来不会不给面子。”白庆道。

林渺不由得想起了卫政，心道：“若他知道老子就是湖阳世家的人，不找我们晦气才怪，又怎会借船给我们？”不过，他心中虽然这样想，口中却没有说出来。

“总管回来了！”一名家将端着热水自膳房之中行出，见到白庆，不由得叫了一声。

“白才，你在做什么？”白庆见他这时候还端着一盆热水，不由得问道。

“哦，白堂主受了伤，杨先生让我端热水。”那家将回应道。

“白横回来了？”白庆神色先是一愣，后又显出一丝难以捉摸的神情，却又有另外一种意味。

这一切自然没有逃过林渺的眼神，对于白庆的每个表情，他都不愿漏过。

白庆大步向厢房之中行入，他要去看看白横，这失踪了的白横为何又突然回来了呢？他究竟带回了什么？这之前他又跑去了哪里？这些都是白庆想知道的。

白横依然昏迷着，白庆来到厢房之中，见白横的身边围着一群人，不由得问道：“白堂主怎样了？”

众家将见总管回来了，不由得让开一条道，杨叔却叹了一口气，道：“他一直昏迷不醒，伤势极为严重！”

“怎么会这样？他回来之时可有说什么？”白庆目光扫了众人一眼，沉声问道。

“究竟发生了什么事，我们也不知道，他回来时，什么也没有来得及说便昏了过去！”杨叔叹了口气道，旋又记起那本小册子，正欲说，林渺却自后面赶了过来。

“我想白堂主肯定是被敌人追杀而至，否则也不会浑身是伤，只怕贼人此刻已在附近了！”林渺分析道。

白庆和杨叔诸人身子一震，立刻想到了这个可能。

“大家小心戒备！”白庆向那几名家将吩咐道。

那几名家将迅速行出，他们知道事情的严重性，是以迅速奔出厢房。

“希聿聿……”一阵战马的嘶鸣自翠微堂外传了过来。

厢房内的众人心神顿紧，杨叔暗道：“不好！”

“来得好快！”林渺吃了一惊，自语道。

白庆神色也微变，看了杨叔一眼，淡淡地道：“杨先生在这里看着白堂主，我出去看看究竟是什么人！”

杨叔点了点头，道：“总管放心，我看着就是！”

林渺也望了白横和杨叔一眼，转身随在白庆身后行了出去。

“翠微堂可有人在？”一个声音飘了进来。

林渺又吃了一惊，他听出是卫府之人，不明白卫府的人是来找他晦气还是追杀白横，不由得与苏弃对视一下，苏弃也听出了那是卫府之人的声音，立刻明白林渺的意思。

“总管，是卫府的人，我和卫政有些小过节，不知其来意之前，我看我还是先回避一下吧？”林渺道。

白庆微感惊讶，望了林渺一眼，苏弃也肯定地点了点头，白庆自无怀疑，不由得道：“好吧，你陪杨先生先留在屋中！”

“谢总管！”林渺说了声，转身退回了屋中。

此时杨叔正用热水小心地擦拭着白横身上的血迹，并为其包扎伤口，见林渺又回来了，不由得讶异问道：“外面是什么人？”

“是竟陵卫府的人，不知道是做什么，我与卫家大公子有些过节，此刻不便露面，总管让我回来陪你。”林渺道。

“哦。”杨叔恍然大悟。

“我……现在是在哪里？”白横的声音有若蚊蚋一般响起，却让杨叔和林渺吓了一跳，但旋又大喜。

“你醒了，太好了！”杨叔大喜道。

“我现在在哪里？”白横虚弱地问道。

“翠微堂，大总管也来了！”杨叔安慰道。

“什么？”白横脸色大变，呼吸变得急促地道：“不，不，不要见他，他，他……”一急之下，白横又昏迷了过去。

“白堂主！白堂主……”林渺和杨叔大急，呼了几声，但白横却昏沉如故，掐人中也没有用处。

杨叔和林渺不由得面面相觑，不知道白横为什么听到“大总管”这三个字时会如此激动，而且那说了一半的话又表示什么呢？为什么不要见白庆呢？而“他，他”什么呢？白横究竟想说什么？这个“他”自然是指大总管，而湖阳世家的大总管只有一个，这个人就是白庆。

白庆究竟怎么了？难道他对白横做了什么？而白横又知道一些什么呢？

杨叔望了望昏迷过去的白横，又望了望一旁的林渺，竟不知说什么好。

林渺心中不由得想起了小晴的话，又与白横的表情相对照，心中不由得蒙上了一层阴影。

杨叔和林渺相对沉默了半晌，杨叔突地问道："要不要告诉总管？"

林渺审视了一下杨叔，吸了口气道："我看暂时不要说！"

杨叔又惊愕地看了林渺一下，突地问道："你好像知道些什么？"

林渺耸耸肩道："我什么都不知道！"

第十五章　内奸之谜

杨叔微愕，望了望白横，长长地吁了口气，林渺的回答有些滑头，不过他也不能奢望林渺说些什么，不由捅破窗纸，偷眼望了望院外。

白庆依然在大门之处，但却并没有预想的战斗，一切似乎都很平静，白庆只是在与门外之人说话。

“这本小册子之中不知道写了些什么?”杨叔拿出那本小册自语道。

“秘密！只不过是关于什么的秘密却是不得而知了。”林渺耸了耸肩道。

杨叔笑了，林渺的回答和什么也没说一样，他自然知道这之中定是秘密，否则怎会劳动那么多人四处翻找，把翠微堂差点没掀过来。

杨叔竟有些不敢翻开那本小册子，但他却明白，最终是要打开这本册子的，只是时间的迟早问题而已。

“你打开看看吧。”杨叔将小册子递给了林渺，他对林渺倒极为信任，至少，老太爷白鹰和小姐白玉兰都极为信任林渺，而且林渺又与刘秀、邓禹是朋友，是以他相信林渺。

林渺耸耸肩，有些好笑地道：“杨先生真滑头，要知道看秘密只会是一种负担!”

“但也是一种信任!”杨叔不以为意，也笑了笑，回应道。

林渺无可奈何地笑了，伸手接过小册子，极为慎重地翻开了一页。

杨叔微微愕然，他也看清了那一页上的东西，事实上什么都没有，只是空白。

林渺吸了口气，又缓缓地翻过一页，依然是空白一片，什么也没有。

林渺与杨叔不由得相视望了一眼，都看出了彼此的愕然。

“再翻!”杨叔又道。他也急了，看上去这小册子并不厚，怎会开始两页一个字也没有呢？至少弄个什么小标题也可以呀。

林渺又翻了一页，还是空白，他心里也火了，急速翻过这本只有几十页的小册子，但却傻眼了，半天没有回过神来，整本册子一个字都没有，全都是空白一片，这完全是场闹剧!

杨叔的脸色都变了，也跟林渺一样傻了眼，自语道：“怎会这样？怎会连一个字都没有呢？这不可能!”

林渺也无可奈何地笑了笑道：“也许真是这样，只是我们对它期望太高而已，或是白堂主还没有来得及写什么也说不定!”

“那他为什么要提到这些?”杨叔问道。

“他并没有提到这本小册子，只是说怀中有东西，或许是怕我们穷，他说他怀中有点银子，拿去用吧，我不介意的。”说到这里，林渺自己也笑了起来。

杨叔想想，也哑然失笑，随即又自语道：“难道他是说这几个药瓶?”

林渺撇了撇嘴，道：“这个我就不知道了，只能等堂主醒了再问他，我们现在的想法只能算是一种猜测。”

“他们回来了!”林渺突又改口提醒道。

杨叔望了窗外一眼，林渺已将那无字之书纳入怀中，杨叔若无其事地为白横擦拭血渍，仿佛什么事也没有发生过，而林渺则撕下一根长带将腰间的伤口上了点药扎紧。

“白堂主还没有醒吗?”白庆走来悠然问道。

林渺摇了摇头，道：“我看要请个大夫来看看，堂主的伤势如此严重，只怕这样下去不是个办法!”

“如此深夜到哪里去找大夫呀?”白庆皱了皱眉道。

苏弃和金田义也皱了皱眉，他们对竟陵城内并不熟悉，而且此刻草木皆兵，那群魔宗杀手也说不定什么时候在哪里出现，若是落了单的话，很可能连死都不知道是如何死法。

“大家去休息吧，卫家答应明天借船给我们，有什么事情，明天再说，这里便由我看着就是!”白庆道。

林渺一愣，没想到卫家之人这么好打发，来到这里晦气没寻着，反而准备借船给他们，看来湖阳世家与卫家的关系还不错嘛。

“让总管看着怎么可以？这里便交给小的吧!”一名家将道。

林渺望了那人一眼，白庆也点了点头道：“那你就小心些，要是堂主醒了便立刻来通知我，明白吗?”

“白泉知道!”那家将点头道。

“那大家先去休息吧!”白庆吩咐道。

林渺想了想，见苏弃似乎要说什么，不由得拉着他便走出了房门。

杨叔望了林渺一眼，也什么都没说就跟着林渺行了出去。他倒不担心什么，反正众人都住在这旁边，若有什么动静，很快就会惊动众人，因此，他倒不怕发生什么意外。

林渺没有睡，其实，他睡与不睡并无多大的区别。他睡觉也是在练功，以一种奇怪的姿势保持睡姿，体内的真气依然可以运转自如，自然流畅，这便是鬼影劫中的一个基本法门，也可算是一种练气的形式。

林渺的头脑保持着一种空明而清醒的休眠状态，这是一种休息，但同时又可以最快的速度对周围发生的事情作出最迅捷的反应，即使是窗外的风吹草动也无法瞒过他的灵觉。

这是一种与听觉不相同的境界，是直接升自心底的一种明悟。

“总管，堂主醒了……”白泉的声音似乎映入了林渺的心中，而白泉此刻正在敲白庆的门。

林渺心头一动，立刻醒来，但却没有马上起身，他倒想看看白庆与白横之间究竟是怎么回事，为什么白横不愿意见甚至是害怕见到白庆？是以，他并不急着出去。

“啊……”一声闷哼自不远处的白横房中传来。

林渺暗叫不好，在寂静的夜空之中，那声闷哼特别清晰，是以音量虽小，却逃不过林渺的耳目。

“哗……”林渺带刀飞速冲破窗子，直扑向白横所在的房间。

白泉显然也听到了这声闷哼，吃惊地忙自白庆的房外赶回。

苏弃也正在此时破门而出，但他的速度比林渺要慢上少许。

“哗……”白横的房顶炸裂而开，一道黑影冲天升起，如夜鹰一般掠向黑暗。

“堂主……”白泉立刻明白是怎么回事，林渺再无怀疑，不由得怒吼道：“鼠辈休走！”身子一旋之际，也掠上屋顶。

“嗖嗖……”林渺才上屋顶，便觉几道冷厉而充满杀机的劲风扑面而至，不由得微吃了一惊，横刀一切。

“哗哗……”一阵爆响，黑暗之中迎面而来的却是几片屋瓦，瓦砾四射，却被林渺的护身气劲震开，但如此一来，林渺身形略阻，便只能眼睁睁地看着那神秘人物掠向院外。

金田义和苏弃自两个不同方向疾追而出，他们的身形并未受阻，但林渺却知道这两人追不上对方，因为对方的身法太快。

杨叔和几名家将也冲了出来，钟破虏亦追击而出。

林渺心头一动，不入白横房间，却掠向白庆所居的厢房。

那几名家将错愕不明所以，但却不阻林渺，他们都急着赶向白横的住处。

“哗……总管！”林渺伸手震开白庆的房门，但见屋内空空如也，并没有白庆的影子。

林渺冷哼一声，转身退了出来，直奔白横的房间。

白横死了，前额尽碎，死于重手之下，双目依然怒睁，不知是惊恐还是愤怒，其眼神没人能够读懂。

屋中所有人都呆住了，谁都知道白横死了，但这个结果却是他们都不曾预料到的。

“总管不在房中！”林渺拉了一下杨叔的衣襟，低沉而冷漠地道。

杨叔的脸色再变，有些讶异地望着林渺。

林渺丝毫不让地与杨叔对视着，他的心中没有任何波澜，平静得连他自己也有些吃惊。

“刚才？”杨叔神色变幻不定，突然像是病了一场般问道。

“就是刚才！”林渺肯定地点了点头，他发现杨叔的脸上有愤然之色，但他却没有再说多余的话。

蓦地，林渺似有所觉，扭头向外望去，不由得微怔，他看到了白庆。

白庆急步赶了过来，表情间似乎有些愕然。

“发生了什么事？”白庆老远便问道。

林渺望了杨叔一眼，杨叔也正在看着他，两人的眸子里同时泛起了一丝愤然，但很快又平复了下来。

“白堂主被杀了！”林渺平静地道。

白庆一入屋便发现了白横的尸体，脸色大变，喝道：“白泉，这是怎么回事？”

白泉扑通一声跪倒在地，神色大变地道：“总管，都怪属下不好，一时疏忽。白堂主一醒，我便去通知你，可是贼人却趁虚而入，待小人赶回之时，便成了这个样子。”

白庆一听，一脸懊悔和悲愤地颤声道：“是我害了他呀，没想到我只去出恭片刻，就发生了这等事，这不能全怪你，都怪我！”

林渺和杨叔不由得对视了一眼，都没有说话，而此时苏弃和金田义及钟破虏都垂头丧气地赶了回来，一见白庆，不由得都告罪道：“我们没用，让那恶贼逃了！”

林渺心中暗叹，这个结果早在他的意料之中，但那又能怎样？

“算了，那贼人太厉害，跑了就跑了，我们还是明天赶快离开这是非之地，请到天机神算就可以完成任务了！”林渺拍了拍苏弃的肩头，安慰道。

苏弃苦笑，他不能否认林渺的话，对方确实是太厉害，仅速度就不是他们所能比的，只追了两条街便将人给追丢了，他也无话可说。

杨叔叹了口气，也附和道：“我们把白堂主的尸体埋了吧，入土为安，既然死人不能复活，我们便要好好为明天的事准备一番，我不想明天仍被贼人所扰！”

“杨先生说得对！”林渺赞同道。

苏弃先是一怔，不明白林渺和杨叔何以对这事如此轻描淡写，不只是苏弃，便是白庆和其他的人也一样，所有人的目光都不由得投向两人。

林渺叹了口气道：“大家都待在这儿难道便可等到凶手自己回来吗？难道就可以让白堂主活过来吗？在这件事之上，我们已经输得一塌糊涂了，我们应该放下这已经发生的惨局，养精蓄锐去应付另外的突发事件，只要在另外的事上赢回来，也不能算是满盘皆输，大家认为如何？”

林渺此话一出，众人不由得皆点头默许，虽然心中悲痛难免，但也知道林渺的一片苦心，便连杨叔也暗赞。

“把白堂主埋了吧。”杨叔伤感地道。

一大早，卫府便有人来翠微堂通知船只已经准备好了。

由于白庆、林渺一行只有十二人，因此并不需要特别大的船，只一般的渔船便行了，而适合十二人坐的船并不多，幸好卫府办事效率极好，准备了两艘不大不小的船，每只船载十人没什么问题，事实上只需载上六人就可以了，而且每只船上都备了干粮等物，准备还是挺周全的。由此可以看出，卫府对湖阳世家的人确实很重视。

竟陵附近，战云密布，便是江边也搭起了哨台，竟陵义军的戒备极严，若非白庆诸人和卫家的身份都很特殊，根本就不能够自由地出城，更别说想乘船而去了。

白庆昨晚所说之话并不假，连江边的渔船都已停运，不准往来于沔水两岸，以防有敌军乘船渡江，或有奸细出入，即使是卫家和白庆诸人，也得让义军检查船舱，若有可疑人物，也会被抓起来。

当然，杨叔诸人有义军中的偏将赵胜罩着，并不会出乱子，这是昨日王常的吩咐，因此，赵胜对其多有照顾，而杨叔诸人便将不能装船的战马送给义军，也算是对王常的照顾稍作回报。

这两艘船上只能带四匹战马，带多了，船的空间不够，而此刻江边根本就没有大船，即使有大船，十二人也不可能轻松操纵。是以，他们只好将多余的战马舍弃了，本来还想到了竟陵，让翠微堂的人带路开船，可是此刻翠微堂根本就没人，便连向导都要在竟陵花钱请，确让杨叔诸人感到无奈，不过所幸的是杨叔知道避尘谷如何走，这也是杨叔此次随队的主要工作。

十二人上船后，便往避尘谷方向而去。

林渺、金田义、苏弃及其中三名白府家将乘坐一船，而白庆、杨叔、钟破虏等六人乘坐另一船。

“魔宗的人会不会继续追来呢？”苏弃淡淡地向林渺问道。

林渺散漫地挥了一下船桨，笑了笑道：“这个问题，只好去问魔宗的人了，我可答不上来。”

金田义也笑了，放下手中的桨，此刻船只顺水而流，根本就无须操桨。

江水流速极快，船体轻巧，速度倒也不慢，而且河面平阔，不用担心暗礁之类的，这也使得船上众人心神大松，而且这一路都将顺水而行，极为省力，只需两日时间就可进入云梦泽深处，而这段时间也挺无聊。

“对了，白堂主死前不是有些东西交到杨先生手中了吗？怎么没跟总管说呢？那又是些什么东西呢？”金田义似乎突然记起了什么似的道。

林渺扭头一看，白庆几人的船在十余丈之外，不由得吸了口气道：

“或许杨先生有他自己的原因吧，不过，迟早总会知道的。”

“杨先生昨晚的表情好像很怪！”家将白才也插嘴道。

林渺心头一惊，忖道：“自己太粗心了，虽然白横怀中有小册子的事白庆不知道，但这些家将也有几人知晓，要是白庆一问岂不是露了马脚?”不过幸好当时那群家将各忙各的事去了，只有金田义和苏弃及自己在场，另外几名家将并不知道。

“那是因为白堂主之死，白才可不能乱说话呀！”林渺提醒道。

另外两名家将在船尾操桨，并不知道前面四人的对话，是以并没有插嘴。

白才不好意思地笑了笑，道：“我去船尾好了！”

“刚才的话可不能乱说，若是惹出了麻烦，只怕我们都没有好日子过！”林渺叮嘱道。

“知道！我刚才什么也没有听见！”白才滑头地笑道，他对林渺倒很是尊敬，或许就是因为林渺一刀退敌，为他留下了一个极好的印象。

白才说完，便退到船尾去了。

此船长有二丈余，宽近丈，倒也不小，虽有两匹战马横在中间，但却并不挡路，这两匹战马是经过特殊训练的，并不惧乘船涉水，在船上，还极为安静。

“阿渺似乎有什么事情瞒着我们！”苏弃望着林渺，认真地道。

林渺吸了口气，扭头望了望后方十余丈外的另外一艘船，淡淡地道：“有些事情很难说，不知道反而会更轻松，知道只会是一种负担，更非一件好事。”

“多一个人承担总比一个人独自承担要好些，难道阿渺不把我们当朋友当兄弟?”金田义反问道。

林渺无奈地笑了笑，道：“只要你们愿意，我自不介意向你们说。不过，这只是一个没有结论的猜测，但当你们听了之后，可要有承受压力的准备哦。”

苏弃不由得捶了林渺一下，催道："说就说，不要在这里故弄玄虚！"

"白堂主死的时候，总管不在房间里。在你们追敌回来之前不到数十息的时候，他不知自哪里跑出来，他说他出恭去了！"林渺突地肃然道，表情之上看不到半丝波动。

苏弃和金田义先是愕然，但旋又有些生气地道："你不会仅凭这一点就会怀疑总管吧？"

"当然不会，还有一点，那是在你们去与卫府之人谈话的时候，当时我和杨先生待在厢房之中，而那时，白堂主醒过一次！"林渺又道。

"什么？你们当时不是说没醒吗？"金田义吃了一惊，有些不解地问道。

"是的，那是杨先生说的！"林渺道。

苏弃默默地望了林渺片刻，淡淡地问道："白堂主说了些什么？"

"他当时问我们，'他在哪里'，我们告诉他在翠微堂，叫他不用担心，说总管也来了，他当时神色大变，便呼：'不，不，不要见他，他，他……'说了这么多竟急昏过去，以后便再也没醒，正因为他这些话，我们猜不透他的话意是什么，又代表些什么，我们也便向大家撒了一个谎，否则你们要我如何向大总管汇报？"林渺反问道。

苏弃和金田义不由得都愣住了，他们虽猜不出白横这句话的意思，但是却不能怪林渺和杨叔没有实报，便是他们处在那种情况之下，也只有什么也不说，真正知道话意的人只有白横，可惜他却死了。

而白横最后的那个"他，他"又是想说些什么呢？这使得苏弃和金田义不能不思索，而后白横惨死，白庆却在这种重要的时刻不在房中，迟不出恭早不出恭，偏偏在这深更半夜跑去出恭，而且与白横的死凑得如此之巧，正当白泉离开厢房去向他报告的时候，凶手便潜进屋中杀了白横，这之间也太巧了！

林渺见苏弃和金田义没有出声，又道："魔宗之人对我们的行踪似乎了若指掌，包括我们去醉留居！而另外，杀手们闯入翠微堂时，总管不在，杀手一退，总管便回来了。当然，这些并没什么，在平时再正常不过，但太多的巧合凑到一块儿，便成了必然，而非偶然，这个问题不应该单纯地想！眼下湖阳世家草木皆兵，魔宗似乎对湖阳世家植于各地的产业和力量都知之甚详，这便不难让人想到，在湖阳世家中存在着极大的隐患，很有可能魔宗已渗入了湖阳世家，而且那人在湖阳世家中身份不低。因此，我们不得不对任何事情以最谨慎的心态去应对！”林渺淡淡地道。

金田义和苏弃都默不作声了，他们不知道该说些什么，如果叫他们去怀疑总管白庆，实在说不过去，因为怎么说白庆也是这次出行的头领，出门之时，老太爷还吩咐一切听他的安排，可是此刻却让他们去怀疑白庆的身份，确有些说不过去。

林渺笑了笑，望着苏弃和金田义悠然道：“我说过的，你们不会相信，有些事情不知道比知道更好，至少可让自己的心里少承受一些压力。白痴之所以活得无忧无虑，是因为他们什么也不知道！虽然我们做不到无忧无虑，但我们为什么不力求轻松惬意呢?”

金田义和苏弃对视了一眼，同时苦笑道：“你的话总似乎有些道理，可是我们现在已经知道了，那可怎么办呢?”

“把复杂的事情简单化，在无须面对它时，不想它，反正这只不过是一种猜测，并不是最后的结论，我们无须想得太多，不是吗?”林渺洒脱地笑了笑道。

苏弃和金田义又不说话了，林渺说起来简单，可是做起来却不是每个人都能像他那样去对待问题。

半晌，三人都不说话，你瞪我，我望你，大眼瞪小眼，突地，林渺笑了起来，苏弃和金田义也忍不住跟着笑了起来。

三人相视而笑，良久过后，林渺才打住笑声肃然道：“魔宗的人虽然杀了白横，但他们肯定没有得到想要得到的东西，而白横与我们有过接触，他们一定会想到东西被我们拿了。因此，如果我没有猜错的话，这一路上也不会真的平安，他们追上来并非一件奇怪的事。”

金田义和苏弃脸上泛起一丝淡淡的杀机，道：“如果他们真的追上来，就让他们领教一下我们的手段!”

“如果我们稍有大意，只怕未战已经先输一筹。因为他们既然敢追上来，便必有准备，所以我们绝不可以小视他们，也许魔宗比我们想象的更为可怕!”林渺提醒道。

“哦，如果他们真的追来的话，那你预备如何应对呢?”苏弃见林渺的神色，不由得反问道。

林渺不由得笑了笑，立身而起，来回踱了几步，然后拍了拍掌，叫了声:“起来吧!”

金田义和苏弃不由得愕然，不明白林渺为何突然要让他们起来。不过，既然林渺叫他们起来，两人也只好带着疑惑地立身而起了。

林渺笑了笑，俯身却掀开金田义所坐的甲板，笑道:“这里面就是要对付他们的工具!”

苏弃和金田义不由得大愕，只见甲板下面的浅舱中，竟是一堆棉帛和一堆箭及几张大弓，还有两个以泥封口的坛子。

“还有酒?”苏弃指着坛子惑然问道。

林渺笑了笑道:“一坛是酒，另一坛却是桐油!只要他们敢来，我保证让他们有来无回!”

苏弃和金田义又不由得全都发怔，船上什么时候会有这样一些东西呢?他们明明和林渺一起上船的，可是林渺却知道这些东西的存在，而他们却蒙在鼓里，一时之间都愕然望着林渺。

林渺盖上甲板，笑了笑道:“不用惊讶，这些并不是我放的!”

“那是哪里来的?我们怎会不知道?”苏弃讶异问道。

“你们自然不会知道，因为只有我一个人知道，这是我跟赵胜将军之间的秘密!”林渺诡秘地笑了笑道。

“赵胜!”苏弃和金田义不由得恍然大悟，顿时记起绿林军搜船的时候，让他们都离船，后来赵胜也来了，这才一切从简让他们回船，想来那只是赵胜故意如此，而赵胜之所以这么做，只是因为林渺的请求。林渺若想将这些桐油和箭支带上船，自无法瞒人耳目，但由那群义军放上来却是没有人会怀疑的。

赵胜并未吃亏，他放了这些桐油和箭支，林渺诸人的十一匹马却给了他。之所以有十一匹马，是因为昨晚，林渺诸人抢了三匹马，本就有十二匹，船上带四匹，剩下的自然都给了赵胜。

“哈哈哈……”金田义和苏弃相互望了一眼，不由得爆出一阵欢快的笑声，林渺也笑了。

“上游好像有艘大船驶来。”船尾的白才呼了一声，以提醒甲板上的林渺和金田义三人。

金田义和林渺三人停住笑声，又对视了一眼，苏弃道：“他们不会这么快便敢追来吧？”

林渺耸了耸肩，笑道：“谁知道？就是他们追来也不是一件奇怪的事情，难道不是吗？”

“我去看看！”金田义说着，纵身跃上两丈高的桅杆。

他们所乘的这艘船不是很大，但也设有桅杆和风帆。当然，这些只有在必要的时候才用，一般只需人工划桨就行了，很少升帆，而且帆不大，因为只有单桅，高不过两丈而已。

“果然有艘大船，而且是三桅帆，只不知是不是那群狗娘养的船！”金田义叫道。

白庆那条船上的人见林渺船上之人又是笑又是闹的，而且金田义还爬上桅杆，不由得也向上游望去，不过他们却并没有意识到什么，只当林渺诸人是在胡闹。

苏弃敬服地拍了拍林渺的肩膀，却没有说话，对于这个年轻人，他确实是满怀敬服，只这小小的准备，就看出其过人的远见和智慧。而林渺这几天的表现也确实赢得了他们的尊敬，不管是一起嬉闹，还是一起战斗，都似乎有种乐趣，并不会让人觉得沉闷，而且他会做出令人意想不到的举动，得到的结果却是最好的！因此，苏弃对这个伙伴极为信服。

金田义跃下桅杆，他的心思与苏弃一样，最初他并不怎么在意这个名不见经传的年轻人，可是现在却完全改观了。无论是林渺的谈吐，还是行事风格，都让他无可挑剔，无不显出其睿智和机警，而且其武功更是深不可测，足以让他们信服。

“何事让你们如此高兴?”杨叔在另外一条船上高呼道。

“我们看见了一条没有穿裤子的鱼!”林渺扬声笑道。

杨叔先是一怔，然后两条船上的人全都笑起来，苏弃差点笑得滚到江水之中。

金田义也是笑得前仰后合，顿时整个江面上尽是笑声，便连白庆也忍不住大笑起来。

良久，众人的笑声才歇，林渺这才肃声道：“有没有看到上游那艘大船?那可能是我们的老朋友追来了，大家小心些!”

杨叔诸人不由得扬首后望，此时大船已经看得比较清晰，但尚在数里开外，他不明白林渺何以如此说，但肯定会有其因。

“他们来得好快!”苏弃道。

“三帆齐张，自然快了!”林渺并不觉得奇怪。

“在这种天气之下，三帆齐张不是在赶路便是在追人，否则在这种情况下，绝没有必要这般扬帆苦追!”苏弃看了看天空道。

“今天的天气确实还可以，苏先生说得很有道理，不管怎样，先看看再说吧!”林渺伸了个懒腰道。

“阿渺怀疑那是魔宗的船追来了?”杨叔在那边的船上问道，那船上的家将用力划动桨，企图让两船靠得更近一些。

“只是有可能而已，也不一定是，待会儿就可以知道了!”林渺回应道。

大船的速度确实很快，由于三帆齐张，每张帆都吃满了风，又是顺流而下，其速自然非同一般，很快便进入了众人的视野，可以清楚地看清帆上所绣的图案。

帆上绣的图案似乎并没有多大意义，仅只是一些有若星月一般的图案，让人无法想到其代表哪路势力，抑或根本就没有哪路势力用这样的图案。

“杨先生可知道有哪家旗帜是用星月作标志的?”林渺问道。

杨叔皱了皱眉，摇头道：“好像并没有听说过，那旗子上是星月图案吗?”

林渺望了望苏弃和金田义，他们也一脸茫然，不由忖道：“或许这并不代表什么。”

“果然是我们的老朋友!”金田义又再次爬上桅杆远望，突地道。

“哦?”林渺讶异，也掠上桅杆，只见那大船甲板之上立着两人，其中一人身罩黑色披风，在江风的吹拂下一动不动，像是一尊雕像，而在其身边的另一个人正是昨晚伤了林渺的那个杀手头领。

林渺皱了皱眉，只从这两人所立的方位来看，那身着黑色披风之人显然比那杀手头领的身份更高，而杀手头领的武功已经够可怕了，昨夜若非几名家将出手，他只怕会重创在对方的手中，如果这身着黑色披风的人武功更高，那今日之战只怕结果难料了。

“果然是他们，好快的速度，但他们又是从哪里弄来这样一艘大船呢?”林渺不解地自语道。

“若他们的大船直接开过来撞向我们，只怕我们的‘小’船难以幸免了。”金田义担心地道。

“白总管，上游的那艘大船果然是魔宗的船，大家小心了!”苏弃提醒道。

“在总管所乘之船的甲板下可有箭支和桐油?”金田义反问道。

林渺点了点头，笑道：“当然有！就算对方的大船可以轻松撞翻我们的船，但只要我们不给他们机会，他们也没有办法!”

金田义也笑着点了点头。

“卫家也为我们准备了几大坛酒，想来这些东西够用了!”林渺指了指舱中的酒坛，笑道。

“阿渺，我们该怎么办？看他们的架势，好像准备撞沉我们的船！”白才有些着急地道。

“别急，还有两里之地，我们与总管的船保持距离就行，不要隔得太远！”林渺吩咐道。

这几名家将对林渺的吩咐言听计从，一来是因其为小姐白玉兰身边的红人，又得老太爷重视，加上昨夜连杀数敌，又一刀退敌，使他们对林渺极为敬服。

“总管，在你所乘船头的甲板下有桐油火箭，让大家准备一下，保证让那些魔头有来无回！”林渺向另外一条船上悠然叫了一声。

杨叔和白庆同时吃了一惊，钟破虏却已迅速掀开船头的甲板。

“总管，果然有火箭！”钟破虏惊讶地道。

杨叔和白庆不由得望了望林渺，他们不知道何以林渺如此神通广大，竟然能在他们的船上准备这些东西，而林渺根本就没有上过他们的那条船，这是肯定的，可是若这桐油火箭不是林渺准备的，那他怎么会知道得这么清楚，而把其他的人都蒙在鼓里？

杨叔望着望着，不由得笑了起来，只是白庆没有什么表情，眸子里似乎闪动着一丝惊讶，又似乎在深思着什么，或许是在思索林渺这个人。事实上，他一直都小看了这个年轻人，而这个年轻人似乎总能做出些让人惊讶的事情来。

林渺并不在意白庆怎么看他，这并不重要，重要的是他要活得轻松一些，而且眼下，他面对的是来犯的强敌！

“只怕我们最后仍无法避免与他们正面交手，以他们的大船，我们根本就不能够在顷刻间将之毁去，如果他们逼近了，就算烧了他们的船，他们也会爬上我们的船！”苏弃担心地道。

林渺皱了皱眉，他知道苏弃的话没有错，当对方的船出现在视野中之时，他才发现对方的船与自己所乘之船似乎不成比例，只怕几支火箭根本就无法对其造成多大的损伤。

“将船与总管的船靠近些，你们全都去他们的船上！”林渺突然道。

“你要干什么？”苏弃讶异问道。

“白才，与总管的船靠近些！”林渺大声吩咐道。

“好的！”船尾的几人一齐出力，林渺一边掉转船头，一边道：“我们绝不能与对方近距离交战，要想废掉他们的船，我们自不能不作牺牲，我便用我所坐的船换取他们的船好了！”

“用我们这条船换他们的船？”金田义讶异问道。

“不错，我们还有一条船接应，而他们没有，这便是我们的优势，他们注定会惨败！”林渺自信地笑了笑道。

“我不明白！”苏弃惑然道，虽然林渺的话不错，但是如何以船换船呢？

“我们要主动出击，而总管的船便在下游接应我们。我们不需与对方交手，只要毁了他们的船就算赢了！”林渺解释道。

金田义和苏弃似懂非懂。

“阿渺，你这是要做什么？”白庆见林渺把船靠了过来，不由得惑然问道。

“总管，请你把船上的几坛酒全搬到我船上来，这两匹战马只好忍痛割爱了！”林渺向白庆船上呼道。

“你要做什么？”杨叔也不解地问道，不知林渺在故弄什么玄虚。

“我要去把他们全赶到河里去！”林渺自信地笑道。

“把他们赶到河里去？”白庆不明白林渺此话是真是假。

“对方的船那么大，至少乘载了六七十人，仅凭我们这点微薄力量，只怕根本就不可能取胜，有这些火箭桐油也是没用的！”钟破虏也看清了对方的大船，有些泄气地道。

杨叔也极为泄气，对方的船头高一丈有余，长少说也有六丈，这样的大船便是载上百余人也绝没问题，钟破虏说六七十人只是保守的估计，如果让对方靠近了，即使是毁掉对方的船，那些人也可夺下自己的船，这么多人的力量自不是他们这十二个人所能抗衡的，要知以翠微堂的三十余人都难免被灭之祸。

林渺豪气上涌，向苏弃使了个眼色，苏弃和金田义立刻掠上白庆的船。

“我自有退敌之法，不过还望总管及时接应才是！”林渺笑了笑，随即又道：“苏先生和金先生把酒坛搬来，钟先生也帮帮忙吧。”

白才几人也跳上白庆的船，将六坛美酒全都搬上林渺所在的船上。

白庆望着林渺，却没有说话，只是表情极为复杂，他有些弄不懂这个年轻人。

杨叔不知林渺会有何退敌之策，但见林渺如此自信，他也不好再说什么，只是提醒道：“要小心些，千万不要小觑魔宗的人，盲目地小看敌人对自己不会有什么好处的！”

林渺不由得笑了笑道：“我会小心的，你就等着我的好消息，看着我对付他们好了，不过，你可要好好接应我哦！”

“小心一些！”白庆也提醒道。

“白才，你们不要跟去，苏先生和金先生有没有兴趣去玩上一把？”林渺反问道。

苏弃和金田义望了一下那艘大船，又望了望林渺，朗声笑道：“怎么可以没有我们？”

“阿渺，我的水性最好，你就让我也一起去吧？”白才有些渴望地道。

“是啊，白才水性极佳，让他去，多一个照应也好。”白庆附和道。

“那好吧，请总管先烧掉他们的破帆，让他们的船速减下来！”林渺望了望那大船道。

白庆一怔，犹豫了一下，自船头拿起几支蘸有桐油的火箭，呼地一声便射了出去。

此刻大船已经进入了射程之内，以白庆的臂力，足可射到八百步开外，是以火箭如夜空流星，在大船上的人还没有注意之时，便已破入帆中。

“呼……”箭身的桐油一沾帆，立刻便开始烧了起来。

“呼……”钟破虏也飞速射出一支火箭，顿时，大船之上的三张帆烧起了两张。

“总管，我们去了，你们也升帆速行吧，只要射下对方第三张帆就行了!”林渺笑着以大桨在白庆的船上点了一下，让两只船分开。

“升帆!”杨叔立刻吩咐道。

白庆和钟破虏运足臂力，两人两箭同发，直射对方第三张大帆。

“噗……”一道暗影掠过，身形在空中打了两个旋，竟然将白庆和钟破虏两人射出的火箭接在手中，正是那身着黑色披风之人。

“呼……”但第三张帆最终还是被火箭射中燃了起来，却是林渺射出的箭。

林渺早料到，那船头之人绝对会阻止第三张大帆的燃烧，前两支火箭是出乎他们的意料之外，而后来便有准备了，自然不会让白庆和钟破虏射出的火箭击中目标，但是他们却没有想到自林渺的船上也射出这样一支火箭。

大船巨震，船速猛减，本来吃满风的大帆，已烧开了三个大洞，洞边的火苗不断地向四面扩展，火借风势，烧得极快。

甲板之上立刻人头攒动，有人急忙泼水灭火，但大帆已经烧得不成样子。

林渺可以想象得到船上之人此刻的愤怒，仿佛可以感受到其涌动的杀机。

苏弃和金田义及白才见之大为兴奋，斗志也更为高昂。

“好了，伙计们，我们便迎上去吧!”林渺操起木桨努力地使船逆流而行。

大船一点点地逼近，船上之人的表情已一目了然。

“待会儿，便把酒坛先砸上他们的船，砸得越破越好。白才，只要酒坛一碎，你便向那里放火箭，不烧死他们才怪!”林渺吩咐道。

苏弃和金田义立刻明白林渺的心意，不由得大喜。

“嗖嗖……”就在此时，一阵箭雨密聚而下。

林渺三人吃了一惊，连忙躲入船舱之中，只望着大船缓缓逼近，听着两匹战马的惨嘶却无可奈何。

“我下水凿穿他们的底板！”白才突然道。

“那样更好！”林渺点了点头，赞同道。

白才拾起船舱中的大斧，翻身就跃入水中。

林渺探头望了望逼近的大船，抚了一下背上的神刀，心情稍稍缓和了一些。

苏弃和金田义两人的手都捧着酒坛，在等待着时机的降临。

“小子，明年的今日就是你的忌辰！我要撞得你粉身碎骨！”大船船头传来一阵哈哈大笑，笑声之中透着无限的杀机。

林渺心中暗道：“老子但愿你这样！”想着翻身便立在船头的甲板之上。

“小子，你有种，还敢出来！”说话的正是昨晚与林渺交过手的那杀手头领。

“宵小之辈，何足挂齿？老子从来就没把生死放在心上！”林渺扛着刀毫不在乎地道，心中却在盘算着这大船的船首排水板究竟有多厚，其龙骨是扎于何处。

林渺在湖阳世家的造船厂里干过数日，虽然叫他造船，他还没那能耐，但对于船的构造却已是了若指掌。

“那便让我们送你一程好了！”望着大船便要碾过小船，大船甲板之上的人全都狞笑。他们没有必要出手，却都想看看小船粉身碎骨和小船之上的人被撞飞的场面。

十丈、五丈、四丈、三丈……林渺突然地喝道：“抛……”

“呼……呼……呼……”小船之上数道黑影飞射上天空，然后轰然落上大船。

大船之上的众人大惊，不知黑影为何物，待到快落下之时，才发现只是一个个大坛子，有些人纷纷躲避。

“哗……哗……”有的人以手中兵刃格挡，坛子立破，坛中美酒便全淋到他们的身上和甲板之上，也有几个坛子落在无人之处，在甲板上摔个稀巴烂。

“是酒……”甲板上有人惑然呼道。

那身着黑色披风之人和杀手头领本来对这些坛子也微感惑然，见并没有什么杀伤力，也没有伤着人，便没怎么在意，正在不解林渺弄什么玄虚之时，听到有人喊是酒，不由得大呼：“不好……”

“哈哈……迟了！”林渺大笑，苏弃和金田义已抛出了第十坛烈酒。

“呼……嗖……”林渺身形划了一道优美的弧线，自背后接过一支火箭，弯弓射上虚空，目标正是那自高处向大船上落下的酒坛。

那杀手头领大呼不好，哪敢再让那酒坛落上大船，飞身欲将酒坛击入江中，但他怎么快得过箭的速度？

“嗖……哗……”酒坛应箭而裂，酒水四射之时，沾上火箭的火星，轰然燃起，化成一团火光如流星雨般洒向大船。

“放箭！”船头之上身着黑色披风的人大怒，吼道。

林渺哈哈大笑，接过一坛烈酒，拍开泥封，此时两船只相距丈许，林渺伸手将火箭伸入坛口之中。

坛口升起一股蓝色火焰之际，林渺大呼：“朋友们，送你们一个好礼物！”说话之间将坛口冒火的大酒坛抛上了大船。

船头的黑衣人拂袖扫去，但酒坛是林渺巧劲所抛，竟向侧边滑去，那黑衣人的劲风扫上坛身，酒坛轰然炸开，坛子的碎片如支支弩箭一般四射而开，烈火轰地冲上两丈多高，随即再如流星雨般洒落。

大船船头的箭手本欲发箭，可是他们根本来不及，那酒坛的碎片已射入他们的体内，有的甚至射入甲板之中，那狂猛的热浪和火光，使人几乎一时看不清东西，声势之骇人，只让人心胆惧寒。

“呼呼……”甲板之上的酒水遇火即燃，有些人本来身上也淋了酒水，也同样遇火即燃。一时之间，哪还会有人放箭来管林渺诸人？大船顿时陷入了一片火海之中。

“我来了！”林渺大笑着飞身直向大船的破浪板撞去，手中的神刀如巨锥一般破入破浪板中。

“轰……”破浪板哪经受得起林渺这一撞，而且林渺手中所持是神兵利器！

林渺身子和刀一下穿入船舱内部。

“轰……”大船船身巨震，小船立刻碎裂成两截。

“呼……”苏弃将最后一坛烈酒自林渺穿破的破洞之中抛入大船底舱中，他与林渺之间似有着无比的默契。

林渺一刀击碎酒坛，在底舱杀手们扑来之际，已点火抛了出去。

“轰……”大船底舱也见火即燃。

金田义正欲将那坛桐油也抛上大船，但觉一道凌厉至极的劲风当头压下。

天空顿时像陷入了一片黑暗之中。

“小心！”苏弃大吃一惊，那身着黑色披风之人的速度好快。

金田义骇然，手中桐油只好向天上抛去，而此时小船巨震，立刻裂成碎片，他脚下一虚，顿时落入水中。

“轰……”那坛桐油爆裂而开，那身着黑色披风之人掌势不绝，直击向金田义的脑门。

“休得张狂！”苏弃抓住倾倒的桅杆急速横扫，直砸向那黑披风之人。

那人大怒，如果要杀金田义，势必会被这大桅砸中，这沉重一击，只怕他也会受伤，不由得手掌一翻，倒迎上击来的巨桅！

“轰轰……”响起一串密集的爆裂之声，两丈长的巨桅竟碎成粉末，而苏弃几乎被震得要吐血，可当他还没回过神来之时，那只大手已经到了面前！那人的速度快得让他暗暗叫苦，而且功力可怕得让他吃惊，势无可挡之下，只好横剑平切。

“啪……”剑折。

苏弃一声惨哼，身子倒跌而出，撞在大船的腰板之上，“扑通……”一声掉入水中，他根本就无法抗拒那人的愤怒一击。

苏弃狂喷出一口鲜血，五脏六腑都差点绞在一起，但幸亏他的剑及时挡了一下，否则只怕仅这一掌就可让他死于非命了！

“你死定了！”那身着黑色披风之人身形在那渐沉的小船船头一点，如苍鹰搏兔般飞扑向落水的苏弃，速度快得让苏弃绝望！

昨天天刚黑，便下起了瓢泼大雨，李通和宋义皆领兵按时而回，赶到帅帐之中交令。

大雨一直下到第二天天亮才止住，一夜大雨使河水暴涨数尺。

属正大喜，下令水师驱船直逼宛城，由于河水上升，使伏于河底的暗桩暗礁之类无用武之处，这样他便可利用战船上的掷石机对城头加以攻击，同时也是对宛城义军的一种挑衅。他知道宛城义军最薄弱的便是水师，是以，他完全可以利用水师的优势，把战士运得更近宛城一些。

官兵才进两里，倏地只听远处轰然一阵犹如巨雷滚过的声响由远而近。

立在大船上的属正放眼远望，却只见远处一道白线迅速飞滚而来，等到近前才骇然惊觉，那是一排近两丈高的巨浪疯狂卷来。

官兵的大船顿时桅折船翻，甲板之上和河岸边的官兵被这一排急浪卷走无数，仅有属正那少数几艘最为巨大的船损伤较小，但也被浪头之中所夹的巨木冲击得伤痕累累，两万官兵，顿时折损近半，这只让属正哭都来不及。

“杀呀……”正当官兵自这一排巨浪之中稍回过神来之际，上游顺流飘下满江的大木筏，义军人人戈盾鲜明，斗志高昂，顺着急流直向官兵那些残破的大船攻杀而至。

属正哪还不知道自己中了刘秀的诡计？昨日出城的两路逼至左右翼的

人马分明只是想吸引他的注意力，而刘秀真正的目的是为了掩护一些人在上游修堤蓄水，以便此刻与他水上大战。可此时他哪还有决战的勇气？

大木筏顺急流而下，来势比那些冲断了桅杆的战船更快，而且更加轻便。战船上的官兵大部分都被大水卷走了，哪里还有斗志，一触即溃，而且大木筏都是极尖的筏首，顺水狂冲而下，一撞上大船便立刻戳穿了大船的船舱。

刘秀和李通各领一路人马自陆路上杀出，一时之间官兵兵败如山倒，直杀得尸横遍野，伤亡近万，降者也达两千余人。

属正只借几艘大船领着两千多残兵杀出重围，但却又在路途遇上邓禹的袭击，回到淯阳仅剩下千余人，所有的战船都几乎报废，连淯阳都无可战之船。

这一战只让义军声势大振，缴获军备、粮草无数，大战船十余艘，更让义军兴奋的是扫清了南行的水路，此刻便是让大船大摇大摆地经过淯阳，属正也只能眼睁睁地看着，因为他们已无可战之船，这为义军向春陵运送物资粮草作下了准备。是以，义军自是高兴万分。

当然，对于义军来说，首战大捷本身就是一种莫大的鼓舞，也使宛城之中的许多豪族心服，不敢再小看刘秀，或是闹什么乱子。因为谁也不想在这种风头上得罪义军，但又不敢太亲近义军，万一官兵再夺回宛城，那他们可就没好日子过了。因此，大多数人都闭户不出，静观其变。

第十六章　水上扬威

林渺在底舱点燃大火，身子轰然撞穿甲板，掠于已经混乱不堪的甲板之上。

甲板上四处是水，一些魔宗杀手身上着了火，急得直跳入江水之中，另外一些人急于救火，但是水越泼上去，火蔓延得就越快，还有许多人被那炸开的酒坛碎片射中，痛苦地呻吟着。

甲板之上的情况岂止一个“乱”字能道尽？有些人想躲入底舱，可是底舱也同样着了火，大船之上，便像到了世界末日一般。

林渺出现在甲板上，立刻有人飞扑而来，这些人都恨不能扒了林渺的皮，抽其筋，食其肉。

林渺哈哈大笑道：“龟孙子们，滋味不错吧？记住，这是报应，惹火了老子，让你们没好日子过！”

“哧……”林渺挥刀，那群扑上来的魔宗杀手哪能抗拒龙腾神锋，不由刃折人伤。

林渺想到翠微堂三十余口人的惨死，哪会手下留情，见人就杀！

这群魔宗杀手被大火一烧，斗志尽失，根本就无心交战，遇上林渺这斗志如虹的煞星，自是当者披靡。

“叮……”林渺连杀十一人，身上也添了三道伤之时，他的刀锋终被阻住。

“又是你！”林渺微微吃了一惊，此人正是昨夜伤他的杀手头领。

“是我，哼，昨晚没杀你是我今生所犯的最大错误!”那杀手头领冷肃地道，杀气四溢。

“那不是你的错误，而是你没这个本事!”林渺刀锋一转，不屑地道。

“啸啸……”林渺刀锋才转之际，那杀手头领剑风已切出了数十道剑影，像一张大网般罩上林渺，剑速之快，只让林渺也有些眼花缭乱。

林渺大骇，这才知道，这杀手头领何以有此口气，确实因其剑法有着神鬼莫测之势。

林渺暴退五步，可是那道剑网依然如影随形，有若附骨之蛆，根本就不可能甩开。

“呼……”林渺一脚踏入火中，灼痛使林渺神经一阵抽搐，他不由暗暗叫苦，忖道:“要老子死，那咱们就同归于尽好了!”

“来吧！咱们一起死!”林渺不理那席卷而来的剑网，双手操刀，以一往无回的气势向那杀手头领狂劈而去，他已不讲究什么招式，仅求与敌皆亡。他知道，如果退却，同样唯有死路一条，倒不如置之死地而后生，是以，他豁出去了。

那杀手头领也吃了一惊，他自不想与林渺同归于尽，剑风一转，斜侧掩过。

“轰……”林渺一刀斩空，甲板轰然裂开，而他倏觉腰间一痛，那杀手头领以极为巧妙的手法，再在林渺身上留下了一道创口。

“轰……”林渺哪敢再停留，脚下用力，猛沉入底舱。

一阵炽热的气浪扑面而来，底舱尽是火，林渺暗自叫苦不迭，这叫自己害自己。不过，是火也没有办法，他暗呼道:“妈的，赌了!”神刀以无坚不摧之势直击向火焰底下的船底板。

“轰……”船底板应声而裂，一股强大的水柱冲了进来，浇灭了林渺身上的火焰，更使他周围的火势顿灭。

林渺终松了口气，此时底舱竟有数处冒水，舱中一边是水，一边是火，确实有意思。

“轰……”林渺头顶的甲板爆裂而开，一抹剑光狂射而至。

林渺心道：“妈呀，阴魂不散，老子现在可不想惹你，也算老子惹不起你，先失陪了！”想着身子横移而出，直撞向底舱的内舷板。

“轰……”林渺的身子破板而出，但觉一道黑影迎面掠来，他想也没想，挥刀便击。

“阿渺……”苏弃大喜，在这要命的时候，林渺却打横杀了出来。

那身着黑色披风之人正欲一举击毙苏弃，却没有料到大船舷壁倏地爆裂而开，竟杀出一人来，而且杀气之重，气势之烈，绝不容小觑。

“轰……”林渺只觉得虎口一阵发麻，身子打横飞出，还没来得及反应过来，便扑通一声掉入水中。

那身着黑色披风之人也不好受，身子横跌，撞到舷板之上，也坠入水中。林渺的功力之高，竟不在他之下，这让他吃惊不小。

身着黑披风之人才落水中，蓦觉一股水柱直冲而上，眼前一片白茫茫，什么也看不见。

“去死吧！”白才就等这一击，在那人一冒出水面之时，他便自船下潜出，抡斧狂劈。

“哼……无知小儿！”那人根本就不看，挥拳准确地击在斧刃之上。

“叮……”那人居然毫发无伤。

白才的身子反被震得弹出水面，“哗”地落到苏弃身边。

“快躲！”苏弃一把拉住白才沉入水中，才没入水中，便觉头皮一凉，头发竟被削去两大片，而他们所处水面之上耀起一抹亮丽的剑花。

林渺心道：“妈的，这两个狗杂种还真狠，再加上一个我只怕也是白搭，还是快走为妙！”想到这里，不由向不远处浮出水面的金田义呼道：“撤！”喊完他便沉入水中，再出现时已距大船七八丈之遥了。

白才和苏弃也自水底潜到大船七八丈之外了。

大船的船体已渐渐倾斜，甲板上的人却没有多少，有些则已被杀，也有几个被烧死，还有的落水淹死，但大部分都跳水逃生，大船只剩下水火煎熬不堪负荷的残壳。那杀手头领及身着黑色披风者都在水中，见林渺等人溜了，皆恨得咬牙切齿，破口大骂，但只换来林渺诸人的哈哈大笑，他们哪会在意对方的漫骂！

其实，想起来也好笑，昨夜与林渺交手的那杀手头领虽然凶狠，但刚才那狼狈之状让林渺极为想笑，衣服头发都被火烧焦了，但还要仓促阻挡林渺的杀戮。林渺当然知道，这些是刚才那杀手头领欲将酒坛击入江中，却被林渺火箭在空中把酒坛引爆，这才烧得他焦头烂额，可是他还要凶巴巴的，怎不让林渺感到有趣？

大船缓缓地倾斜，那身着黑色披风之人与杀手头领却又爬上了大船，掀下几块木板，击断一根巨桅，抛入江中，再掠上大桅，顺水飘了数丈，再抛下手中的木板，借以点足，向岸边掠去。

林渺不由得吃了一惊，这两人的轻功确实可怕，竟可借几块木板垫足跃上岸去，相比较起来，他可还差上一个档次，也暗自庆幸没与这两人纠缠下去。

苏弃和金田义及白才亦为之骇然，苏弃尝过那身着披风之人的厉害，深切地体会到那人的可怕。不过，他庆幸林渺的妙计，居然使得这么多魔宗杀手灰头土脸，损兵折将，还损失了这艘大船，他确实不能不佩服林渺的勇气和智慧。

顺水漂流，幸亏白庆四人的船在下游接应，见几人落水，立刻便掉转帆，再使之逆水而上，以接应林渺四人。

杨叔、白庆诸人在船上将大船上发生的一切都看得清清楚楚，包括林渺的船只被射得像只大刺猬，然后被撞得粉碎，还有那漫天的大火，那自天空中洒落的火苗及那惊魂动魄的爆炸，他们做梦也没有想过仅只十几坛酒便有这么大的威力，就可以打得对方落花流水。

仅以林渺四人之力，便将对方六七十人打得落花流水，这是一个奇迹，使得杨叔诸人像是置身梦中一般，但他们却知道这绝不是做梦，而是事实，绝对真实的事实。

远处船上的钟破虏等人，看着林渺击穿大船的破浪板，杀上甲板，他们在桅杆上还可以看到林渺在大船的甲板之上横冲直撞，杀得对方一塌糊涂。后来，又遇上了那杀手头领，这一切只让他们看得心神激荡，血涌如潮，都恨不得插上双翅飞上大船与林渺诸人一起痛快大战一场。

看到精彩之处，杨叔和几名家将都兴奋得手舞足蹈；看到惊险之处，他们又不由得为林渺四人捏了一把冷汗，但是他们从未见过比今日这一场厮斗更精彩、更漂亮的战局了。

整个过程，他们都没有参与，在旁观看的那种感觉也是那般刺激，那般激动人心，就像是在看一场精彩绝伦的表演，主角当然是林渺四人。直至大船之上满是大火，并渐渐沉没，杨叔诸人不由得欢呼，看着那些落入江水之中的魔宗杀手，他们也大呼痛快，对有些浮出水面的，还可以做做箭靶子。

湖阳世家的家将们对魔宗杀手都恨之入骨，就因其对翠微堂赶尽杀绝，是以他们绝不留情，这使得那些能活着上岸的魔宗杀手并不多。这场战斗可以说是大获全胜，林渺诸人一个都没有损失，这不能说不是一个奇迹。

林渺四人被拉上船，一个个都累得不想动一根指头。虽然是顺流而下，但大船距杨叔诸人的船少说也有里余路，而刚才那一阵拼杀，也使几人耗力不少，再游这么长的一段距离，差点没虚脱过去，而林渺又拿着十余斤重的龙腾，这使他狼狈至极。

林渺的眉毛头发都被火烧焦了，特别是裤子，被烧得破破烂烂，腰间的伤口还在渗着血水。

苏弃和白才也受了些内伤，虽非致命，但挣扎着爬上船，已虚脱得只知道大口喘气和呕江水，他们也不知道喝了多少口水。白才的大斧头丢了，金田义的剑也丢了，只林渺死死地抱着刀，也只有他样子最为狼狈，因为就他上了对方甲板，受过火烧，这副尊容像是自找的。

“阿渺，真有你的！”杨叔大力地挤压着林渺的小腹。

“哇……”林渺半天才吐出一大口清水，良久才缓过神来，苦笑道：“只差一点没去见老爹了！”

“这下我们算是服了！”白泉几人也挤了过来，竖起大拇指赞道。

“服我这老半天才吐出这么点清水？”林渺没好气地反问道。

众人一愕，随即不由得都笑了，白庆也为之莞尔地道：“阿渺此次立下了大功，回去后，定让老太爷重赏！”

“是啊，阿渺是我们的骄傲，魔宗的人还从来没有吃过这么大的亏！”杨叔兴奋地道。

“是啊，早知道这样，刚才也算上我一份就好了！”钟破虏有些懊悔地道。

那群家将不由得都羡慕起白才来，他居然有幸与林渺一起参加如此精彩的战斗，虽然受了伤，可是众人仍是羡慕不已。

苏弃和金田义半晌才缓过气来，苏弃喝的水可不少，最后要不是金田义拖着，只怕还上不了船，不过并无大碍。

“阿渺怎知我们船头有这些火箭和桐油呢？你从未上过我们的船呀！”白庆有些狐疑地问道，他实在想不透其他的原因。

“是啊，你的船上似也准备了这些东西，可是我们是一起上船的，你当时并没拿什么，怎会出现这些东西呢？”杨叔也大为不解地问道。

林渺懒得连一根指头都不想动，任由白泉他们为其松筋活骨，包扎伤口。

白泉诸人对林渺的敬服是没话说的，是以极为细心地为其松筋活骨。

林渺享受着这额外的舒服，高深莫测地笑了笑道：“我早就料到这些人绝不会甘心让我们走，一定会来追击我们。因此，我不能不防，他们要追来，自然会是在水路，因为水路好走，又轻松易追，于是我便让赵胜将军为我准备了这些，而他故作神秘地将东西搬上船，只是不想义军的其他将领对他起疑，因此没跟大家说，而我也没时间解释，反正这又不是什么大不了的事，我也便没在意，要用的时候再说也不迟，就这样了！”

杨叔和白庆恍然，却明白义军搜船只是个借口，放东西才是真的，不过当时杨叔和白庆正在与卫府的人说话，并没有留意这些，却没想到这是林渺一手安排的。

“当然，叫赵胜将军做得隐秘一些是我的请求，因为谁能料码头之上便没有魔宗的奸细呢？为了让魔宗大意，能杀他们一个措手不及，我便只有当时不作解释，相信这也可以理解！”林渺又道。

白庆有些异样地笑了笑道：“你做得很对！”

白泉等家将对林渺的未卜先知更是钦佩不已，这一切仿佛都在林渺的计算之中，这才有此刻的胜利，他们对林渺的智慧不由佩服得五体投地。

杨叔也点头赞许。

“但你又怎能断定他们就会追来呢？”白庆仍有些惑然地问道。

“昨天我们已看到翠微堂内被翻得一塌糊涂，可以断定这群人一定是在找一件很重要的东西，而后来想到这东西与白堂主有关，因此他们杀了白堂主。但我可以肯定，他们在白堂主的身上根本就没有找到任何东西，因为我们为其清洗、包扎伤口之时，根本就没有发现白堂主身上有东西，而那凶手杀了白堂主到他逃脱不过数息时间，根本就来不及搜寻，事实上就算搜寻也没有用，于是他们最大的怀疑便是我们，如果他们认为我们拿了那东西，就一定会自水路追来，这是很明显的，所以我才会防患于未然！”林渺分析道。

杨叔似乎松了口气，林渺并没有说出白横怀中有东西的事。不过，到目前为止，他还弄不明白这些东西有什么用处，只是几个药瓶和一本没有半个字的小册子，这又藏着什么秘密呢？又有什么秘密好藏呢？他不由得望向苏弃和金田义，因为金田义和苏弃也知道这件事。

苏弃和金田义装作什么也没听到般静静地闭着眼睛，享受着家将们给他们松筋活骨的感觉。

杨叔稍稍放心了一些，白庆却望着林渺的眼睛，半晌不作声，似是在审视着林渺的话是真是假。

林渺也不移开自己的目光，与白庆对视了半刻，白庆自己移开了目光，因为他在林渺的眼睛里找不到半点端倪。

“我们这一路上必须小心！”林渺深深地吸了口气道。

“哦？”白庆和杨叔同感讶异。

“魔宗的高手确实可怕至极，刚才那两个渡江而去的人武功已达到了出神入化的境界，只怕我们难是其对手。那身着黑色披风之人的剑法太可怕了，快得让人无暇应对，我只见过杀手残血有如此快的剑！”林渺肃然道。

杨叔的脸色微变，刚才他也看到了那人与苏弃交手的威势和渡江而去的身法，他们之中确难有人能与之堪比。

“那家伙的功力浑厚，我竟连他一招也接不下！”苏弃有些惭愧地苦笑道。

杨叔和钟破虏都吃了一惊，他们明白苏弃的底细，虽然苏弃不能算是一流高手，但身手绝对不弱，若说连对方一招也接不下，那可想而知对方的武功会有多可怕，这便是说林渺的话并非危言耸听。

“依我看，在前面，还很有可能会遇上他们，他们此次虽然惨败，但不会善罢甘休的。”林渺提醒道。

“我们走的是水路，速度比他们快，而到了云梦泽之中，他们只怕根本就找不到我们了！”杨叔安慰道。

“这倒也是，由此到云梦泽唯水路最近，除非他们再去找一艘三桅大船，可是那也得重回竟陵，重回竟陵再追来，时间上却赶不及。因此，在前方我们不可能会遇上他们！”白庆附和道。

林渺伸了个懒腰，笑道：“但愿，我可不想再遇到那两个煞星，只怕到时候要抱头鼠窜可就不妙了。”

众人不由得为之莞尔！

江上往来的船只不多，皆因上游的战事正烈，是以这些日子来，并没有多少船只向竟陵出发。

是夜，林渺诸人便已到了云梦泽地域的边缘，不过并未停航，只是点亮了风灯。在静夜之中，并不甚舒服，江面之上的蚊子极多，让人驱赶不绝。

江两岸也无村庄和小镇，因此不能上岸。当然，白庆诸人也是不想让魔宗的人追上来，是以夜里也依然让船儿顺水漂流，以眼下的行程，明天上午应可深入云梦泽。

众人便在船上吃了一些干粮，再喂了喂马，也便轮流休息了。

半夜，林渺突感船身一阵巨震，船舱之中的一些东西“哗啦啦……”地直滚而来，他立刻惊醒。

“发生了什么事？”杨叔似乎早已醒了，不由得急问道。

林渺和众人都醒了过来，船身却似在打转，那风灯不住地晃悠。

“怎么会这样？”林渺吃了一惊，问道。

“不知道，可能是触到暗礁了，舱底漏水了！”白泉惊呼道。

“啊！快，快拿东西堵住！”白庆也急了，拉了身边的薄被便向那漏水之处堵去。

“船行不了，底下有东西！”白泉和几名家将用力地划船，但船却毫不动弹，只是在原地打转。

“我下去看看究竟是什么东西！”白才急道。

“好大的漏洞，快拿衣服来堵!”白庆急道。

林渺也急了，船舱之中只在这片刻间便涌进了半尺深的水，不用说，也知道那漏洞极大。

“白才，小心些!”杨叔提醒道。

“我知道!”白才将一根分水刺咬到嘴中，跃入江水之中，经过这么长时间的休息，他的体力已经恢复得差不多了。

“是什么东西，居然将船底顶穿这么大的洞!”林渺一看也吃了一惊，那漏洞几有水桶般大，不过所幸那几块木板虽裂开了，但并未脱散，挡住了那喷上来的水柱，使水只能自板缝之间涌进来。

“不知道，船底有硬物，很大的硬物!”白庆回应道。

众人手忙脚乱弄了一气，衣服、被单全都堵在漏洞边，这才使涌入船舱中的水势变小了。

苏弃和钟破虏忙用盆子、桶子将舱中的水舀出去，两匹战马不安地低嘶着。

“哗……”白才破出水面，叫道:“水底下好像是一只大船的巨桅，我们撞上了它!”

“什么？大船的巨桅？你有没有搞错?”杨叔讶异问道。

“应该是，我感觉到这不是礁石，而是一根粗大的木柱！要是暗礁的话，只怕船已经废了。”白才再次重复道。

“这里怎会有这样一根巨桅呢？难道底下有沉船?”白庆惑然问道。

“我想应该是，我们的船头被翘了起来，定是撞到了沉船之上。”

“你再去看看!”白庆立身而起，走上船头道，话音刚落，便听“咔……嚓……”船头底板竟再次断裂，一股水柱疾涌而上，破船而入的还有一截几有三个碗口那么粗的木桩。

“啊……真是大桅，快堵上!”白庆一看，哪里还怀疑白才的话，不由得急了。

“没用了，我看必须把船拖到岸上去修，否则，只怕难以继续前行了。”白才无可奈何地道。

杨叔等几人想也不想便把衣服脱下，死死地按住破洞。

“阿才，把大桅斩断，我们便将船划到岸上去!”林渺也有些急地道。

“这可不行，在水里要斩断这巨桅，根本就不可能，除非以巨力震断，或以锯子锯断!”白才无可奈何地道。

“我来!”白庆扭头望了一下那又涌入的半舱江水，毅然光着膀子跃入江水之中。

半晌，船体一阵巨震，竟向下游动了起来，但这一巨震使得杨叔几人辛辛苦苦堵住的漏洞又裂了开来，不仅裂开了，而且连旁边的几块底板也开始漏水。

林渺不由得苦笑，耸耸肩道：“这下玩完了，弄巧成拙!”

众人都知道白庆震断了巨桅，但是巨桅已与小船连了起来，巨桅受力，怎可能不影响船体呢？也便是说白庆的掌力有一大部分是由船体承受了。因此，这漏洞自然是更大。

“伙计们，快动手吧！杨先生和金先生便按住漏处好了，苏先生和钟先生赶快舀水，其他人跟我来用力划船，无论怎样都要靠岸!”林渺说完，光着膀子操起大桨在船尾一拨。

船儿晃晃悠悠地便掉了头，白泉诸人也急了，立刻齐心划桨。

小船在六人一齐出力的情况之下，虽然残破，但速度却仍很快。

白庆和白才便附在船边，杨叔和金田义按住那大漏洞，苏弃和钟破虏拼命舀水，使船舱之中涌入的水始终不会增多，但想减少也是不可能。人，总会有疲惫的时候，是以此刻林渺诸人唯一的愿望就是赶快靠岸，然后再修整船身。在这前不着村后不着店，甚至是荒无人烟的云梦泽之中，想去另外找一只船，那简直比造一艘船还要难。

江边一片黑暗，夜色无边，也不知道距岸边究竟有多远，但林渺等人却不得不奋力划桨，反正河水的两岸皆云梦泽的地域。

沔水将云梦泽分成两半，仅通过云梦泽的河段便有数百里之长。

云梦泽素有中原第一大泽之称，延绵千里，南面直抵洞庭湖，西面抵达南郡，东面临近江夏，紧傍江水，面积之大，还没有人能够完全探测，之中许多神秘的地方，根本就不是人们所想象得到的。在数百年前的战国时期，这里被人们视为死域，没有人敢深入其中。直到高祖刘邦在此地围猎，用计除掉楚王韩信之后，世人才逐渐认识了这片死域般的沼泽地，但是里面究竟潜藏着什么样的秘密，没有人能知道。

人类的繁衍使得陆地之上许许多多的神秘之地逐渐萎缩、减少，真正没有人烟的神秘之地越来越少。森林的减少，猛兽的减少，一切的一切都逐渐裸露在人类的面前，但是在这延绵千里、方圆几有数千里的云梦泽，始终林木避日遮阳，终年难见阳光，就是在这种沼泽之中，人们才永远摸不清其最深的秘密。

终于，林渺诸人看到了江畔所在，那是一片漆黑的林木，无法看清在江畔究竟有些什么。

林渺诸人仍拼命地划桨，众人的心情也平静了不少，至少他们不用自江心游泳上岸，不用担心船上的干粮和食物丢失了，也不用再去扎木筏离开这个鬼地方。

“白才，小心!”林渺眼尖，突地发现水下似乎有一串奇怪的波浪，更有一大暗影横过，虽然灯光暗黄，却尚能看清水面粼粼的波光。

白才一惊，不解地问道：“什么事?”蓦地似有所觉，尖叫一声，身子猛地蹿向船上。

林渺一看吃了一惊，呼地伸出大桨，狂扫而出。

“砰……”白才身后自水下掠出的一道黑影哗地一下被扫出丈余外水中。

灯光之下，杨叔诸人差点傻眼了，他们看清了那东西狰狞的面容，竟是一条几有一丈长如蜥蜴一般的东西，张开的嘴竟有数尺，寒光闪闪的锯齿形牙齿有种说不出的凶残。

白庆也惨哼一声急速翻身上船，但鞋子却掉了，腿上留下两道长长的血槽，河面之上立时泛起一阵血花。

“水中有怪物！”林渺惊呼。

白庆和白才两人上船，使得本就晃悠不稳的船身差点没倾翻。

“小心，稳住船，快舀水！”林渺惊呼。

苏弃和钟破虏也看到了刚才的一幕，是以吃了一惊，竟发起呆来，经林渺提醒才发觉船中已积水近尺，正要倾没，怎叫他们不惊？

“快帮忙！”林渺向白才呼道，他拼命地划桨。

白才惊魂未定，忙也帮着舀水，而白庆则堵漏。

“我们要快，否则只怕今天会死在这里了，船一沉，这些怪物便会分我们的尸！”林渺急促地道，他也看清了那追袭白才的怪物的形状，往日他从未见过这种东西，那凶残的眼神，那贪婪的大嘴，那锋利的牙齿，无不让人心寒，他可不想死！

“把马儿扔下去，以减轻船体的重量，否则我们只怕到不了岸！”白庆吼道，他的脚上留下了两个深深的齿印，如果不是林渺先提醒白才，他早已有警觉，只怕这条腿就会报废。

“这怪物名为鳄鱼，我以前听人说过，在丹阳时我见过这东西的尸体！”白才一边舀水，一边惊骇地道。

“鳄鱼？这是一种什么东西？”钟破虏讶异问道。

林渺也讶异道：“我在《尔雅》中见到过这个名字，原来就是这种模样。”

“《尔雅》之上有这个名字吗？”杨叔对林渺的话也大感讶异。

“上面只提到过一次，但是却没有什么描述，其他的东西都写得很详细，所以我对这没有描述的东西记得倒是很清楚。”林渺无可奈何地道。

“船要沉了！我们必须抛马！”白庆急道。

林渺叹了口气，他知道这也是没有办法的事情，在危急的时候人只知道保存自己，其他的根本就不在意，只有在需要马的时候，才知道马儿是多么重要。

“哗……希聿聿……”白庆毫不怜惜地将一头战马掀入水中。

“希聿聿……”战马竟没有沉下去，在水面之上浮动了几下，然后惨嘶起来，不住地挣扎，灯光之下，林渺可以看到许多黑乎乎的东西不断地向那匹战马快速游动，更有一张大嘴已经咬住了马脖子，战马不住地挣扎，但却很快沉入水中。

“这里的水不深，不要抛马！船沉不到底，只会搁浅！”林渺大喝，众人看着刚才一幕，一个个都汗毛直竖，目瞪口呆。

“向前划一些！”林渺划动着大桨，但划动的已经不是水，而是泥浆，渗入船中的水也极为浑浊，总算已经靠在浅水的岸边了。

林渺放下桨，掀开船头甲板，在众人惊愕不解之中，抱起一坛桐油，喝道：“苏先生，准备火箭！”

苏弃此刻明白了林渺的意思，忙燃起火箭搭在弦上。

林渺望了望那鳄鱼仍不断涌去的地方，望着那片满是血水的泥水，猛地抛出桐油坛。

桐油坛飞临那片地方的上空，金田义呼地甩出一柄小刀，准确地击碎大坛子。

“啪……”坛子应声而爆，桐油向那片满是鳄鱼的地方洒落。

“呼……”苏弃的火箭立刻射出。

“轰……”桐油见火即燃，水面之上火焰冲起三尺余高，火势随桐油扩散，迅速扩散。

“划船！”林渺又大力地划动着已经快搁浅的船，使之又前进了数丈。

“呼……”那片地方如炸开了锅一般，众鳄惊散四处乱窜，场面一团糟，众鳄你挤我，我挤你，有的潜入水中迅速逸走，有的背上着了火却因足下踩着同伴而无法潜入水中，烧得不住地扭曲。

“这火对付不了它们！”杨叔无可奈何地道。

林渺也无可奈何地耸了耸肩，道：“这东西太可怕了，可是我们没有别的办法了，但愿它们不要来攻击我们这艘破船已是万幸了！”

众人不由得想起那匹马被分尸的场景，一个个都毛骨悚然，想到换作不是战马而是自己，那将会是怎样一种场面呢？

“那我们该怎么办？”杨叔像是失去了主心骨，问道。

白庆一时也无语，望了望那不知深浅的泥沼，不知道该如何是好，不仅因为他脚下的伤口仍痛，也因为那群凶残的鳄鱼让他寒了胆。

“我们等天明吧！”林渺叹了口气。

杨叔诸人也知道，这是没有办法的事情，在这黑暗之中，谁也不知道这泥沼之中究竟会有多少鳄鱼在等候，如果贸然下船，只怕难逃一死，即使是武功再高又如何？

白庆极为无奈，他也不想这样，可是这却是没有办法的。

“小心……”林渺突地喊了一声，手中船桨呼地一下送了出去。

众人吃了一惊，只见一张森然大口已在杨叔的身后张开，像一个挂满冰柱的溶洞。

杨叔并没有看到，但白庆已伸手极速拉了杨叔一把。

“咔……”船桨自杨叔身边穿过，准确地扎入那张几有两尺大小的巨口之中。

“喳……”那张大口轰然而合，竟一下子将船桨咬成两截，然后“哗……”退入泥沼之中，激起漫天的泥浆。

林渺愕然地望着手中只剩下五尺多长的桨柄，心下骇然，如果刚才不是木桨，而是手臂或是腿，那会是什么后果？

“大家分开小心戒备，休要太过靠近船弦！”白庆也惊出了一身冷汗，呼喝道。

林渺回过神来，望了望那与船舷只有不到两尺高的泥沼，涌出了从未有过的恐惧，那剩下的一匹战马也极为不安地低嘶着，它也感受到了来自死亡的威胁。

船舱之中积有近尺深的水，但所幸此刻已经搁到了实地之上，船底的破洞深陷在淤泥之中，也不会有多少水渗进来。至少，在船舱和甲板之上是一片稍微安全些的地方。

苏弃诸人心中也极为紧张，那堆水上的火焰烧得差不多了，似乎所有的鳄鱼在顷刻之间逃得无影无踪，泥沼上面一片宁静，根本就看不到有任何危险的存在。四面的泥水在火光之下反射着让人心寒的冷光，借着火光，他们可以看到森林在远方，在他们数十丈之外是一片芦苇丛，稀稀落落的，也不知道那里是不是实地，更不知道实地究竟离他们有多远的距离。

隐隐约约，似乎可以看到那芦苇丛之中有东西爬动，不用说也知道是那贪婪而可怕的鳄鱼。

“让我先来清干舱中的水再说!”林渺说着，将手中的桨柄交到杨叔的手中，拿起盆，用力地将船舱之中的水舀出去。

船底已经只有少量的水渗进来，因此，很快便将舱中的水舀出了大半。

“啪……”白才在脸上拍了一下，道：“好多的蚊子!”

“这也是没有办法的事，伙计，我们只好忍着些，到天亮了我们再想想办法，看看能不能够离开这个鬼地方!”林渺无可奈何地道。

白才有些不好意思地道：“我知道!”

“知道就好!”杨叔道。

“现在大家可轮流先松口气，这会儿不会有什么大的危险，危险可能会在那堆火熄了之后才会出现，那堆火也让这些畜生害怕了，是以，他们暂时不敢袭击我们，但火灭了之后，它们很可能就会进攻了!”林渺分析道。

“阿渺说得有理，船头船尾各两人，两舷各一人，大家分两班休息一会儿!”白庆也附和道。

众人心中稍缓了口气，手中兵刃全都握得很紧。

白才最为机警，他抢先拿起一柄厚实而又极有分量的大斧，是以他心里踏实很多。

四周很静，流水声倒是十分清晰，这也使得整个泥沼区域显得更神秘，更宁静，更死寂。

有风吹过，远处的密林和那稀落的芦苇丛也沙沙作响，倒像是对林渺诸人的心境大加嘲笑。

林渺闭眼打着磕睡，白庆包扎好自己的伤口，也倚在一边休息，他要保持好充分的体力以待可能发生的变故。

桅杆上挂着的几盏风灯倒也争气，一直在风中亮着，虽然那堆火焰渐灭，但这几盏灯尚能将船周围的地方照亮，不过由于风吹着灯晃来晃去，使得船周围影子也多，让几位放哨的兄弟极为紧张，因为随时都有可能发生危机。

苏弃坐在船舱的顶棚之上，将四面的泥面都看得比较清楚。他坐在高处，也是一种预警性质，哪一边有危险，他便会支援哪一边。不过，到目前为止尚没有什么大的动静，似乎那些鳄鱼都已经沉睡了，或是走远了，但他知道，这种宁静只是一种假象。

那堆桐油大概已经烧干了，火苗几乎完全熄灭，天空中的月亮也西沉而下，降得很低，那朦胧而微弱的光并不能让天地变得明朗，像是给这片沼泽披上了一层轻纱，一切都那么柔和而朦胧，甚至有些凄美。

泥沼又归于死寂，只有这几盏风灯在风中飘摇不定，像是预示着众人的命运。

林渺突地微微一震，醒了过来，但随即又立刻闭上眼，仅瞬间便猛地一弹而起，低呼：“不好！”

苏弃也听到了林渺的惊呼，但他却不解，因为他根本就没有看到任何异样，而林渺已如怒箭般自舱中射了出来。

林渺丝毫没有犹豫，铿然出刀，竟直扑右船舷。

“哗……”龙腾破入泥中，林渺双足立于舷上，连双手都刺入泥水之中。

“轰……”“哗……哗……”右舷边的泥水蓦地炸开，一条足有五尺长的巨尾破泥而出，而后林渺的身子被弹起，一股血带着泥水顺着林渺拔刀的方向自水下涌了出来。

“咔……嗷……”一个巨头在那条长尾击落泥水之中时抬出了水面，却是一条足有一丈余长的巨鳄。

巨鳄大口开合之间，却自头顶之上涌出一股粗大的血柱。

林渺身形倒翻，身子未落，刀已再次挥出。

“喳……”刀化成一道光弧在灯光之下成一道凄美的血影，那巨鳄的大头飞出三丈之外，巨大的躯体轰然沉入泥水之中。

林渺落到舱舷之边，双手却沾满了鲜血，连刀锋都在颤抖。

苏弃和船上的其他人全都呆住了，这条巨鳄之大，似比他们刚才见到的还要大，而他们根本就不知道它是怎么潜到船边的，不过幸亏林渺机警，否则以如此巨鳄，足以咬穿这艘并不大的船。

“大家小心，注意船边泥水表面的波浪，绝不可有丝毫大意，否则只怕连这只船一起都得葬身鳄腹了！”林渺吸了口气道。

白庆也出来了，他亦看到了林渺刚才击杀巨鳄的那一幕，不由得呆呆地望了林渺一会儿，似有些激动地拍了拍林渺的肩头，诚恳地道：“老太爷果真没有看错人，在这里，我们都听你的，你绝不要推托，大家的命运都系于你的身上了！”

“总管！”林渺大感意外，不由得道。

“你别说什么，我是认真的！”白庆肃然道。

“阿渺，总管说的对，我们大家的命运已经系在你的身上，你便吩咐好了，只有我们齐心协力，才有可能渡过难关，如果像刚才那么大的鳄鱼，有个十条八条，足以把我们的这船咬碎了。因此，你绝不可再推托了！”杨叔也附声道。

“好吧，我也没什么吩咐，只要大家打起十分的精神就行了，现在那边火熄了，相信这些怪物便要开始进攻了，我们两人一组，各自守在船边的重要点上，绝不可让这群怪物上船或咬破我们的船舷！每组人都拿好兵刃，再加上一根长木棍，只要看到泥面的波纹有异，就以长木棍向下捅捅看，但一定要小心！”林渺示范着一手持刀一手持棍道。

“明白，请阿渺放心！”众人轰然应诺。

“另外，大家身上可多带几件兵刃，以防万一，只要我们支撑到天亮，就可以另外再想办法了！”林渺又补充道。

众人知道林渺的意思，他们从来都未曾对付过这样的怪物，他们宁可去面对高手，至少那些人尚有人性可以揣摩，但这些怪物却绝不讲理，更是不可捉摸。

“听那个渔夫说，这东西皮粗肉糙，普通刀刃难伤其皮肉，只有击它们的腹部和头颈才是最有效的！”白才道。

“哦，你见过的死鳄是那渔夫杀的吗?”林渺立在船头目光盯着水面悠然问道。

“是的，那是他与他几个儿子合力杀死的！我也就只见过一次，还是和大少爷去丹阳时！”白才补充道。

“我们可以以枪和和铁叉刺穿它的喉部，我刚才看这怪物出水之时的动作，只要它出水攻击猎物之时，一出水面便会立刻张开大嘴。因此，我们只要眼够利，手够快，便绝对可以刺穿它的喉咙，我不相信它的口中舌头和喉肉也会像它们的皮一样！”林渺充满信心地道。

众人不由得大感佩服，林渺是第一次接触这怪物，但似乎对其极为熟悉，可见他确实是心思细腻，聪慧过人，也使船上众人精神大振。

“来了！大家注意了！”林渺一手持枪，一手持刀，指了指灯光微影之中出现的一道道暗影。

众人顺着林渺所指之处一看，不由得倒抽了一口凉气，只见五丈之外的泥面泛起一层长长的浪，正向他们这艘船掩来，一片深黑的背脊在泥面之上扭曲着缓缓地前进，像是在细数着前进的步伐，那一群鳄鱼，至少也有数十条之多。

“看，这边也有！”杨叔又指了指船尾方向，吃惊地道。

众人心中暗暗叫苦，船头和船尾皆有一群鳄鱼爬来，进入四丈左右时，便开始缓缓散开，自四面包围而来，恐怕共有上百条之多。

这群鳄鱼有大有小，最小的也有四五尺长，大的竟有丈许，甚至有一条近两丈之长，直让杨叔的脸都绿了。

“我的天哪！”白泉抽了口凉气，指了指那条至少有丈八尺长的巨鳄叫了声。

白庆的额头之上也冒出了冷汗，这么长的巨鳄，几乎有这艘船那么长了，怎不叫他吃惊？

林渺望着那条巨鳄缓缓爬向船尾，不由得向船尾的金田义呼道：“金先生，你到船头来，那条是我的！”

金田义望了林渺一眼，又望了望身边的苏弃，道：“好吧！”

“苏先生和金先生都到船头去吧，让杨叔在侧舷照应好了，我与阿渺来对付这条大的！”白庆也出言道。

苏弃也不反对，与金田义迅速跳到船头，他们手中提着重枪，腰间悬剑，背上插刀，装备极为精良。

船上每个人身上都有三件或三件以上的兵刃，这多亏了林渺叫赵胜准备了一些，另外他们本身也是准备深入沼泽，因此，自是准备了许多必需的东西，这之中便包括每人配一杆重枪，打造极为精良，还备有几把斧头，准备在森林中砍伐树木所用，至于刀剑之类的自不必说，甚至还有几大捆绳子，小到锤子之类的都极为齐全。

白庆跃上船尾，与林渺并肩而立，两人相视笑了笑。

“我们可不能让那个大家伙靠近这船，到时候便是杀死它，也会使我们的船损伤严重!”林渺担心地道。

“那就让我们以箭射击吧!”白庆提议道。

“是啊，我们先射死几条是几条!”白才一听白庆的提议，立刻附和道。

林渺一听，也忙道：“我差点忘了，我们便让它们尝尝羽箭的滋味吧!不过大家要小心点，也许在我们船边也潜着一些!”

“两人一组，一人射，一人防备，不可有失!”白庆道。

林渺诸人迅速执起大弓，在这么近的距离之中自不会有失，虽然不能够找准要害，但对着这些鳄鱼的脑袋射却是不会失去准头。

“嗖嗖……”一阵箭雨纷下，群鳄开始骚乱，有的中箭翻腾，有的被激怒了，快速爬来！但却没有一箭能要它们的命，这些可以裂木盾的劲箭居然对它们构不成致命的威胁，当然，这也可能是因为找不准众鳄的要害部位之故。

林渺不敢先惊扰那条巨鳄，却连发数箭射穿了几条鳄鱼的身体，使之在泥水中不断翻腾。

白庆和林渺的功力高绝，箭下之处可裂石碎盾，自然不会穿透不了这些鳄鱼的厚皮，但是他们的杀戮毕竟有限，对于这上百条鳄鱼来说，死上几条或十几条并不影响大局。

林渺点起两支火箭，“嗖……”地一声，钉在两条爬得最快的鳄鱼身上。

那两条鳄鱼背脊露在水上，是以火箭钉在其身上便烧了起来，两条鳄鱼似乎大受惊吓，立刻停步，仿佛感到一阵惧怕似的掉头就向后跑，它们身边的几条鳄鱼见了火光也吓得掉头而跑，使得众鳄更为混乱。

“这招有效！”一旁的钟破虏在船舷边看了不由大喜，立刻学着林渺的样子，以火箭出击，虽然杀不死鳄鱼，但是对众鳄刺激性很大，许多鳄鱼掉头便走。

“它们也怕火！”白庆喜道。

林渺正欲以此法对付其他的鳄鱼，突见那条巨鳄抢前几步，大口一张，竟将那条背上插着火箭欲退的鳄鱼头部咬住。

那条背上着火的鳄鱼吃痛，尾巴猛抽巨鳄，但巨鳄似乎根本不在意，抬头将那条咬住的鳄鱼掀起，再猛砸下来，只砸得泥浆飞溅，甚至溅到了林渺的身上。

林渺心神大震，这条巨鳄竟攻击那逃走的鳄鱼，这确实出乎他的意料。

那被咬住的鳄鱼欲再挣扎，自旁边又冲上两条大鳄，“哗”地咬住露在巨鳄嘴外的鳄身，一时之间几条大鳄竟将那欲逃的鳄鱼给撕成数块，引来一群鳄鱼分食。

那群鳄鱼停止前进，却在以自己同伴的尸体做美餐，但再也没有鳄鱼敢退走，包括另一条背上着火的大鳄。

林渺和白庆不由得看呆了，望着那群大鳄将同伴的尸骨嚼得鲜血淋漓、津津有味之时，他们有种想吐的感觉。同时他们也看出来，这群鳄鱼之所以不退缩，是因为那条特大巨鳄驱使着，它们似乎有着一种默契，绝不可退缩，若是退缩便会被同伴吞食，倒像是战场之上对待逃兵和叛军一样。

“射吧！”林渺向众人低喝了一声，他心道：“反正吓不退你们，能多射死你们几条是几条！”

“我看这样也不是办法！”白庆皱了皱眉道。

林渺也皱了皱眉，望着那群鳄鱼在残食同伴的尸体，他也感到一阵恶心。

“我们要想办法先除掉那条最大的，它好像是众鳄的头领！”白庆吸了口凉气道。

“嗯，看来是的！”林渺点了点头，并不否认白庆的看法，突然，他似有所觉地脱口呼道：“有了！”

白庆一喜，忙问道：“什么方法？”

林渺指了指那静躺在舱中的大铁锚道：“我们便用这东西砸它，激怒它，它就会抢攻，我们可以先下手解决它！”

白庆眼睛也为之一亮，但旋即又有些犹豫地道：“要是所有的鳄鱼一齐上，我们岂不是会完蛋？”

林渺一想也是，那条巨鳄是头领，如果激怒了它，它一定会让所有的鳄鱼一齐攻击，那时以他们这十余人，只怕根本应付不过来。但旋即又眼睛一亮，道：“有了，我们就用这大锚钓它！”说话间迅速来到右舷，指着不远处的一条死鳄吩咐道：“把这条大鳄的尸体捞近点！”

钟破虏不明其意，但仍用篙将那没头的大鳄尸身拉近了一些，虽然这条大鳄有数百斤重，但由于在浮泥之上，拉起来并不难。因为这条大鳄本想偷袭将船咬碎，谁知才一触船舷的侧板便惊动了林渺，这才横死，尸体距船极近。

林渺挥刀，“嚓……”地便在大鳄身上切下一截，就水清洗了一下，虽仍满是泥浆，可也顾不了这么多了。

“快，把船头甲板下那最后一坛酒拿给我！”林渺又吩咐道。

那坛酒是赵胜放的，一坛桐油一坛酒，那些东西，林渺并没有全部用以对付魔宗的人。

船上众人不明白林渺想做什么，但却都照办，因为他们对林渺已是极为信服，而且也想跟着林渺一起渡过这个难关。

苏弃把那坛酒送到船尾之时，林渺已将那一块至少有几十斤重的鳄肉包在有脸盆大的大锚之上。

船上的大锚为精铁所铸，带六只弯钩，是为了能稳稳地抓住岸边的地面或石头树木之类的。因此，其打造自然精巧和结实，而那系锚的绳索更是能够承受数千斤力的粗绳，其结实可靠度绝不用置疑。

“阿涉想干什么?”苏弃不解地问道。

林渺接过酒坛，笑道：“钓鳄!”说完揭开泥封，将酒水倾倒在那块鳄肉之上，然后把坛子交到苏弃手上，道：“这东西是宝贝，可不能浪费!”

苏弃不由得笑了，林渺所说的确实没错，这酒可真是宝贝，正因为这酒，才使得魔宗之人惨败而去。

林渺望了望那群嗅到酒香蠢蠢欲动的众鳄，心中暗自祈祷：“老爹显灵，保佑我此举成功，否则你就要断子绝孙了!”

白庆也深切地感受到林渺心中的紧张，事实上他的心情又何尝不紧张呢? 成败就看林渺这一举了。如果成功，他们或可减少许多风险；如果失败，只怕要与群鳄血战一场了。在这种泥沼之地，他们能对付得了这么多的大鳄吗? 这个问题只怕没有人能够回答。不过，他此刻相信，世人曾称这里为死亡之地，确实没错。

第十七章　死亡沼泽

林渺长长地吁了一口气，试了试那块鳄肉有没有被铁锚勾稳，然后才望了望那缓缓爬近的巨鳄，大呼了声：“来吧，怪物！看是你狠还是老子狠!”说话间“呼”地将挂有鳄肉、重达百余斤的铁锚抛了出去。

“轰……”大铁锚带着鳄肉准确地砸在那条巨鳄的头上，一下子将它的头砸到泥水中去了。

“中了，砸中了!”杨叔大喜，但是林渺和白庆却更紧张，他们要的并不是砸中那大头，而是要钓住它！因此，他们紧张得有些口干舌燥。

白庆拉着那系锚的粗绳，紧盯着那突然都静止了的群鳄。

那群鳄鱼似乎都静止了，仿佛被这突如其来的攻击吓傻了，不知所措。

“咕，咕……”那条巨鳄头颈在泥水之中缓动了一下，泥沼水面上鼓出一阵巨大的水泡，它似乎是很有闲情一般，但林渺的手心却在冒汗。

“哗……”那巨鳄的大头猛地抬起数尺之高，扬起一阵泥水，但其鼻翼却似抽动了一下，大头缓缓地凑近那勾有鳄肉的大锚。

“它闻到了酒香!”白庆大喜，低声道。

“嗯!”林渺点了点头，他也感觉得到，那条巨鳄闻到了酒香。

大锚便静静地躺在巨鳄的身边，其他的鳄鱼似乎都不敢去碰这美味的食物。

巨鳄长长的嘴在那块鳄肉上碰了碰，突地张开血盆大口，“哗”地一下，连泥带水地就把那块鳄肉和大锚吞入口中，大嚼起来，但才嚼两下，巨鳄便大号着人立而起，以两只后腿平踏，竟有丈余高。

“钩住了!”林渺大感兴奋，白庆也绝不会错过任何机会，双手猛地一拉。

“噗……”大锚锋利的铁钩猛地勾穿巨鳄的大嘴。

巨鳄痛得翻身而倒，那群鳄鱼全都乱了套。

巨鳄受痛，立刻被激怒，但是铁锚的六只倒钩已将它的大嘴上下唇腭全都勾穿了，整个嘴根本就无法再张开。

“射!”杨叔呼道。

“嗖嗖……”一阵乱箭直奔巨鳄的腹部。

“噗噗……”利箭全都没入了巨鳄的皮肉之中。

巨鳄受痛，巨尾狂扫，泥水“哗”地全都飞上了船，而在巨鳄周围的大小鳄鱼慌忙躲避，来不及躲避的被掀了出去。

四面的大小鳄鱼见巨鳄受袭，迅速向船边攻来。

“大家小心了!”林渺和白庆放下手中的巨索，他们现在完全可以放心，那巨鳄的嘴根本就无法再张开，除非它能够让嘴里重达百斤的铁锚溶化，或是把那如牛角一般粗的精铁倒勾嚼断，但这是绝没可能的。当那巨鳄的牙嘴无用武之地时，他们自然不用再担心那条大怪物，可以放心地对付其他的鳄鱼了。

“嗖嗖……”林渺和白庆诸人弓箭连发，极速射杀十数条大鳄。

当然，百足之虫，死而不僵，这些大鳄虽被利箭穿透，但却只是失去了进攻能力，在原地挣扎翻腾，或是爬了一会儿才慢慢地死去。但林渺发现那些垂死的大鳄似乎处在一种极为混乱的状态之下，遇到什么咬什么，包括同伴，然后再受到同伴的疯狂攻击，直到被撕碎或是无法再动弹。

船上数张大弓齐发，这阵子也使鳄群伤亡数十条之多，不过，此时群鳄已经攻到了船下。

林渺重枪远刺，神刀横劈，刀锋所过之处，鳄头乱飞，鲜血狂溅，而长枪尽刺众鳄张开的嘴，快进快出，只杀得船尾满是鳄尸。

白庆也是浑身是血和泥水相混之物，他死守着周围的每一寸地方，绝不给鳄鱼们上船的机会，不过，仍然无法抗拒众鳄毁船之举。

众鳄力大无穷，那巨尾扫过，船舷都崩裂了，十二人苦守着船只，只杀得刀锋卷刃。

白才手中的重枪被一条受伤的大鳄带跑了，只好抡斧狂劈，手臂都酸了，而群鳄闻到血腥更是疯狂，更有许多自四面八方涌来。芦苇丛中，江水之中，甚至是远处的森林之中，只让林渺诸人心中直叫娘。

如果仅只刚才围过来的那些鳄鱼，或许还好对付，但是这些凶兽像是无穷无尽，也不知道究竟有多少。

船边堆积的鳄尸都快比舷舱高了，但后来之鳄仍是踏着前面的鳄尸狂扑而来。

正当林渺诸人感到有些手酸臂麻之时，船身突地动了一下。

“哗……”那系着大铁锚的绳索一下子绷直，因绳索这一端系在船尾的大环之上，是以船动了一下。

林渺先是一怔，随即大喜，向白庆呼道：“快清开鳄尸！”

白庆先是不明白，后又感到船身再震，立刻明白，也大喜过望。

林渺负刀于背，双手持枪，左挑右刺，将方圆丈内的空间护得密不透风，更将船边的鳄尸以神力挑开。

白庆也以同样的手法迅速挑开鳄尸。

“大家小心，船要动了！”林渺呼道。

果然，林渺说完，船身又震了一下，竟缓缓移动起来，但却是船头朝后倒行。

“那条巨鳄在拉我们的船！”杨叔像是发现了新大陆般兴奋地欢叫起来，有种说不出的激动。

众人抽空一看，果见那条被大铁锚卡住了嘴的巨鳄缓缓地向芦苇丛中爬去，而系住大铁锚的绳索一端在那巨鳄的口中，另一端却紧绷于船尾，那条巨鳄便像是一头拉车的老牛般缓步爬动，大船也随其后一震一震地挪动着。

“真是老天有眼！”白才也兴奋至极，谁也没有想到在这种情况下，会有这个结果，可真算是一次绝妙的奇遇了。

船在动，群鳄也跟着攻了上来，但船上众人此刻战意十足，守得更严、更牢，绝不给群鳄任何机会，因为现在的他们充满了希望。

月亮已快落山了，风灯摇晃得更烈，但每个人都充满激情，这些涌来的大鳄已不再可怕。

林渺和白庆两杆长枪左挑右刺，为道路清除一切障碍，让大船得以顺畅地自浮泥水面滑过。

那条巨鳄的力气大得惊人，越爬越快，船速也越来越快，那些追来的鳄鱼因你挤我、我挤你，反而速度慢了下来，而又有许多鳄鱼在撕咬同伴的尸体、伤者的躯体，由人鳄大战转成了鳄鱼大战！

苏弃诸人在冲出了群鳄包围之后才吁了口气，虽然这个鬼地方仍然凶险重重，但是至少没有像刚才那么有威胁性。

船身有些破烂，到处都是泥水和血渍，几乎没有干净的地方。

众人都有种虚脱感，刚才一阵狂杀，兵刃都卷口了，那种残酷的场面确实让他们毕生难忘。

白庆一横手中的长枪，望了望四周黑压压的泥沼，松了口气，伸手抹了一下脸上的泥水和血迹，问道：“现在该怎么办？”

林渺望了望白庆那张大花脸，有些好笑，然后望了望在十数丈外爬动的巨鳄，尚心有余悸地道：“不知这家伙要把我们拖到哪里去。”

“这家伙可千万不要把我们拖去鳄鱼窝，那可就不得了了。”白才担心地道。

“闭上你的乌鸦嘴，就不可以说些好听的吗？”杨叔叱道。

白才吐了吐舌头，舌头上都是泥，众人不由得大笑，在这劫后余生之时，大家都没有了身份的界限，都有种特别的亲切感。

“天也快亮了，只要这大怪物把我们的船拖上了岸，我们就宰掉它，同时也可好好修补一下船，或许下午便能离开这个鬼地方了！”杨叔道。

望着那条巨鳄，林渺突然异想天开地道：“要是我们能够用个笼头套住它的头，说不定还可以把它当作沼泽中的马儿骑呢！骑着它保证没什么东西敢来招惹我们！”

“好主意！真是好主意！”几名年轻的家将拍手称赞，对林渺这异想天开的主意真是佩服得五体投地。

白庆和杨叔诸人先是愕然，后是莞尔一笑，也大感有趣。

“对了，阿渺何不现在就去试试，把这家伙驯服，让它拖着我们上岸岂不是妙哉？”白才突地灵机一动道。

林渺和白庆诸人眼里也大放光彩，林渺一拍腿道：“对呀，我们赶着它向我们所要去的方向跑，自是比它瞎跑强多了！”

“可是这家伙能行吗？别忘了，它虽咬不了人，但那尾巴可不好对付！”苏弃有些担心地提醒道，他刚才是领教过那群鳄鱼尾巴的厉害，所以才有此一说。

“反正试试就试试吧，不行我再回船上不也是一样吗？”林渺跃跃欲试地道。

“阿才，给我把马鞭拿来！”林渺随即吩咐道。

“来啦！”白才是最积极的怂恿者。

林渺入舱切下一段两丈余长的粗绳索，放下枪自语道：“要是给这家伙配个鞍子会更妙！”

“别再异想天开了，先试试它听不听话再装鞍子吧！”金田义也笑着道。

“好了，我这就去了！”林渺腰间别上一柄两尺余长的短剑，插刀于背，靴子之中更插上一柄尺长的短刃。待一切准备就绪，这才回头向金田义诸人道：“记得接应我哦！”

“会的，哪能扔下你不管呢？还得靠你指导我们排除万难呢！”白才道。

船上众人也是童心大起，在危险过后，似乎有种难得的轻松感。

林渺飞掠过三丈，足点紧绷于巨鳄和船身之间的绳索，只几个起落，便准确地落在巨鳄的背上。

巨鳄突觉背上有物，倏地停住爬行，巨尾呼地一下扫来，带着漫天的泥浆扑向林渺。

林渺吃了一惊，飞身弹起。

“哗……”巨鳄大尾扫空，头部立刻抬动，竟人立而起，扑向空中的林渺。

林渺暗叫：“我的妈，嘴巴闭住了还这么凶悍！”想着手中的马鞭呼地抽出。

“啪……”马鞭正好抽在巨鳄的双眼之间，巨鳄吃痛，轰然又扑入泥水之中，溅起泥浆无数，淋得林渺满身都是。

林渺再落到巨鳄背上，已是狼狈不堪，而巨鳄的大尾再次扫来。

林渺这次学乖了，不向上跳，而是极速踏到鳄头之上，鳄尾虽长，但在直着身子的情况之下，却无法击中头部，因此这一击唯有无功而返。

“呼……”巨鳄的大头再次扬起，林渺双足如粘在上面，根本就不会被甩落，反而趁机把准备的那条两丈多长的绳索自张开合不拢的鳄嘴之中穿了过去。

“呼……”林渺刚穿过绳索，鳄尾又至，这次巨鳄首尾呼应，林渺不得不跃起，但手却紧抓着那根自鳄嘴中穿过的绳索。

巨鳄的攻击自然是再次失效，可林渺却已经系好了绳索。

船上众人一阵欢呼，显然是在为林渺喝彩。

林渺双手勒紧绳索，在巨鳄欲再抬头之时，脚下用力，强行压下，使其无法首尾呼应，而巨鳄嘴里的大铁锚也使它无法抬头，只要它用力过猛，嘴巴里便会绞痛，也使上下腭的伤口更深，是以这条巨鳄也是无法可想。

“啪……”巨鳄巨尾再抬起，林渺立在其头上，猛抽一鞭，击在那巨尾之上。

虽然巨鳄皮坚肉厚，但林渺这贯足了真气的一击，也让巨鳄难以承受。

“啪啪……”林渺猛抽两鞭，打得巨鳄皮肉开裂。

巨鳄吃痛，却无法甩开背上的林渺，只有拼力向前挣扎。事实上这条巨鳄拉船良久，已经有些力竭，此刻与林渺较量，自然是大大地吃亏了。

“好！”船上的白才诸人大声喝彩。

林渺见巨鳄开始爬动，便不再鞭打，而是一带手中的绳索，以此控制巨鳄爬行的方向。巨鳄若不从，则以马鞭抽其头部。

人兽斗狠几近一炷香时间，林渺都累得精疲力竭了，但巨鳄终于驯服安静了一些，不再敢抬尾攻击林渺，而林渺若想让巨鳄向左，便以马鞭柄敲打巨鳄的右眼睑，若向右，则敲巨鳄的左眼睑。

船上众人无不兴奋雀跃，林渺也感到大为刺激，居然能够把这凶残的庞然大物驱赶得如此得心应手，自然让他兴奋，他也不顾肮脏，便坐在巨鳄那肮脏而宽厚的大背之上，无限风光地驱着它向森林所在的方向行去。

当巨鳄拖着船爬入森林之时，再也爬不动了，因为大船已经落在了实地，巨鳄的嘴给拖得鲜血淋漓，林渺怎么戳它它都不动一下。

众人上了实地，不由得一阵欢呼，全都自船上跳下，六名家将更是一把抓起林渺呼地抛了起来，兴奋激动之情无以言喻。

林渺被这几次抛下，弄得晕乎乎的，他实在是太累了，就像伏在地上一动也不动的巨鳄。

“别闹了，我想大睡一觉！”林渺有气无力地道。

众人望着那一身狼狈的林渺，他根本就分不清哪是眉眼，完全失去了原来的模样，整个人全都裹在了泥和血之中。

其实此刻每个人身上都散发出腥臭之味，鳄血的气味极是难闻，但大家好像都已经麻木了一般。

东方的天空已微微发白，天就要亮了，但在森林之中依然很暗，只有那悬于桅杆之上的风灯仍然亮着，在摇晃着，地上有串血迹，是那条巨鳄口中所留下的，若是此刻杀了这巨鳄，只怕它也不会有什么反应。

“我的肚子好饿，谁为我烤点鳄肉吃吃?”林渺拍了拍肚皮叫道。

大家也立刻深有同感，刚才都太过耗力，本来也都只是吃了点干粮，那一场人鳄大战几乎耗尽了所有的能量，众人自然也都感觉到了饥饿。

“我来吧!”杨叔道。

“我也算一个!”金田义和钟破虏同声道。

“好吧，我先去船上睡一会儿，烧好了叫我。”林渺说一声，便向船上行去。

“我来宰这大家伙!”白庆道。

“不用，船上还有一截鳄尸，阿渺斩来本是要钓这家伙，但没用完!”钟破虏道。

“是啊，也许这家伙还有些用处，让它把我们拖回江中也不错呀!”杨叔笑道。

众人不由得也都笑了，于是折树枝的折树枝，准备火的准备火，立刻忙开了。

天色大亮，那条大巨鳄依然趴在那儿一动不动，闭着眼倒似乎在晒太阳。

这里是森林的边缘，与之相接的便是那长了不多芦苇的泥沼。自这里到江边至少也有百余丈远，而这百余丈却是一个很难逾越的距离，因为在这片泥沼之中生活着许许多多的鳄鱼。

白天，泥沼之中显得很平静，根本就看不出其中藏着任何的凶险，可是就在昨夜，林渺诸人在这安静的地方却经历了一次生死的考验。

众人开始修补船只，可是这却似乎是多余的，因为如何让船回到江中是一个极让人头大的问题。

“如果在这里修船，我看不如去一个靠近江边的地方扎一个大木筏子，那样或许更方便，更快！”苏弃提议道。

“可是如果江水太急的话，我们很难让筏子稳妥地靠岸呀。”白庆道。

“我们同样可以用桨，只要我们有准备，这并不是问题。要知道，我们若想把这只船送到江水之中，不知又要花多大的力气，我可不想经历那种可怕的情况，而这里树多得砍不尽，扎一个大木筏并非一件难事！”苏弃认真地道。

“我看苏先生的话也对，要是想让这怪物把我们拖回江水之中，只怕会坏事，只要下了泥沼，我也不敢坐在它背上穿过鳄鱼群，尽管它不咬我，可别的怪物可不会放弃。要是它将我们拖到其他的险境之中，只怕会更糟！”林渺也道。

“是啊，我们能出来，只能算是侥幸，大家的命运不能靠赌！不如这样吧，留几位兄弟在这里修船，再让几人去看看哪里的河边是安全的，双管齐下，如果哪里方便的话，就去扎木筏好了！”杨叔也提议道。

“嗯，杨叔此话有理，阿渺，你去附近看看，看哪里比较方便扎筏或是下水！”白庆也同意道。

林渺想也不想，爽快地应了声：“好的！”

“让我跟你一起去吧！”苏弃道。

“那最好！”林渺笑了笑道。

苏弃迅速去船舱之中取下两张大弓和两筒箭，递给林渺一份，道：“你的！”

林渺接了过来，挂在身上，笑着向船上的白泉喊道：“阿泉，拿枪来！”

白泉一听，忙将两杆枪抛了过来，林渺和苏弃各执一杆，道：“好了，我们去前面看看吧！”

“要不要把这匹马骑过去？那样会快一些！”杨叔建议道。

林渺望了望苏弃，同时步向那匹仅剩的战马。

密林之中极为阴暗，不仅如此，而且荆棘处处，几乎是无路可寻。行了一段路，林渺都有些后悔骑马来此了，现在不仅要下马开路，还要不让马儿被荆棘划伤。

苏弃也无可奈何，这里比他想象的还要麻烦，不仅荆棘丛生，还不时会有毒蛇出没，防不胜防。

“这种路，想把船自这里搬到安全的河边去，只怕还是在河边造一艘船更省力一些！”苏弃无可奈何地道。

林渺牵着马，也无奈地道：“要是云梦泽都像这里一样，当年高祖刘邦领十万大军来此，不死个七八万能出去吗？”

苏弃不由得笑了，同时挥着刀斩开一条不宽的路，但是他身上单薄的衣衫仍被划得极破。

“停步！”林渺在后面突然低叫了一声。

苏弃一怔，停下脚步，机警地扫了一下四周的环境，却并无什么发现。

“你听，那是什么声音？”林渺侧耳细听，轻轻地道。

“什么声音？”苏弃依然没有感觉。

林渺把马缰交给苏弃，战马似有些不安地踏着蹄子，也似乎感觉到了什么。

苏弃不敢稍有大意，在这种地方，什么危险都是有可能的。

林渺双手握枪，缓缓地挑开前方的荆棘，极小心地前移，目光却机警地扫视着四周。

苏弃与林渺保持着丈许距离，也谨慎而行。

密林之中极为阴森，到处都是古木参天，那粗得惊人的大树将天空全都给霸占了，使阳光完全透不进来。

林渺向前推进了三丈许，苏弃突地惊呼：“头上！”

林渺吃了一惊，抬头一看，只见在身边那棵大树的一截大枝之上缠绕着一条桅杆般粗的巨蛇，巨蛇的脑袋斜挂着，全身黝黑，像是一根分枝，而蛇尾却顺着那树枝没入一个树洞之中。

巨蛇的红信吐出有两尺余长，像红腰带。

林渺暗叫：“好险，差点被这家伙给骗了！”

苏弃的喊声也惊动了巨蛇，巨蛇的身子在树枝上滑了一下，桶大的巨头向下垂落，距林渺不到两丈。

林渺一动不动，并非他不想动，因为他知道，只要他稍一动作，必将引起巨蛇的快速攻击，而巨蛇的这一击绝对是不容忽视的雷霆一击。

“嗖……”苏弃极速张弓搭箭，松弦而发。

“噗……”劲箭正中巨蛇的七寸之处，但却仅深入五寸而已，根本就无法对巨蛇造成多大的伤害，反而激怒了它。

“呼……”巨蛇弃林渺而飞扑向苏弃，像是横过虚空的一道暗影。

苏弃吃了一惊，但却借微光一闪，林渺急速出刀。

“咔……”巨蛇应刀而断，化为两截，腥臭的血如雨般洒落。

“噗……”那截大头仍飞向苏弃，但却被苏弃的大枪刺落，巨蛇的尾部尚在树洞之中未曾尽出。

林渺暗呼侥幸，如果这条巨蛇不扑向苏弃，而是直接扑向他的话，只怕根本就没有拿刀换枪的机会。而以这巨蛇的躯体，皮坚肉厚，除以龙腾神刀之外，只怕根本奈何不了它，而若不能一击致命的话，这凶残的家伙定能发挥出可怕的力量，到时候只怕他们都吃不消。

巨蛇的躯体软落，轰然坠落于地面之上。

林渺松了口气，又缓步前移，但是很快他又皱了皱眉，脚步忽止，他再一次听到了那奇怪的声音，并不是巨蛇死躯在扭动时发出的声响。

苏弃感到有些惑然，难道刚才的声音不是这条巨蛇所发出的？林渺听到了声音，可是自己却似乎没有什么感觉，这是因为什么呢？

林渺细听，声音似乎是自数丈之外的地方传来，他缓缓地向声源之处靠近。

前行四丈余，林渺觉得路径似乎开阔了不少，他伸手拾起一根断枝，有些讶异地皱了皱眉，这是被什么东西斩断的，看来这里有人曾经来过，而且也以刀开过路！

在这种地方居然会有人来，这怎不让林渺感到意外呢？而前来之人又是谁呢？究竟是什么人呢？而那奇怪的声音也越来越近了。

再行两丈，林渺止步，惊讶地发现一只怪物正在啃食着一堆白骨。

此兽极像大雕，但却长着角和四只犹如狼足般的腿，脚底形似鸭掌。

“嗷……”那异物似也惊觉有人前来，突地昂头一声啼叫，只吓得林渺和苏弃心里一个哆嗦，并非因为这异物多么威猛，而是因为这叫声竟像是婴儿的啼哭之声。

异物在啼叫之时，露出两排尖利的牙齿。

林渺静了静心神，缓缓向那异兽逼去。

“嗷……”那异兽又啼叫了一声，竟掉头便跑，它似乎感受到了来自林渺身上的威胁。

“有人来过这里！”苏弃指了指那堆已经被啃得干干净净的白骨，吃惊地道。

林渺也看出了，那是一堆人的尸骨，虽然骨头已被散成一堆，但那头颅是不会错的，不由得点了点头道：“是的，有人来过这里，但是却死在了这里！”

“谁会到这种蛮荒之地来呢？”苏弃不解地问道。

“也许便是那艘沉没的大船上的幸存者！”林渺猜测道。

“那这人是怎么死的呢！居然是在闯过了那鳄鱼群之后？”苏弃极为不解。

“这就难说了，不过，我想前面不远处肯定有溪流！”林渺肯定地道。

“溪流？你怎会知道？”苏弃惑然问道。

“刚才那怪物名为蛊雕，在《山海经》中我见过这东西！”林渺肯定地道。

“《山海经》？”苏弃讶异道。

"有人传说这是夏时的大禹和伯益仙长所著，不过，我见到的只是残本!"林渺想了想道。

林渺缓步来到那堆白骨旁，地上有干竭的血渍，他伸枪拨了拨，却发现那堆碎骨之下仿佛有块金属东西。

"这骨头完全是被撕碎的，应该是虎狼之类的猛兽所致!"苏弃吸了口气道。

林渺没出声，俯身拾起那金属东西，却是一块小腰牌，细看之下，不由得失声惊呼："是宛城齐府的人!"

"什么?"苏弃也大吃一惊，忙凑上来接过腰牌一看，果然见上面刻着"宛城齐"三个字。

林渺对此自然不会陌生，他本是在宛城的市井之中长大，宛城齐府声名显赫，与齐府的下人打交道自是难免。因此，他对齐府的腰牌绝不陌生，也与齐府结下了一些梁子，因为齐子叔可算是因他而死，齐府对他并不会客气。

"他们怎么会跑到这里来了?"苏弃不解地问道。

"我们无法明白的事情太多，但我想，如果这真是齐府的人，绝不止他一人来此，也许这附近还会有什么发现!"林渺以大枪再拨了一下那堆白骨，突然又道："他不是被猛兽所杀，真正的死因可能是在这里!"

林渺指着一截骨头，只见其上有一点黑褐色，像是积有瘀血一般。

"这是……"苏弃不解。

"他先中了毒!"林渺认真地道，顿了顿，随又分析道："这是蛇虫之毒，他定是先被毒虫咬伤，后来才死于此处。中毒之处是一截小腿骨，位置在离地尺许处，因此是毒蛇的可能性较大!"

苏弃点了点头，林渺的分析确有道理。

"我们要小心行事，所谓打草惊蛇，我们也应该如此才对!"林渺笑了笑道。

于是两人又向前走去，果不出林渺所料，才走出十余丈远，他们便听到了哗哗的流水声，再走出约数十丈，便有一条溪流缓缓流过，溪边的水草丰茂，难得有阳光洒下，倒也清悠宜人。

林间鸟鸣虫叫，水流声相伴，迎着清风，林渺和苏弃不由得深深吸了口气。

水草中有蛇行过，迅速远逸，只留下草叶的一阵波动。

“顺着这小溪便定可抵达沔水边缘，相信不用再与那群鳄鱼相对了！”林渺道。

苏弃点了点头，这水中有虫鱼，便不会有大鳄，否则这些虫鱼只怕早被大鳄给吃光了。

“我们顺着这溪流往下走，看看什么地方方便扎木筏。”苏弃提议道。

林渺点了点头，却挥刀斩下一根粗大的树枝，将之放在溪水之畔。

“这又是为何？”

“这里很易迷路，我可不想回来时找不到方向！”林渺耸耸肩道。

苏弃不由得暗赞林渺细心，回头望了望他们刚才走过的路，竟发现路旁的树木上都有一道痕迹，而他刚才竟没留意，心中顿感惭愧。

林渺领前踏着河畔的卵石而行，虽石头上结满了青苔，却无法难住两人的脚步，但是林渺却呆呆地望着河对岸的一块长满青苔的石头。

“脚印！”苏弃也惊讶地道。

“怎会只有一个脚印呢？”林渺也大为惊异地道，对面的青苔之上竟有一个人的脚印，但仅一只而已。

“难道他是涉水而走？”苏弃疑惑地望了望四周道。

林渺跃至溪流的另一边，仔细地打量着周围的环境，伸手摸了一下那脚印周围的青苔，有些惊讶地道：“这脚印是不久前留下的，绝不会超过一个时辰！”

“不会超过一个时辰？那就不会是那死了的齐家人了！”苏弃道。

“是的，应该不会是那人，那人至少已死了两三天之久！”林渺肯定地道。

“他是从树上走过的!”林渺突地抬头望着河畔一棵大树上一根被踩折，但却没有断落的树枝道。

“那他为什么要落到这块石头上，还留下一个脚印呢?”

林渺也皱了皱眉道：“这只有一个可能，他受了伤！在这青石上留下一足印是一种惑敌之计，让人以为他是涉水而逸，其实他却是又自树上回去了，看他踏折的这根树枝便可猜到。自高处下落是省力之举，不应折枝，只有由低而高方有此可能!”

苏弃也拿不出更好的猜测，但这些似乎并不关他们的事，他只是要找到出路，自这鬼地方离开。

“我看咱们不用前行了吧，回去与大家会合，让众人一起顺着这条溪流离开好了。”苏弃提议道。

林渺看了看天色，已经是正午时分，他们出来也有好长一段时间了，想来杨叔诸人也急了，也便同意。因为如再往前走，只怕天黑之前赶不回去，而且这路，战马并不好走，这鬼地方，也不知道会发生什么危险。因此，还是大家一起要好些。

“看来我们只能是明天再来了!”林渺望了望溪流，自语道。

林渺两人回到原处，骇然发现杨叔、白庆诸人全都不见了，那只船碎得稀巴烂，巨鳄也不见了，系铁锚的绳索断裂，地上一片狼藉，周围的草木尽折，好像这里曾经发生过一次灾难一般。

林渺和苏弃不由得看傻眼了，地上零散着几只羽箭，还有几件兵刃。

两人相互望了一眼，都看出了彼此内心的惊骇。

林渺小步地行在这片空地之上，地面像是被什么东西辗过一般，那些羽箭横七竖八地散落在地上，有的还带些血迹。船桅变成了好几截，船身像是被巨石压砸一般向四面爆开成碎木，舱中的几件东西却仍在。

“怎么会这样？这不像是有高手来过的样子!”苏弃惑然不解。

“不像，可是究竟是怎么回事呢?”林渺也百思不得其解。

“杨叔！白总管！”苏奔放声高喊，可是林中空荡荡的，并没有任何人回应。

“他们都去了哪里呢？难道被那群鳄鱼攻来了？”苏奔猜测道。

“不可能，以他们的武功，那群鳄鱼根本就不可能追得上他们，一定是另有原因！”林渺肯定地道。

林渺清理了一下破碎船舱之中的东西，将那一捆绳索缚在马背之上，把甲板中的火箭也捡了起来。他感到很奇怪，白庆诸人走的时候连这些东西也不带走，可见其走之时是极为匆忙和仓促，但又有什么使他们如此仓促呢？

林渺想想，抬头看了看天空，太阳已经偏西了，如果不尽快找到白庆诸人，只怕已是夜晚了，这里的夜晚可不怎么安全。

“看，那边似乎有大片断枝！”苏奔指了一下西面的矮林道。

林渺翻上马背，举头相望，果然见到一大片断枝。

“走，上马！”林渺低喝，伸手拉上苏奔。

“希聿聿……”战马微微低嘶，载着两人便向那片断枝的矮林方向奔去。

矮林的草木断折极多，便像有数十匹健马飞驰而过，带得枝飞叶折。因此，林渺策马而驰根本就不受阻碍。

马背上的林渺和苏奔越跑越心惊，因为在矮林那并不是十分坚硬的地面之上，他们竟看到了两只巨大的足印，每个足印足有簸箕那般大小，足印深深陷入地面尺深有余，而且一直向前延伸。

“天哪！这是什么脚印？”苏奔几乎是在呻吟，那足印趾印和蹼印俱全，绝不会有什么值得怀疑的地方。

林渺心里也直叫娘，这片沼泽之中确实怪事迭出，这么大的足印，会是什么怪物？世间又有什么东西有如此之大？不用说，这两旁的矮林也是这怪物摧折的。拥有如此大的足印，还深陷泥土之中一尺之多，那么这怪物究竟有多大？有多重？他简直不敢想象。

那只船被击碎的模样仍在他的脑海之中，就像是被巨大的陨石击碎一般，想来也是这怪物的杰作。只有遇上这样一个东西，白庆诸人才会仓促而逃，因为他们根本就不知道该如何去对付这怪物，那些散落的羽箭也应是射向那怪物，但却根本就射不进去。

林渺都不知道自己在云梦泽的哪一段，但想必已经深入云梦泽了，否则这个地方也不会是这样凶险的一片死域。

所幸有那怪物开道，战马极为顺利地通行于矮林之间，路边有些树木连根拔起，有些碗口粗的树木更是折如死蒿，这让林渺心里的那个惊啊，简直是不知如何形容，但是他必须找到杨叔诸人，他们必须一起离开此地前去避尘谷请出天机神算!

若是早知道会有今日之局，林渺当日绝不想来，但现在是骑在虎背上，想下来都难了。至少，他们无法顺利走出这片沼泽，走出这片原始森林，因此他必须硬着头皮追下去。

奔行近半个时辰，几乎穿越了数十里的林区，但是依然没有找到白庆诸人的影子，甚至没有半点线索，只有那两只相隔数丈便有的巨大足印在无休止地延伸，仿佛一直要奔跑到天的尽头一般。

“有水声!”苏弃突然道。

是的，林渺也隐约听到了一种“哗……”的水声。

战马的速度并不能太快，这里的丛林道路并不是太好走，高高低低的灌木，使得马儿不能撒蹄狂奔，再奔片刻，水声越来越响，竟有若雷鸣……后又若万马齐嘶，震耳欲聋。

水声越来越近，转过一道山坡，眼前顿时一亮，只见眼前仿佛是一片银白色的世界，扑面而来的是一股浓重的水气，使人顿时精神一爽。

林渺不由得带住马缰，深深地吸了口气，为眼前壮观的景象给震住了。

只见一道飞瀑如九江倒泻般，自百丈高崖之上飞卷而下，直入一片深谷，两堵断崖如被天斧而裂，脱开数十丈宽的深谷，而林渺所在之处正是与飞瀑相对的崖顶。

林渺所在之处，至飞瀑之顶尚有数十丈高，若是飞鸟倒可横渡而去。

飞瀑在岩壁上激溅飞舞，表面如罩轻烟般飘摇不定，仿佛欲作势向林渺的头顶倾泄而下。

飞瀑之下是一巨大碧潭，潭水如沸，翻腾着自谷间的河床奔流而去，却不知通向何处。

苏弃也傻眼怔了半晌，他亦被眼前这飞瀑绝崖给震住了。

林渺有种欲挥刀长啸的冲动，内心激起了万丈豪情，颇有欲与天公试比高的气概。

这片断崖视眼开阔，只有青幽的小草，而无大树，因为整座山崖都是岩石构成，因此大树无法扎根。

林渺和苏弃对视了一眼，都看出了彼此内心的惊讶和激动。

林渺和苏弃双双跃下马背，任由马儿轻闲地食着崖顶的青草，他们缓步踱至绝崖边。

“看！”苏弃突地指了指河谷的草地，惊呼道。

林渺顺着苏弃所指的方向望去，也吃了一惊，他居然看见了白才，但白才静静地躺在河谷的草地之上，一动不动，也不知是死是活。

“是阿才！林渺急切地道：“我下去看看！”

“不错，正是阿才！”苏弃望了望这三十余丈高的山崖，道：“我去拿绳索！”

林渺心中甚急，但是却知道这么高的地方，没有绳索是绝难下去的。

苏弃扛来那一大捆绳索，暗自庆幸林渺没有把它丢掉。

绳索一端系在一块巨石之上，然后呼地一下抛入谷底。

绳索足有五十余丈长，这点高度自不在话下。

林渺顺着绳索急速滑下，这绝崖极陡，但顺绳而下并不难。

山谷之中果然是白才，在白才身边还有一根断藤，但他身旁没有多少血迹。

林渺跑到其身边一探心跳，仍活着，不由得心里大安，他猜可能白才是自崖顶顺藤爬下，而在半途，老藤突地断了，他便一失手跌了下来，这才昏死过去。可是白才怎么会在这里呢？而其他的人呢？

林渺运劲急揉白才的“人中”和“百汇”两穴，只半晌，白才便悠悠醒来，一见林渺，立刻惊得翻身而起。

“我在哪里？他们呢？”白才说着扭头一望，神色顿时变得紧张起来，急忙道：“你怎么也跑到这里来了？快走！这里太古怪了！”

“什么古怪？总管他们呢？”林渺按住白才问道。

白才哭丧着脸道：“只怕是凶多吉少了，那怪物太可怕了，我本来是要引开它的，谁知却被这烂藤害了，不仅没引开那怪物，还让它追总管诸人去了！”

“什么怪物？”林渺扫了周围一眼，问道。

“我也不知道是什么东西，我从来都没有见过这样的东西，像蛇，但又有四只脚，却只用两只脚奔跑，另外两只脚还可以攻击，把我们的船都撕裂了，那个大头像蛇一样，脖子就有两丈长，尾巴却有四五丈长，身子粗得像一座大山，整个看上去，至少有十几丈长，我从没见过这么大的东西，那些树就像小草一般被它的脚踹断，我们拼命地跑，可还是跑不过它，然后我们就来到了这里！”白才一口气把那怪物给描述了出来。

林渺却皱起了眉头，那是什么东西？只脖子就有两丈长，尾巴四五丈，加上身子有十几丈，又有四只脚，却只用两只脚奔跑，那是个什么玩意儿？世上哪有这么大的怪物？但是他刚才一路上所见的脚印也极大，按推理，应该是个庞然大物，难道真有白才所说的那么大？

“那总管和杨先生他们是向哪个方向去了？”林渺又问道。

“他们后来被逼得走投无路了，都跳入了那个龙潭，我也不知道怎么样了，之后我就什么都不知道了。”

林渺心叫这下可真惨了，这么高跳下龙潭，即使不死也会昏过去，那还不被水冲走？说不定会被冲到沔水中去了。

"阿涉，小心，水潭之中有东西!"

林涉正在想怎么顺河谷找人之时，突听苏弃在崖顶之上高喊道，他和白才不由得吃了一惊，扭头向水潭之中望去，不由得同时倒抽了一口冷气。

"快走!"林涉想都不想便抓起白才向山崖下的绳索奔去。

"就是那怪物!"白才吃惊地呼道，但他脚下绝不停，也不敢停，因为碧水潭中探出一个巨大的头颅，形似巨蛇，而这只是一截而已。

"哗……"潭水如沸，纷纷散开，一个巨大如肉山般的躯体自潭中升起，水珠似雨般自那背脊上散落。

林涉遍体生寒，白才说的半点没错，那怪物是他从未见过的，但比他见过的任何活物都大得多。

潭中之水迅速分开，而那巨兽的上半身已经露出了水面，那长而细的脖子虽比水桶还粗，那头也至少有簸箕大小，但与那硕大的身子相比，却是绝难构成比例。

怪物的头上长着一排肉冠，两只眼睛射出奇异的寒芒，在其巨大的胸前短缩着两条长满利爪的大脚，脚掌至少有磨盘那般大，但却似乎并不长。

"嚎……"巨兽长嚎，其声与巨瀑之声相应合，直裂云霄，直让林涉耳鼓欲裂。

"快上来!"苏弃心中的惊骇是无与伦比的，他也从未见过如此硕大的怪物!他从来都不曾想过，世上会有如此恐怖的东西存在。

白才和林涉心头发寒，哪里敢犹豫，一纵身，以最快的速度顺绳向崖顶上爬去。

林涉的速度自然快极，一手拉着白才，一跃之间便攀升两三丈，白才也不得不佩服林涉。

巨兽见林涉和白才欲上山崖，立刻自潭水之中快速奔出。

苏弃在崖顶暗呼："我的天哪!"

那怪物虽然行动看似迟缓，但每一步却至少可以跨出四丈之遥。那两条没在潭水之中的大脚终于露了出来，那是两条与其身子一样让人难以想象的巨腿，每只腿少说有两人合抱粗细，与缩于胸前的短腿不同，它不仅长而且像两根巨大的桥墩。

“哗……”怪物的巨尾扬出水面，像撑天柱一般立起，然后重重地击在潭水之中，潭水如被巨大的陨石惊碎一般，扬起十数丈的水花，其声势之惊人，不逊于这如九江奔泻的巨瀑。

山谷因怪物的大步而似在摇晃。

林渺爬至十余丈之时方松了口气，但回头之时，却发现那怪物的巨头离他只不过数丈之远，不由得魂飞魄散，亡命地向崖顶爬去。

那怪物之高比林渺想象的还要可怕，那张开的大口之中，臭气熏得人头昏眼花，白森森的牙齿更使人心胆俱寒。

“嚎……”怪物站在山崖之下望着迅速爬上山崖的林渺怪啸连连，震得崖上尘埃四射。

“快斩断绳索!”苏弃大吼道。

林渺先是一怔，突觉绳索一紧，那怪物缩于胸前的巨掌已经抓住了垂落于谷中的长绳。

林渺大惊，哪还不明白苏弃此话的意思，急忙挥刀，毫不犹豫地斩断身后的绳索。

那怪物猛地一拉绳索，断绳应声而落，林渺和白才却已挂在半崖之上。

林渺暗自庆幸苏弃提醒及时，否则只怕这根绳索已经断裂，他们会成为这怪物口中的美食了。他根本不敢想象，有什么绳索是这怪物所拉不断的。

“嚎……”那怪物没能让林渺和白才下来，不由得怒吼连连。

“怪物！来吧，吃老子一箭!”苏弃大吼声中，弯弓搭箭。

“嗖……”一支怒箭极速射出，“噗”地直插入那怪物的左眼之中。

怪物一心注视着林渺和白才，哪想到会自侧面飞来这样一支冷箭，顿时痛得狂嚎，巨尾乱扫，大头乱晃，那缩于胸前的大爪狂抓着坚硬的崖壁。

一时之间，石屑乱飞，水花四溅，草木俱折，山谷似乎摇晃了起来。

崖顶的战马瑟瑟发抖，苏弃捂住耳朵，几乎无法承受那强烈的声波。

林渺和白才差点被震得双手松脱掉下山崖，但幸而林渺的功力深厚，死命地一手抓住绳索，一手推着白才的臀部，这才把白才稳住。

“快，上去!”林渺大喊，只有大喊才能够让白才听到。

白才哪里不知此刻的险情，强咬着牙硬向山崖顶上爬去……

爬上山崖，林渺和白才脸色有些苍白，这庞然大物确实太恐怖了，他们也捂住发麻的耳鼓，感到脚下的山崖像是在颤抖。

也不知道过了多久，林渺缓缓放下捂耳的双手，因为他感到身边多了一个人。

林渺猛地回头，却发现那人也正扭头向他望来，他不由得脱口惊呼：“是你!”

“是你!”那人也同样发出一声惊呼，两人同时跃退，距两丈而立。

“你这个抢马贼，居然抢走我的马！看我今天要你好看!”林渺愤然，一副择人欲噬的样子。

苏弃和白才也讶异地扭头望向来人。

“有话慢慢说，你以为我抢了你的马有好处吗？害得我被那群狗娘养的追了两天两夜才甩掉他们！还亏我扔给你一锭银子!”这突然而至的不速之客竟是当日抢走林渺之马的秦复!

原来当日秦复抢了林渺的战马后，竟帮林渺引开了天虎寨的追兵，他本想借马赶回家中，并甩掉齐家的追兵，却没料到被天虎寨的人阴魂不散地追了两天两夜。

天虎寨的人多，而且不乏高手，即使是以秦复的武功和机智，也难一时甩开，后来还是易容而逃。是以，此刻林渺提到当日之事，秦复自然大叫冤枉。

“哼，要不是看在你当日为我引开追兵的份上，我早就出手教训你这个抢马贼了，害得我膝盖拐了两天!”林渺收起架势，也不由得有些好笑地道。

“阿渺和他认识?”苏弃警惕地望着秦复，讶异地向林渺问道。

“不认识，只不过见过一面而已，但那不是太愉快的记忆!”林渺耸耸肩道。

“谁说我是抢你的马?我不是给你十两银子了吗?这足够去买一匹上等好马……”

“不管怎么说，强买强卖都算是抢!”林渺反驳道，但随即又讶然问道：“伙计，你叫什么名字?怎么也跑到这鬼地方来了?”

“那件事你不计较了?”秦复反问道。

“有你那么小心眼吗?你还没回答我的问题呢!”林渺不屑地道。

秦复悻悻地笑了笑，居然被抢白成小心眼，但不答反问道：“那你们又是怎么跑到这里来的?”

若在平时，林渺定心中有气，不过在这个鬼地方好不容易见到一个人，特别有种亲切感，何况与这家伙还曾有过一面之缘，是以也没在意，噘嘴骂道：“他妈的，不知道哪个鸟人把大船沉在江中，那该死的桅杆却捅破了我的船底，害得我们唯有将小船拉上岸修补，因此被困在这个鸟地方!”说到这里，林渺似有所悟地伸指点了点秦复道：“哦，我知道了，那只大船肯定是你们的，难道你不知道如此一来在航道之上会害死别人吗?”

秦复不由得大感好笑，道：“你别乱冤枉人，我也是乘坐小船而来，你以为我很有钱吗?故意拿那么大的一艘船来沉在航道上害人呀?”

林渺一想也是，不由得哑然失笑，问道：“那是谁的船?妈的，知道定要骂他十八代祖宗!”

“那是宛城齐府的船!”秦复道。

“宛城齐府?”林渺微愕，但他却知道秦复没有说谎，因为他见到了齐府人的尸体。

“阿渺，快离开这儿，那怪物要上来了!”苏弃突然吃惊地呼道。

林渺和秦复向崖下望了一眼，见那庞然大物竟顺着山崖向顶上爬来，虽然动作笨拙缓慢，但却极为沉稳。

“天哪，快跑，这怪物太可怕了!”林渺再不理秦复，转身就找马欲逃。

第十八章　洪荒异物

“慢!”秦复突然唤住三人道。

“你还不走，难道想死吗?”林渺讶异地望着秦复问道。

“难道你不想知道这怪物是什么吗?”秦复突地反问道。

“那又如何？它叫什么?”林渺惑然问道。

“它便是龙，是世人梦寐以求的绝世神物!”秦复肃然道。

“这家伙就叫龙?”白才大惊。

“管它是什么，还是先逃命要紧，什么狗屁龙，这东西若是龙的话，我还是凤凰呢!”林渺不信，拉着白才和苏弃便向来路跑去。

“他真的是龙!”秦复似有些急了，忙呼道。

“那又怎样？是龙就不会吃掉我们！难道我们要用身体喂它？快走吧，再不走就来不及了!”林渺催道。

“你知道有关龙的传说吗？难道你就不想得到那人人梦寐以求的龙丹吗?”秦复转身高声问道。

林渺不由哭笑不得，是的，传说中，谁能吞服龙丹，谁就可以长生不老成为仙，但他倒没想到秦复却将此当真了。

“你以为安期生（见《神仙列传》）真的是喝了凤凰血才成了神仙呀？真是不可救药，我可不管你，我们是保命要紧，不想这玩意儿!”林渺不由得嘲讽道。

秦复无可奈何，可以看出，林渺诸人根本就无意与这庞然大物正面交锋。他怎么知道，白才和林渺刚才差点吓破了胆，这怪物实在太恐怖了。

秦复见林渺三人只顾逃命，以他一人之力，想对付这庞然大物，只怕是螳臂当车。因此，他也只好退至林间，旁倚一块大石缩于其中，他可不想走。

“轰轰……”一阵碎石滑下山谷的声音响过，一颗巨大的头颅探出了断崖之上，正是那受伤的怪物。

怪物血流满面，皆因那射入左眼的一箭。

“嚎……”怪物爬上山崖仰天一声长嚎。

秦复此时才知道，为何林渺要跑，那声音震得他耳鸣眼花，连瀑布的声音都似乎听不到了。他呲牙咧嘴地双手捂耳，可依然无法阻止这疯狂的啸声进入他的耳鼓。

先前秦复也听过这声音，但却是相隔甚远，又有瀑布声相掩，是以并不觉得如何，可是此刻在这怪物的跟前，听其长嘶，那种感觉比他想象的可恐怖多了，甚至完全超出了他的想象之外。

“轰轰……”巨兽每移一步，总会发出一声沉重的闷响，惊得飞鸟四散而逃。

当巨兽立在崖顶之时，秦复才发现，此物是何其之大，他与之相比就像一只蚊子与人相比一样，根本就微不足道。他此刻才真正明白，为何林渺会不战而走，因为他根本就没有可能与这庞然巨物相抗衡。

“轰……”巨兽胸前两只巨掌抓住一棵大树，竟将大树连根拔起，抛在一边，它似乎发现了如飞般逃亡的林渺诸人，无比狂怒地低嚎着！苏弃那一箭激起了它凶残的兽性，因此它绝不想放过这几个敌人！

秦复一动也不敢动，此刻，他唯恐被这庞然巨物发现，那样只有死路一条，他可不敢相信自己的躯体比那棵如水桶般粗大的古树更结实。

“轰轰”，巨兽大步向林渺诸人狂追而去，每步皆有数丈之距……

望着巨兽追赶三人，秦复半晌才回过神来，急忙追在巨兽之后奔去。若是这巨兽追林渺，他也不知道该怎么办，不过他倒要看看这巨兽究竟有多可怕。当然，这种奇物千年难得一见，怎能错过如此眼福？

与此同时，林渺三人可吃惊非小，这怪物向他们追来，确有些出乎三人的意料之外。他们哪里知道，这巨兽站得高望得远，虽然他们跑出了两里之地，却仍在巨兽的视线之中，试问它又岂会放过这伤它眼睛的凶手？

“怎么办？它追来了，现在没这些树林相阻，我们根本就跑不过它！”白才惊骇地道。

林渺也是看在眼里急在心头，这庞然巨物虽迈步沉缓，但每一步都可让他们走上好远，相形之下，很快便追近，那震天的吼声更是让林渺心神不宁，连战马都有些腿软了。

“你们先走，在我们昨晚上岸的地方等我，我去引开它！”林渺说着从马背上翻落。

“这怎么可以？”苏弃一带马缰道。

“没事，我引它进入密林，它太笨，不会把我怎么样的。若让马儿负载三个人，大家都会死在这里。假如明天天亮之前我还没回，你们就想法离开这里！”林渺肃然道。

“阿渺，要死大家一起死！”白才欲跳下马背，吼道。

“谁说要死？别来碍手碍脚！”林渺一拍马股，战马吃痛，长嘶而去。

“把马背上那截绳子扔给我！”林渺呼道。

苏弃抓起那剩下不到十丈的绳索，将之抛给林渺，心中充满了敬意地喊道：“我们等你回来！”

林渺抓过绳索，朗声道：“我一定会活着见你们的！”说完再转身之时，那巨兽已追近了一里之地。

林渺头皮发麻，忙将绳索向肩上一搭，转身就向那密林边奔去，同时捏箭在手，他绝不能让这巨兽去追击苏弃和白才。

等他来到密林边，那怪物像是没看到他似的，直追向马上的苏弃和白才。

林渺暗叫不好，忙弯弓搭箭，嗖的一声，射中巨兽细长的脖子。

那巨兽轰地停步，缓缓转身，那长如巨蛇的脑袋缓缓地看向密林方向。

追在巨兽身后的秦复大惊，骇然躲在一棵大树之后。

“嚎……”巨兽低嚎一声，仿佛尚未见到静立于树林边的林渺，然后又悠然抬头望向那远奔的战马。

林渺愕然，他本来连大气也不敢出，以为这巨物便要向他扑来，可是这家伙似乎对他不理不睬，或是根本就没有看到他，又要去追苏弃，不由得大急。

“哎……怪物，我在这儿，来追我吧！”林渺飞身跃上一棵树干，脱下那件破烂的外袍，使劲地摇晃着吼道。

“嚎……”巨兽这次发现了林渺的所在，不由得低吼一声，大步逼向林渺。

“来吧，畜性，老子就是要你来！”林渺竟毫无惧意地吼道，依然晃动着外袍。

远处的秦复不由得看傻眼了，林渺竟故意惹这巨兽相追，这确实让他大感意外，刚才还拼命地要逃命，可是此刻好像根本就不知道危险一般。

见巨兽向自己奔来，林渺忙披上衣服，又射出一箭。

那怪物如此庞大的躯体根本就不可能避开劲箭，但是箭矢射在它那巨大的躯体之上，却像是被蚊子盯了一下，它根本就没有感觉。

林渺大为错愕，却也明白，这怪物可能除那巨大的脖子敏感一些，知道疼之外，其余的地方根本就没有办法让其疼痛，但他可不能等死，迅速自树干之上跃动。

林渺暗自庆幸这些日子来没有偷懒，每天都在练习鬼影劫，加之他自身所具有的功力，使其身轻如燕，在这密林之中便像一只松鼠一般纵跃自如。

巨兽见林渺欲逃，立刻加快脚步紧追而上，来到林渺刚才所立的大树前，巨尾一扫，那棵大树立时拦腰而折，两只巨爪左分右拨，那些大小树木如蒿草一般，不是被折断就是被连根拔起。不过，此物的躯体实在过于庞大，这密林的树木密集，它必须不停地开路才可以追击林渺。但如此一来，它根本就难以追上林渺。

林渺却没有立刻逃走的念头，他必须将这巨兽再向密林深处引一些，那样苏弃诸人才会更安全。是以，他不断地激怒这巨兽，不断地挑逗，使得巨兽怒不可遏之时，又若即若离地与其纠缠。

林渺望着巨兽暴怒狂进的样子，不由得大感好笑，最初的恐惧早已一扫而空，发现这巨物虽然看上去极为可怕，但也并不是想象之中那么难对付，只要不以自己之短攻彼所长就行了。这怪物最大的优点是它有着无与伦比的力气和躯体，但最大的缺点也是因为其有着无与伦比的躯体，这就使其欠缺了灵活。

任何生命有其优点，便会拥有其弱点，绝无任何完美得没有瑕疵的生命，包括人类在内。

林渺心想，这怪物要是去开荒建村那还真不错，要是在其背上套一个特大号的铁犁，一天不知要耕出多少地来。但想归想，可这却是绝对不可能出现的事，虽然他可以让那条巨鳄拖船，但对于这庞然大物却是莫可奈何。

一人一兽，一逃一追，却苦了这片森林，巨兽的大头，探出整片林子的顶部，它的高度，这片林子根本就不能掩住其形。

林渺如果不是自树干之上逃走，只怕这巨兽根本就看不清林渺所处的方位，不过，它的独目紧紧锁定了林渺，林渺奔向哪里，它就向哪个方向追击，根本就不在意身前的阻碍。它的巨腿一踢一踩，一些树木纷纷倒折，只有巨大的千年古树是这庞然大物一时没办法的，但一些树枝丫丫的却遭殃了。

林渺逃逃跳跳，也有些累了，但这怪物一路拔树断枝，却似乎毫无疲态，这让林渺不得不大感惊异，似乎这家伙根本就不知道疲劳为何物。他可不想再与其纠缠下去，还是早些回去与苏弃、白才会合，如果找不到杨叔诸人，那便尽快离开这个鬼地方，就算找不到天机神算也是没有办法的事，想来白鹰和白玉兰也不会怪他。

林渺自树干之上跃落林中，却突地发现远处偷偷潜来的秦复，不由大惊。

林下的草木更密，那巨兽的脑袋可不能再抬得太高，那样根本就找不到林渺位置的所在。

秦复望着林渺在逗引着巨兽，心中不由得松了口气，至少，他知道这大家伙不是想象的那么可怕，但他却不得不佩服林渺的胆量，而对林渺的身法也微感惊讶。记得上次他抢林渺的马之时，一撞之下，便让其重重地摔在地上，若是林渺有这般身法，当时哪会那样狼狈？不过旋即又想："那天这小子可能是先受了伤，所以才被我抢到了马吧！"

与此同时，林渺借着密林的掩护，快速横移，古木参天，而那巨兽只剩独眼，哪里能够在密林之中发现林渺掠过的身影，只几拐便找不到林渺的方位了，不由得仰天长嚎。

林渺可不管这些，他不愿再与这巨兽纠缠下去。

秦复本来追着巨兽，也看着林渺的动向，但是却突然失去了林渺的踪影，他不由得吓了一跳，可是正在他犹豫之时，林渺却已悄悄出现在他的身旁。

"喂，伙计，你还不死心呀？"林渺突然出声，倒把秦复吓了一大跳。

那巨兽的狂嚎将秦复耳鼓震得发痛，根本就没有听到林渺潜来的声音，醒觉之时，林渺却似笑非笑地望着他。

"难道你想吓死人呀？"秦复责道。

"原来你的胆子这么小，那还敢追在这家伙后面闻屁？"林渺笑道。

"你说话别这么难听！"秦复微恼道。

林渺耸耸肩笑道："坏毛病一时改不了！"随即又道："还不走吗？难道要等这家伙回头来也追你一回？"

秦复望了望那巨兽，又望了望林渺，道："你的功夫很好嘛，如果我们两人联手也许可以把这家伙干掉呢！”

“那只是也许，我可不想做这没把握的事，何况我连你的名字和前来这里的目的都不知道，为什么要稀里糊涂地与你联手？”林渺漫不经心地道。

秦复不由得白了林渺一眼，无可奈何地道：“你这人似乎半点亏也不愿吃！”

“能不吃亏当然是好事，为什么要吃亏？没有好处吃亏的事我从来不干！”林渺悠然道，旋又道：“你如果会干，就一定是个大傻蛋！”

秦复大感好笑，道：“我叫秦复，也是误打误撞来到这里的。”

林渺一副高深莫测的样子望着秦复，半晌未语，只是露出一丝让秦复心头直发毛的笑容。

“你不信？”秦复反问道。

“问这个问题代表你心虚，刚才说了谎，不过，如果换了是我，你应不应该相信呢？”林渺淡淡地笑了笑道。

“为什么不信？”秦复反问道。

“如果你只是误入此处，你最着急的不是这怪物，而是应该急着如何离开此地，但你并没有半点离开此地的迹象，只是表明你来此是有目的的，而绝非如你所说误入此地！”林渺悠然道，目光却死死地盯着秦复。

秦复干笑了一声，道：“你从哪里看出我没有离开此地的迹象呢？”

“这可是我的秘密，不能告诉你，免得你拿去骗别人！”林渺摇头晃脑地笑道。

“见鬼！这里哪还有人可骗？”秦复恼骂道。

“前后矛盾的话也是出自你的口中，难道你没有见过我的两位同伴吗？而刚才你不是说那艘大船是宛城齐家的而不是你的吗？如此说来你应该非乘那艘船，也就是说你不是与齐家一路，而你知道那是齐家的船，定是见过齐家的人。因此，如果我没有猜错的话，你定知道这鬼地方还有齐家的人在，我有说错吗？”林渺似笑非笑地道。

秦复一摊手，无可奈何地道："兄弟，算你厉害，这片沼泽中确有齐家的人存在。好了，我只想邀你一起干掉这大家伙，然后我们再平分它的内丹!"

林渺不由得笑了，道："你还在做那个神仙梦呀？省点吧！这根本就不是什么龙，何况，我从不与对自己没诚意的人合作!"

"那你要怎样才愿合作？"秦复反问道。

"这个问题很难回答，要看你的行动了。不过，我没有多少时间，'合作'这个问题要看值不值得。言尽于此，好了，我要走了，我的朋友还在等着我呢!"林渺毫不在意地道。

秦复心中大恨，他发现跟眼前这个精得像个鬼一般的人物打交道还真不易，想占半点便宜的可能性都没有。不过，他倒欣赏起林渺的性格来。

"我实话告诉你，我来此的目的便是为了这怪物，而宛城齐家的人也是同样的目的，这之中关系到一个很大的秘密，天下间知道此秘密的人，大概只有两个!"秦复一咬牙道。

"两个人？关于这怪物？那又有什么秘密？"林渺很惊讶，不由得也被勾起了好奇心。

"知道这个秘密的人，一个是我，另外一个便是齐万寿。这并不是一种普通的异物，在它的巢穴之中有一扇特别的门，但只要这家伙活着，就没有人敢入它的巢穴，更没有人能打开那扇门。当然，这怪物本身也是奇兽，至少有着数千年的生命，在它的体内蕴含着天下人梦寐以求的内丹，此丹是聚天地之精华的圣物，我也是前几天方得知它的存在!"秦复悠然道。

"秘密就藏在那扇门之后？"林渺淡然反问道，目光紧盯着秦复。

"不错，秘密就在那扇门之后，那里积留着可以改变天下人命运的财富，存放着足以让你成为天下至尊的武学经典!"秦复双眼放光地道。

林渺不由得想笑，揶揄道："如果得到了这些东西，你岂不是等于拥有了整个天下？"

“可以这么说，也许你不会相信，但这却是事实!”秦复肃然道。

“这样的事实我只是在梦中拥有过，其他的时候，我倒没有想过!”林渺不置可否地笑道。

秦复知道林渺很难相信他的话，不由得深深地吸了一口气，问道：“你可曾听说过孔雀符和帝王印?”

林渺一震，失声反问道：“孔雀符和帝王印?”

“你听说过孔雀符和帝王印?”秦复反问道。

“当然听说过，但这只是传闻，世上是否真有这玩意儿还很难说!”说到这里，林渺扭头，瞟了秦复一眼，又反问道：“难道你找到了这两件东西?”

秦复悠然一笑道：“这两件东西一直都存于我的家族之中!”

“你究竟是什么人?”林渺大惊。

“我伯父便是天下第一巧手秦盟，我父亲便是昔日一代大侠秦鸣!”秦复不无傲意地道。

“哦。”林渺恍然，他当然听说过秦盟和秦鸣这两个人物，无论是市井还是朝中，确实没有人没听说过这两个人，虽然这两个人已经逝去多年，但对于“天下第一巧手”这个名衔，江湖之中又岂是一时半刻所能够遗忘的?

“你为什么要告诉我这些?难道你不怕我起坏心吗?”林渺突地反问道。

“我觉得你是一个可以信赖的朋友!”秦复肃然道。

林渺不由得笑了，不置可否地道：“但我却知道一定是你认为凭一己之力很难完成任务，甚至是你根本就没有把握战胜你的对手，只不过是想找个帮手而已!”

秦复神色一变，他不得不佩服林渺的心思缜密，至少，到目前为止，林渺仍未曾被那些财富和绝世武学所冲昏头脑，并没有被贪婪所左右。

“也许你说的对，我是需要一个帮手，因为我所面临的敌人也是我一己之力根本就难以应付的，但那并不重要，重要的是，我需要你的合作和你愿不愿意与我合作!”秦复并不否认地道。

林渺笑了笑，道：“我这人最喜欢做有挑战意义的事情，虽然财富和武学也颇让我动心，但人只要活得开心、自在，能够做自己想做的事情才是最重要的!”说完林渺伸出手来。

秦复大喜，忙伸手相击。

“我们既已击掌，就当同心协力！我想你应不会是一个拿了财宝为非作歹之人!”林渺笑了笑道。

秦复眸子里闪过一丝兴奋的光彩，肃然道：“当然不会，只要拥有这些东西，我们就可以澄清天下，解万民于水火之中，王凤和王匡可以开创绿林，难道我们就不可以改写天下吗?”

林渺不置可否地笑了笑，道：“这倒确实是个好主意，只不过我怕是没那能耐!”

“你太过谦了，以你刚才细致入微的推理，我敢肯定，你绝非甘于寂寞的人!”秦复自信地道。

“也许你会失望，不过，那不是现在最重要的事，你认为我们应该怎样对付这怪物呢?”林渺转换话题道。

秦复望了望那正在密林之中大发兽威，却根本找不到林渺踪影的巨兽，他也有些犹豫了，他确实也不知道该怎样对付这庞然大物。

“这家伙的皮肉无比坚韧，便是利箭射入其身体，也像是给它骚痒，想杀它太难！也许，它唯一的破绽就只是那细长的脖子，它的那部分比较敏感，而且也是我们手中兵刃勉强可以对付的分量!”林渺分析道。

秦复不由得笑了，林渺居然将那怪物的脖子用可以对付的分量来陈述，确实有些别致，但这样的说法也显得更形象。因为这家伙太大，根本就不知道应用什么来表述，同时他也对林渺的分析大为赞赏。可以看出，林渺做任何事都是早已成竹在胸，极为稳重，这与他轻躁的外表似乎有些不符，但也因此，这样的人才会更可怕。

"可是如果从它的脖子下手，我们的危险就要增大了许多!"秦复有些担心地道。

"有人来了!"林渺一把拉住他蹲下，小声地道。

秦复先是一惊，回头之时，果见几条身影快速而至。

林渺却大大地吃了一惊，自语道："怎会是他们?"

"你认识他们?"秦复反问道。

"他们是魔宗的人！在沔水之上我与他们交过手，毁了他们的船，也让我损失了一条船，那穿黑披风的家伙武功极为可怕，我们只怕都不是他的对手!"林渺低声道。

秦复讶异地望着林渺，问道："你们怎会交手呢？魔宗又是些什么人物？我怎么从没听说过?"

"我们在竟陵的一群兄弟被他们杀害了，我们本是自竟陵乘船去请天机神算，谁知他们又追了上来，我们便只好与他们战上了，谁知我们的船行到这里又遇上了那该死的沉船！咦，他们是怎么知道我们会来此地的呢?"林渺大惑，忖道："他们该不会也遇上了那沉船吧?"

"哦，你们原来是要去避尘谷找天机神算呀!"秦复恍然，松了口气道。

"奇怪，他们怎会知道我们到了这儿呢?"林渺不解。

"坛主，那东西只怕便是传说中的龙吧?"一名魔宗的杀手道。他们似乎并没有发现林渺和秦复的所在。

"他们有八人，我们想个什么办法除掉他们!"秦复小声道。

林渺苦笑道："那人的功力深不可测，另外那位有小山羊胡须的人剑术诡异得让我心寒，上次能不死，全因侥幸所致，就这两人，我们就不会有任何胜算!"

秦复无奈，但他知道，林渺是不会说谎的，因此他只好打消那诱人的念头了。

"那我们该怎么办?"秦复问道。

“他们似乎对怪物有兴趣，我们不妨看戏好了！”林渺一屁股坐在树根上，悠然笑了笑道。

秦复点了点头，他倒想看看这几人有什么厉害之处，竟让这个连巨兽都不怕的林渺如此担忧。

林渺将大弓向肩头套得紧了一些，又把那些绳索兜紧，作出一副随时可以逃走的架势。

“你这是要干吗？”秦复讶异地问道。

“有备无患，不妙就溜！”说话间，林渺将肩头绳索的一端拉下，打了一个活套，竟自腰间掏出一个大铁钩，以特殊的手法将之缠紧，只让秦复看得有些莫名其妙。

“你这样系住能牢固吗？”秦复惑然问道。

“放心吧，没有比这更牢固的，船上的大锚也是以这种手法系住的，这个我可比你在行！”林渺自顾道。

“你这是拿来干什么？”秦复随即又问道。

“你好像很喜欢打破沙锅问到底，有完没完？不要像个女人一般婆婆妈妈的好不好？我这样做总会有用的！”林渺有些不耐烦地道。

秦复不由得哑然，林渺的话直接得让他有些受不了，却又无法反驳，但他似乎有些了解林渺了。当然，他并不生气，因为他明白林渺并无恶意，反而觉得这个与自己差不多大的家伙很有意思。

“拿着，这个帮我拿着！”林渺把大弓和背上的羽箭全都塞给秦复。

秦复接过大弓，却不问原因，这次倒学乖了。

林渺望了望那八名魔宗杀手，咬了咬牙道：“如果我估计没错的话，这几个家伙待会儿会分散开来，那时我就要他们好看！”

秦复恍然，哑然失笑，他这才明白，林渺仍没有放弃对付这几个人的念头，只是在等待机会而已。当然，这些准备也是为了对付这几个突然出现的敌人。

“要算我一份！”秦复道。

“无所谓，我不反对，反正我们现在是一伙的!”林渺笑了笑道。

“这怪物在咆哮，它怎会跑到这片树林中来呢?”一名魔宗杀手不解地道。

“坛主，要是我们能杀了这怪物，获其内丹，到时候献给宗主，定能得他老人家欢心。”那曾与林渺两度交手留着小山羊胡须的杀手头领道。

“嗯，但这怪物如此之巨大，岂是人力所能对付的?”坛主皱了皱眉道。

“依属下看，这怪物的弱点在于它的脖子，其脖子是最脆弱之处，虽然极为粗壮，但与身体其他的部位相比却有天差地别，只要我们能斩落其头，自然会令它死去!”那留有小山羊胡须的汉子道。

“风剑使说得有理，纵观其身，唯脖项为其最弱之处!”一名魔宗杀手附和道。

林渺心道：“这家伙原来是魔宗的剑使，怪不得这么厉害，而那身着黑色披风者还是什么坛主，这几个人似乎都比较难缠。”

“嗯，不过，大家小心些，我们今次来只是为了宝藏之事，若是无法对付这家伙，便立刻退走!”坛主道。

“属下明白!”

林渺和秦复对望了一眼，都没有说话。

与此同时，巨兽似乎在扭头之时也发现了这几名魔宗之人，低啸一声，缓缓转身大步走了回来。

八名魔宗之人果如林渺所料，竟分散开来，他们欲自四个方向找寻这巨兽的弱点。唯有自多个方位进攻，捡便宜的可能性才更大一些。

林渺心中暗笑，他很清楚这庞然大物皮坚肉厚，他们如果是在与其正面对视的情况之下，根本就没有可能杀得了这庞然大物，想伤其脖子也完全是不可能的。

这巨兽那两丈余长的脖子虽是其弱点，但也有它的优点，正因为细长，而使其扭动灵活，运转迅速，加上那条巨尾，它完全可以做到首尾兼顾，这就形成了一个有效的防护网，若想与这巨兽正面交锋那简直是自寻死路。

“轰……”那巨兽早已被林渺激得狂怒，拔起一棵大树竟向八名魔宗杀手抛去。

大树轰然落地，激得叶飞枝溅，只让那八人大大地吃了一惊，似乎此刻才发现这怪物并不会像他们想象中的那么容易对付。

“嚎……”巨兽仰天长啸，声越数十里。

“轰……轰……”巨兽的每一步踏出都发出沉重的闷响，似乎在向对手示威。

林渺和秦复相视望了一眼，悄然移身，他们可不想受到无妄之灾。

“嗖……嗖……”魔宗之人强弩连发，怒箭横飞，但所有的箭支都仅刺入巨兽身体两三寸便无法再深入，其皮仿似一层坚盾。

“快闪开！”那所谓的坛主身形如鸟一般飞升而起，直迎向巨兽的巨头，同时向已潜至巨兽身边的几人大喝。

“轰……”巨兽的大尾如一座横移的大山般卷出，只击得树折石飞，那几人本想就近爬上巨兽之背，却被巨尾卷起的强风掀得飞跌出老远，手中的大弓也抛得不见了踪影。

“轰……”巨兽的大头挨了那坛主的狠狠一击，但巨兽却像没事一般，反倒是将坛主震得倒跌而出。

那被巨尾劲风掀翻的两人被倒下的树枝树杆击得头昏脑涨之际，正欲强撑而起，却发现那只巨大的头颅已经伸到了他们的面前。

“啊……救命……”其中一人还没弄清是怎么回事时，已被一条巨舌卷入了那巨大如山洞般的口中。

另外一人几乎吓疯了，没命地自树枝下爬出，想逃得更远一些，可是才行出两步，一只大爪已将他整个提到了虚空中。

林渺和秦复看得头皮发麻，只见那巨兽嚼着那人的躯体就像是小孩嚼糖一样，自其嘴角滑下两行淡淡的血水，而后又若无其事地以那缩于前胸的双爪抓住爪中的那人头脚一撕，将之生生地扯成两截，再一截截地送入口中嚼碎，仰首对着天空咀嚼的样子似乎有一种无比满足之感。

剩下的魔宗之人也全都被这种场面给镇住了，他们全都心胆俱寒，似乎从未见过比这更为恐怖的场面。他们望着一个同伴在巨兽口中挣扎了两下，又望着第二个同伴绝望地嘶叫，整个身体再被生生地扯成两截，那躯体在巨兽的掌爪之下，没有丝毫的反抗余地。他们看了只想吐，只想疯号！

那名剑使的身子已自一旁的大树枝之上飞掠上巨兽之背，如点水之鸟，踩在其背脊之上双手举剑狂扎而下。

“嚎……”巨兽一声长嚎，显然是吃了痛，大尾上扬倒砸上背脊，同时巨头扭曲而回，自两个方向攻击那名剑使。

那剑使的长剑仅没入巨兽背部半尺，再难寸进，仿佛仍只是插在其表皮之中，根本就无法对其造成任何伤害。

这巨兽身上似乎极滑，那剑使见巨兽的头、尾向他攻来，脚下一滑，差点摔倒，但幸亏剑身仍插在巨兽的背上，使其稳住身子，纵身向三丈外的大树干上掠去，他根本就不敢想象可以在巨兽背上抗拒其致命的一击。

巨兽的尾部似乎灵活至极，那剑使才落上那棵大树，那只巨尾在空中已转向轰然击在那棵大树之上。

大树的枝干尽碎，根本就无法阻住巨尾的进攻。

那剑使骇得魂飞魄散，身子迅速向远处拼尽全力纵去。

“畜牲！”坛主暴喝一声，扬起那件黑色披风疯狂地扑向巨兽的头部。

巨兽见有敌来袭，立刻掉转注意力，张口便向那大披风咬去，但它所咬的只是一件空披风，那所谓的坛主只是想以披风吸引巨兽的注意力，却不敢真的与这巨兽正面相对，刚才巨兽的威势他可是看得一清二楚。是以，他抛出披风，身形立刻急退。

那名剑使跃出十丈开外，却被巨兽之尾掩起的强风掀得一个踉跄，骇得脸色苍白。

巨兽撕碎披风，却勃然大怒，狂嚎着向地面之上的几名魔宗剑手扑去，两只巨大的爪子舞动着，似乎要把这群人个个撕成粉碎。

一旁的林渺和秦复看了，也不由得心头发寒，暗自庆幸自己刚才没有贸然出手对付这拖着巨尾的凶物，一个不好，只怕死都不知道是怎么死的！

“是我们出手的时候了！若再不出手，只怕这些人都要逃了！”林渺笑了笑道。

“我们不再让他们与这大家伙斗上一斗吗？”秦复惑然问道。

“当然要，不过，我们要让他们同时应付两路敌人，一明一暗，这样我们才有可能把他们的力量削到最弱。待我们去面对那扇门时，会少些敌人！”林渺淡然道。

秦复虽觉得此举有失光明，但林渺说的也确实有理，有些事情是不能够讲原则的。

林渺“嗖”地抛出那系有绳索的铁钩，在那巨兽的脚步声掩饰之下，根本就听不出铁钩飞出的声音。

林渺试拉了一下铁钩，感觉到铁钩确实很稳固了，身子如飞鸟一般自空中荡过十余丈的距离，掠到另外一棵树干之上，再一抖手，铁钩便收了回去，一切都显得自然而轻松，借着密林的掩护，根本就不可能被那几个魔宗的人发现。

林渺不由得回头向秦复笑了笑，秦复这才明白，那铁钩和一大串绳索的用途，心中不禁大为佩服。

林渺的行动极为小心，自林间穿梭如松鼠一般，遇到林中空当跨度太大之时，就借铁钩横渡而过，悄无声息地靠近那散开的魔宗剑手。

那只巨兽也极为配合，张牙舞爪地嘶叫着，只让那群魔宗之人胆寒心跳，节节后退，更向四面分散，他们已经失去了最初的斗志。

林渺暗自好笑，这些人在没有与这大家伙接触之前，还兴致勃勃的，现在却似乎都蔫了，包括那什么坛主和剑使，这些人的胆量似乎并不是很大，而且也似乎挺笨，在这种大树已被这庞然大物全部弄倒的地方与之缠斗，岂有赢理？当然，他自不会帮这些人，更不会指引这群人如何去对付这只巨兽了。

魔宗剑手并没有注意到自后方潜来的林渺！

望着第一个缓缓靠来的猎物，林渺笑了，那是一个极为年轻的角色，那晚林渺曾在翠微堂与之见过一面。

那人显然是被这庞然大物的气势给吓得心神大乱，完全不知道身后树干之上的林渺。他还想借这棵大树避一避，可突然发现肩头被人拍了一下，仰头一看，立时发现了林渺那似笑非笑的眼神。

“呜……”那人欲大叫，林渺却已捏住了他的咽喉。

林渺双足倒勾于树干之上，在那人还没完全反应过来之时，便已扭断了其脖子，那人连一声惨哼都未发出。

林渺将其尸体拉上树叶深处，再借绳索之便，极速潜到数丈之外的大树上。

魔宗之人根本就不曾发现自己的同伴又减少了一人。

秦复却已悄然潜至林渺的身边，低声道：“我们变成他们的人如何？”

“变成他们的人？那怎么变？”林渺讶异，不解地问道。

秦复却极速掠到那尸体的旁边，迅速解下那尸体的衣衫穿在身上，同时自怀中掏出一个小盒子与一面小铜镜，又从盒中摸出一些东西快速地抹在脸上，再掏出一个小瓷瓶，将似有水之类的东西倒在手上。

林渺不解地望着秦复在那里搓弄了半晌，正要问话，秦复却已转过了头来。

秦复转过头来，林渺差点惊得自树上掉了下去，因为他看到的不再是秦复的面孔，而是那尸体的面孔，那面孔还向他挤眉弄眼，怎不叫他惊骇异常？

秦复将盒子再放入怀中，自那瓶子之中倒出一些东西抹在脖子之上，这才收起铜镜，极速掠到林渺的身边。

林渺惊疑不定地望着秦复，他几乎分不清眼前之人是不是秦复！

“这样变，我保证那些人连死都不知道是怎么死的！”秦复狠声道。

“天哪，这是什么方法可以做到的？”林渺几乎怀疑自己的眼睛。

“这便是易容术，谈到易容之术，普天之下只怕再没有人能够胜过我秦家！”秦复自信地道。

“这就是易容之术？”林渺心神向往至极，想到自己如果易容成王莽的样子，那该是多有趣的事情。

“不错，若是再干掉一个，我们俩都成为他们的模样，定让他们到死也不会知道是怎么回事！”秦复笑道。

“这好玩，有空闲时，你可不能藏私，至少要教我两手！”林渺兴奋地道，同时心中忖道：“如果有此一招，那魔宗之人不死才怪。”

“啊，他们逃了！”秦复扭头一看，低呼道。

“不行，如果要杀这怪物，必须在这种密林之中，其他的地方根本就不可能。只有让其深入密林，我们才会有机会宰掉它！”林渺急道。

“你有把握宰掉它？”秦复反问道。

“至少有七成把握！但这些都只能赌！”林渺自信地道。

“有七成把握？那太好了，我们也不必急在一时，只要这怪物不死，我们就有机会！”秦复大喜道。

林渺突然指了指不远处的一堆断枝，低声道：“那里还有一个！”

“是那什么劳什子剑使！”秦复讶异道。

“这家伙刚才被巨兽给吓着了，在后面居然不敢绕过去与同伴会合，是以竟还伏在那里！”林渺不由得大感不屑地道。

“把他也干掉，我就不信合我们二人之力还对付不了他！”秦复狠声道。

“好！只要他落单，就是他死期！”林渺附和道。

“先让我试试我这身份灵不灵！”秦复眼睛一转，笑道。

林渺也大感兴趣地点头同意。

“剑使！”秦复捏着嗓音跃出林木的掩护，向那堆断枝处行去。

“剑使……”秦复又唤了一声，可是却根本没有听到那人的反应，心中不由得奇怪起来。

“剑使！”秦复来到断枝堆旁，不由得愣住了，他感觉不到对方生机的存在，也就是说，这位剑使已经死了。

这怎么可能？秦复大为愕然，如果此人是那巨兽所杀，岂会有如此完整的躯体？如果不是，那又是怎么死的？以眼前这堆断枝，根本就不可能要得了人命，这一点秦复是可以肯定的。

“呀……”一声惨叫突然自秦复侧边的草丛之中传来。

秦复大震，身子迅速翻到一棵大树旁边。

“哚哚……”一簇短矢奇快地袭至秦复刚才所立之处。

秦复大吃一惊，心道好险。

“呀……”又是一声惨叫传来，秦复看到自林渺射出的那支弩箭在破入那片草丛之时，溅出了一些血花。

“嗖……”两排弩矢射向林渺藏身的树上，但像是没入深水之中，没有半点动静。

秦复正在担心林渺是死是活的时候，却蓦地发现在六丈外左侧的大树密叶之间又连射出了两支弩箭。

“呀……呀……”又是两声惨叫传来，然后又是几支弩矢射入那棵大树之上，便一切复归寂静。

秦复大喜，他知道，那连杀数人的人正是林渺，刚才正是林渺救了他，射杀了潜伏在一边放冷箭的敌人，不由得对林渺又多了几分感激，他也迅速借树枝的掩护极速移动着。

“嗖……”正当秦复欲移开之时，暗中一支冷箭迎面而至，他不由得吃了一惊，幸亏他一直都在极为谨慎地注意着四周的动静。

“叮……”冷箭被秦复一剑切落，而他不由得微微低呼了一声：“锦衣虎齐勇！”

来人正是锦衣虎齐勇！

秦复知道，锦衣虎一定会追自己而来，但却没想到会在这个时候出现。

“啪……”秦复转身至大树的另一侧，撞断数根枝杈，齐勇的弩矢再一次落空，但这并不代表秦复拥有先机，至少齐勇的手中尚有强弩。

“哚……”正当秦复思忖对策之时，一支铁钩落在他身边的树杈之上。

秦复大喜之际，林渺已如一只飞鼠般横荡而过。

“哗……”林渺的躯体撞折一堆树枝，自秦复的身边飞滑而过。

“嗖嗖……”机警的齐勇强弩急转，射向断枝传来的方向。

“哚哚……”箭矢落空，齐勇低估了林渺的速度，待他射出弩矢之时，林渺已到了另一棵大树之上。

齐勇正要向林渺存身的大树之上掠去之时，突感头顶劲风激荡，微惊之下，便看到了秦复那双带着冷酷杀机的眼睛。

“啪……”齐勇来不及拔兵刃，秦复来得太快，他本以为秦复已经跳到了另外一棵树上，却没料到会自他后方攻来，是以急忙以手中强弩相挡。

强弩立刻裂成两半，齐勇骇然飞退。

“呀……”又一声惨叫传来，草丛之中的齐府弟子一窜出草丛，便被林渺的弩箭射倒一个，不过，齐府弟子人数似乎极多，迅速向齐勇所在之处奔来。

林渺一看，形势微有些不对，他自然也认出了这些人是宛城齐府的，似乎此次齐府派来的人极多，而以他与秦复两人之力，只怕想占些优势绝不是一件容易的事。

思及此处，林渺低喝一声：“走！”说话之间，他的身子横荡而出，直扑向齐勇。

齐勇本就被秦复攻得措手不及，有些手忙脚乱，此刻林渺也横插一手，他自然更是狼狈，也顾不得身份，倒地狂退。

秦复欲再进行截杀，蓦地感到身后一阵弦响，几支弩矢自后射来，他只好放弃那诱人的想法，也滚地闪过。

林渺射出铁钩，身子自秦复身边急掠而过，同时再低喝："走！"

秦复知道若再不走，只怕会陷入苦战之局，对于这群齐府弟子，他们并不能占到多大的便宜，倒不如先走为妙。是以忙伸手紧抓林渺伸来的手，两人便像是攀在绳索之上的猿猴，荡向数丈开外的大树之上。

"哗……"林渺和秦复同时荡上那棵大树，抖手收回挂在树杆之上的铁钩。

"林渺……"齐勇翻身而走，却正好相对林渺回头留下的笑容，他不由得微微惊呼，似乎没有想到林渺也在这个地方。

齐勇认识林渺，在宛城之时，他便见过这个小混混。齐府的一些年轻人平时也喜欢在街上闹事，因此，对这群爱闲事的混混自是极为清楚，只有齐府中的老一辈人并不熟悉林渺。另外，因林渺涉嫌害死了齐子叔，因此，齐府之人对其印象极为深刻。

"走了，我的三公子！"林渺顽皮地一笑，挥了挥手道。

"你竟然是魔宗的人！"齐勇大为恼怒。

林渺一怔，旋即释然一笑，在那几名齐府弟子张弩之际，与秦复急掠上另一棵大树。

"哚哚……"弩矢落空，林渺和秦复也很快没入密林之中，惟剩齐勇恨得直跺脚。

"怎么办？三公子？"一名齐府弟子急问道。

"哼，什么怎么办！兵来将挡，水来土掩，既然魔宗之人已经知道我们在对付他们，我们便将所有来到这里的青月坛之人全部干掉，绝不能够让他们活着离开此地！"

"可是青月坛主游幽功力高绝，以我们的力量只怕还对付不了他……"

"师父定会来的，如果这批宝藏和武学再让宗主得到，我齐家只能永远被他奴役，没有出头之日！只要师父他老人家得到了《霸王诀》上的绝世武功，那时候便是宗主亲来，我们也不用在意！”齐勇咬牙道。

“如果老爷子来就再好不过了，便是两个游幽也无所谓！”另几名齐府弟子兴奋地道。

“先别高兴得太早，魔宗不会只派青月坛的人来，这宝藏可是关系重大，宗主那老魔头怎会如此放得下心？因此，我们要小心行事。另外，还要快些找到秦复那小子，没有他身上的孔雀符和帝王印，我们根本就进不了玄门！”齐勇冷静地道。

“属下明白，其他几路兄弟应该会有消息的！”

“好了，天快黑了，这里古怪极多，快与陈伯他们会合吧！”齐勇望了望天空，吸了口气道。

当林渺赶到先前上岸之处时，天已经黑了，苏弃与白才见他归来，不由得大喜。

在林渺未回来之时，他俩都心急如焚，但在这陌生得几近死域的地方，他们又能做些什么呢？只能枯等，不过倒在密林边缘的大树杈之上，像鸟儿一样搭出几个巢来，以备晚间休歇之用。

巢边的密枝尽被砍下，留下一块空旷的天空，这让那些寄于树上的毒蛇无法直接靠近。

林渺带来秦复，苏弃和白才倒没什么惊讶，只是林渺和秦复都穿上了魔宗的衣服倒让他们感到有些惊讶。

林渺解释一番，使得苏弃和白才都大大地吃了一惊，他们怎么也没有料到在这片死域的沼泽森林之中，竟然会来了这么多人，不仅仅是魔宗的人，还有宛城齐府的人，这确实让他们有些意外。他们只是不得已来到这鬼地方，还在想方设法地欲离开这片死域，可是这些人绝不可能也像自己等人一样船被桅杆撞沉了，那这些人为什么都会跑到这里来呢？

林渺并没有想要把这件事情具体地向苏弃两人说，但却并不愿骗他俩。

林渺绝对相信苏弃和白才，虽然秦复不想林渺说，更不希望有太多的人知道这个秘密的存在，却拗不过林渺，只好让林渺把玄门之事简略地说了一遍。

一时之间，苏弃和白才都傻眼了，但他们内心更多的是感动，林渺将如此重大的秘密都告诉了他们，可以看出林渺对他们是多么信任。

苏弃的确没想到在这误打误撞来到的鬼地方，竟然藏着传说之中人人梦寐以求的巨大宝藏，这就像是做了一场梦一般，一切都似乎变得不真实起来。

“暂时我们还不能离开这里，我要留下来陪阿复找到那些东西！”林渺坚定地道。

苏弃和白才有些疑惑地望了秦复一眼，肃然道：“你不离开，我们自然留下来陪你，我们两人听你的！”

林渺大感欣慰，欢喜地拍了拍两人的肩头，笑道：“果然是好伙计，咱们就有福同享，有难同当，合力与这群牛鬼蛇神斗上一斗！”

秦复也颇有些感动，对林渺和苏弃、白才之间的坦诚情谊大为羡慕。

“是的，我们便有难同当，有福同享！”白才和苏弃也极为欢喜。

“阿复，还有你！”林渺拉过秦复笑道。

苏弃和白才的手同时搭在秦复的肩头，极为友好地笑道：“对，是我们大家！”

林渺望着三人，不由得笑了起来，秦复三人也跟着笑了起来……

是夜，几人猎来食物自烤自食，林渺硬磨着让秦复教他易容的诀窍，整晚都在揣摩怎样将自己化妆易容成别人的模样，同时又如何调配易容之物。

秦复对林渺那股狠劲也大为佩服，虽然一夜时间太短，但林渺却能将所有的要点都记下来，这不能不让秦复大感惊讶。

这片森林之中晚上果然是千奇百怪，似乎什么东西都有，各种各样的怪物，只让林渺和秦复大开眼界。

那群鳄鱼也会上岸捕食，看着那些野兽相搏，倒也似乎极为有趣。

地面之上点了两堆篝火，但这并不影响那些异物的活动，他们居然见到了皮毛皆白的狼，更有许多东西是他们以前见所未见、闻所未闻的……

林渺似乎拥有用不完的精力，次日一早，四人吃了些兽肉，便向那巨瀑下的龙潭进发。

林渺也看了那传闻已久的孔雀符和帝王印，这两件东西似乎并没有什么特别之处，只是在孔雀符之上刻着一些莫名其妙的符号，他根本就看不懂其中有什么奥妙。但秦复却指着一串串莫名其妙的符号向他解说了一通，听了半天，他还是没有搞懂，反正大意是代表一些地名、路线之类的，但这些地名却是林渺从来都没曾听说过的。他也不太想知道这之中的秘密，因为他知道，目的地便在不远的地方，抑或，便是在那巨瀑飞泻的龙潭附近。

清晨，整个森林似乎都罩在一片氤氲的雾气之中，使人视线极为模糊。

距龙潭还很远，林渺诸人便已听到那惊天动地的飞瀑狂泻、使人热血沸腾的巨响。

在微有些凉意的晨风中，林渺竟嗅到了一股浓浓的肃杀之气。

肃杀之气似乎弥漫着每一寸空间，夹在潮湿的雾气之中，使林渺诸人不自觉地打了个寒战。

秦复驻足，苏弃停步，他们感到了危机，不是来自天地自然的危险，而是来自人!

林渺的手不自觉地握紧为拳，拳心似乎有些许凉意。不可否认，这股杀气很浓，而谁能拥有如此可怕的杀气？对手是何来历？这股杀气又是针对谁？这不能不让林渺诸人费解，但有一点林渺可以肯定，这股杀气绝不是针对他!

“好可怕的杀气!”秦复有些苦涩地笑了笑，他知道这股杀气不是针对他，但是他却明白，有这般高手在此，他想像预期的那样获得宝藏，希望就显得渺茫至极，抑或说几乎已经是不可能了。

“是啊！”林渺也有些惊异地点了点头，他似乎明白秦复的心思。

“我们过去看看吧，看究竟是什么人在干什么！”林渺提议道。

秦复点了点头，身形借林木相掩，极速向那断崖边靠去。

断崖上，雾气依然极浓，但已隐隐约约地立着两人。

不，不是两人，而是两队！

林渺和秦复尚看不清这两队人的样子和身份，但浓浓的杀机便是自他们之间散发而出，他们似乎在等待雾气散去，也或许不是，但究竟为何对峙却使林渺和秦复大感困惑。

“齐万寿，宗主待你不薄，何以要如此赶尽杀绝？难道你不怕宗规处置吗？”

林渺和秦复同时大吃一惊，他们听出了说话之人乃是昨日那所谓的坛主，但他们怎么也没有料到这与其对峙之人竟是有南阳第一高手之称的齐府之主齐万寿！

更让林渺吃惊的，还不是这些，而是齐万寿居然也是魔宗的人，这是他做梦也没有想到的。在他的印象中，齐万寿拥有着超然的江湖地位，有着数之不尽的金银，是一个高高在上的风云人物，可是此刻的事实告诉他，这位高高在上者竟是魔宗的人！

秦复心中的惊讶也是难以想象的，他知道齐万寿的武功已达登峰造极的地步，更是自己父亲的结义兄弟，但此刻却成了魔宗的一员，这怎不让他惊讶？

“我怕，所以我要杀你，要赶尽杀绝！只有不留一个活口，宗主便不会知道是我所为，我便不会受到处罚！”齐万寿冷冷笑道，旋又淡漠地道：“游幽，你不该来！”

“齐万寿！只要你我合作将这巨兽杀了，取其内丹，我可以保证绝不会向宗主说起今日之事！”坛主游幽道。

“游幽，你太天真了，问题是你并非处在我这种地位，根本就无法明白。我齐万寿为一方巨贾，一方大豪，拥有如此地位和财富，却不能够主宰自己的命运，这是一种悲哀，你明白吗？我已隐忍了十五年，我不想再做别人的狗，不想再听别人的呼喝和差遣！同时也一直在等待一个可以翻身的机会，你认为我会放过今日这个天赐良机吗？”齐万寿阴声笑道。

游幽不出声了，他明白了齐万寿的意思，若换成他是齐万寿，或许也会作出同样的决定。如果可得巨龙内丹，又可得《霸王诀》上的绝世武学，只要假以时日，谁还是齐万寿之敌？到时候便是宗主亲临也对齐万寿无可奈何，这样的机会只有一次，失不再来。是以，齐万寿要不惜一切代价将他们这群人置之死地！

当然，游幽并不知道这么早正面动手并不是齐万寿的本意，但是昨天齐勇对付秦复失败，齐勇以为秦复是游幽的人，所以齐万寿以为游幽已经知道了他的心意，因此才不得不先下手为强地与其正面交锋。

如果不是秦复昨天的那一闹，齐万寿只会暗中下手，或以偷袭的形式出手，那样还会与游幽正面合作一段时间，等达到某个阶段再暗下毒手，可是现在却被逼得不能不提前解决这些对手。当然，如果他知道这只是秦复引起的一个误会，只怕会气得吐血，不过秦复是不会说的。

林渺和秦复的心情都是异常沉重，如果连齐万寿这样可怕的高手都来了，今日之局只怕很难说了。而更让林渺担心的却是，连齐万寿这样的人物都是魔宗的人，那魔宗的势力大得岂非难以想象？这也太让人心寒了，难怪湖阳世家这些年来总是在魔宗的手下惨败，实是因为魔宗的力量太可怕了。

“游幽，受死吧！”齐万寿冷冷地道，空气之中的杀意似乎突然变得更浓，便像是流淌于虚空之中的烈酒。

“我们若不趁此时下得山谷，只怕就再没有机会了，快想想，我们要去的地方是哪里？”林渺一推正在沉思的秦复，急烁地道。

秦复一想也是，唯有趁这两位高手相缠的时候，他们才有机会行动！否则待齐万寿解决了这几人的话，他们便不会有任何机会了。

“我去把苏弃两人唤来，我们在斜侧五十丈的地方会合，那里有坑洼，只要有我那十余丈的绳索便够了！”林渺道。

“好！我等你！”秦复微喜，他知道林渺自这崖上下去过。

与此同时，齐万寿出手，轻松惬意，招与招之间有若行云流水，威霸却不失优雅，快捷又不失轻灵，每一个动作，每一移步之间都有种说不出的流畅悦目。

第十九章　玄门之秘

林渺是最后一个下山崖，但他却忘记了下去，而是趴在山崖边看得痴了。

不仅仅是齐万寿的每一击，便是那魔宗坛主游幽的每一击都是神来之笔。

两大高手交锋，方圆数丈之内草木弥漫，气涌风旋，在雾气之中如龙腾虎跃。

林渺虽距之有数十丈之遥，但以其敏锐的目力，将两人交手的情形看得一清二楚，对两人的每一招每一式都看得如痴如醉。

林渺的武功从未得过名师指点，先遇上老铁，但是根本就没有时间和机会向老铁请教，甚至把老铁的武学心法放在宛城的大通酒楼之中，也不知道小刀六诸人有没有返回宛城，找到它；后又遇上琅邪鬼叟这绝世高手，但遗憾的是琅邪鬼叟只留下其独门身法，更没有时间指点林渺便身死隐仙谷中。虽然他天资聪慧，且身具超凡功力，但总是在独自揣摩着那些载于纸上的武功，这使他的成就永远局限于某一个范围之内。

后来，虽与邓禹共宿一夜，受其指点，但却所得有限，根本就不可能把自己身上所具的潜能开发出来。尽管林渺与那些高手交过手，可能够活下来凭的是脑子和运气，而不是自身的武功。

林渺绝对可称得上是一个勤奋的人，因为他自小在天和街长大，受尽欺凌后成长起来，他比任何人都更明白，要想好好地生存，便必须让自己强大！要想受到别人的尊敬，就必须拥有超人的本领和头脑。世上没有任何侥幸，没有任何偶然，即使是偶然，也有其因果所存之处。若想活得好，活得更久，便必须靠实力！是以，林渺自小就是一个绝对勤奋的人。

上天没有负他，他在天和街成了首屈一指的人物，受到了天和街所有混混和普通人的尊敬和拥戴。他行事虽然没有规律，更不讲规矩，但却绝对有原则，讲义气，所以在宛城的混混之中，他声誉极好，连宛城的地头蛇虎头帮都尊林渺为老大，这并非侥幸。

但是，生活仍跟林渺开了个玩笑，那便是梁心仪，他最爱的女人。

林渺虽然厉害，可是斗不过孔庸，是以他被孔庸设计强抓入军中，而最爱的女人也因此而死去。所以，林渺恨，更深切地体会到，他需要更强大！就因此，他绝不想错过眼下这场顶级高手的精彩场面。

林渺已将全部心神投入到对方交手的整个过程之中，齐万寿与游幽的每一招仿佛都自他的心头划过，而在林渺脑海之中交缠的却是琅邪鬼叟“鬼影劫”的步法和这两大高手所踏过的步法。

不经意间，林渺在比较，在寻找这两大高手招式之中的精义及破绽。他看得很仔细，也同时以最快的速度比出两人招式的优劣，他的心仿佛是跟着这两人的一招一式在跃动。

顷刻之间，两大高手便交换了百余招，林渺知道游幽注定会败，齐万寿的武功胜出他极多。抑或，齐万寿只是在玩猫戏老鼠的游戏。

“阿渺！”秦复见林渺趴在崖边并不下崖，不由得微急，又爬上来唤道。

林渺吃了一惊，这才回过神来，不好意思地笑了笑，他确实观看这两人的决斗看得有些痴了。

当林渺爬到崖底时，崖头的战事已经结束，游幽的尸体如一颗陨星般自崖顶飞落。

林渺不由得一声叹息，却并不是因为游幽的死让他感到可惜，而是在叹，人世之间的争斗实在太残酷。

林渺居然在山崖之下找到了那截留于崖下的数十丈绳索，不过，此刻对他来说，这些东西似乎没有多大用处了。

秦复望了望那奔泻而下的巨瀑，却似乎有些不知所措。

“如果我没有估错的话，玄门便在这巨瀑附近，可是具体的方位却是有些难说了！”

林渺不由得大感泄气地道：“如果我们不能在太阳升出之前或是雾散之前找到它的话，只怕便不会有机会了！”

秦复也明白，因雾气正浓，山崖顶上的人并不能看清谷底的情况，而这正是他们寻找玄门的最佳时机。

秦复仔细地打量了一下四周的环境，却在此时听到了一阵奇异的怪响。

林渺和白才的脸色全都变了，骇然低呼：“那大家伙又出来了！”

秦复不由得头大如斗，这谷中有那巨大异兽，而山崖顶上却有齐万寿，此刻若是爬上去只怕也是来不及了。

“去河边！”林渺低呼，身形迅速扑至河边。也顾不了太多，整个身了紧依在河边的一块大石旁，半身泡入水底。

河水冰得有些刺骨，这完全超出了林渺的意料之外，此时虽已是秋季，但是天气仍极热，可是这河水却像是冰水一样，怎不叫他奇怪？

秦复和苏弃及白才也慌忙贴紧河崖缩进身子，他们可没敢想过要在这山谷之中与那巨兽相斗，这几乎是自寻死路，但是又没有更好的办法，因为在山崖之上还有守候的齐万寿。

山谷之中的雾比崖顶要浓得多，林渺诸人所能看到的只是那碧水潭之中探出一道巨大的黑影，却无法看清其面目，但却可以肯定这东西便是那恐怖的巨兽。

“嚎……”巨兽狂嚎，声裂云霄，回音使得整个山谷瑟瑟发抖。

林渺诸人不敢稍动，只是静静地依附着所抱的石头，只能在心头暗自祈祷不要被这庞然大物发现才好。

“轰轰……”巨兽每一步都似是自林渺诸人的心坎上踏过，每一声响都让他们的心神禁不住收缩紧张。他们现在只图一丝侥幸了，万一最终被巨兽发现，也便只好顺着这条河漂走了，那是最后一个办法。

巨兽仰头长嚎，像是已经感受到了崖顶的杀气，而且在向崖顶咆哮。

对于游幽的尸体，巨兽似乎并没有多大的兴致，或是连看都不曾看上一眼，竟顺着刚才林渺爬下来的崖边向崖顶爬去。

林渺诸人大喜，显然，这庞然大物并没有发现他们，只要不曾发现他们，便万事大吉了。

山崖之上的齐万寿显然也知道此异兽的出现，齐勇昨日见过此物，是以齐万寿也仰天一声长啸，有若凤鸣龙吟，绵绵不绝，悠长而高亢。

“嚎……”巨兽似乎也感到了那带着挑战意味的长啸，也不由得对天长嚎。

林渺不由得大感好笑，低声道：“没想到齐万寿会跟这畜牲一般见识！”

秦复也不由得笑了起来，白才没有笑，而是两牙紧磕，颤声道：“好冷！”

“是啊，这水十分古怪！”苏弃也道。

经白才和苏弃这么一说，秦复也感到了这冰水的刺骨寒意，亦感到了下身有些麻木。

林渺最初觉得这水寒如冰雪，但只是呆了半晌，没入水中的半截身体竟暖和如处温室。他也不明白为什么，似乎体内有一股暖流循游于那处于水中的一截身体，有种说不出的受用。

“这水好寒！”秦复赶忙爬出水面。

白才和苏弃只感到下肢有些麻木，他们根本就难以抗拒这奇寒的水温。不过此时巨兽已攀上山崖，他们并不担心被那庞然大物所发现。

“怎么会这样？”苏弃讶异问道。

“玄门一定就在这碧水潭之中，所以这水才会拥有如此寒气！”秦复肯定地道。

“玄门在这水潭之中？那岂能进去？”林渺惑然问道。

秦复也有些头大，有些无可奈何地道：“先找找看，玄门在这之中只是一种猜测，如果真在其中，我们要想办法进去!”

“连这河水都如此奇寒，那潭水只怕更甚!”林渺担心地道。

秦复想了想，快速移至碧水潭边，伸手一摸潭水，不由得微微惊呼，迅速回收，像是被水咬了一口般。

“天哪，这水寒胜坚冰居然不结冰!”秦复脸色变得有些难看。

苏弃也伸手探入水中，只感到一股奇寒之意自手而入，立刻传遍全身，不由打了个冷战，慌忙抽回手，骇然道：“此水如此之寒，根本就不可能有人能潜下去!”

林渺也伸手而试，只觉一股奇寒上升至肩头时，便有一股热流从丹田升起，与寒意中和，化作一片湿润，感觉并不是很难受。

“我敢肯定，玄门便是在这里了!”秦复肃然道。

“为什么如此肯定?”林渺讶异问道。

“因为玄门乃万载玄冰所制，因此它存在的地方，都会结成一座冰山，而这碧水潭之所以未成冰潭，只是因为这道百丈巨瀑强大的水流冲击，一刻也不缓和地将这里的水换新，或让其巨烈激荡，因此这水潭才不会结冰。但这巨潭的冲击力虽大，却无法卸去万载玄冰的寒气，是以此潭之水才会奇寒彻骨! 这条河也因水流奔涌不息，所以虽水寒而未冰封，因此我可以肯定，玄门一定在这碧水深潭之中!”秦复分析道。

“如果玄门在这里面，我们只好打道回府了，因为我们根本就不可能潜入这水中寻找玄门! 否则只怕我们会冻成冰条了!”白才无可奈何地道。

秦复也摇头涩然一笑，道：“没想到找到了这地方却无法进去，真是天意。”

林渺心头一动，道：“先别丧气，说不定我可以试试!”

秦复和苏弃望了林渺一眼，道：“这可不是儿戏，如此玄寒之水，便是你功力再高也支持不了半刻!”

“总要试试吧?! 难道要我们深入宝山空手而返吗?”林渺反问道。

秦复哑然，林渺的话说到他的心坎上了，他绝不想深入宝山空手而返，可是面对这比那巨兽还要可怕的寒潭，他却没有办法了。

“你们等我的消息，我下水，若是盏茶时间未上来或是这根绳子晃动，你们便赶快拉绳子，将我扯上来！”林渺说话之时将那十余丈的绳索系于腰间。

“对了，阿才，去把那堆绳索也拿来，接长一些最好！”林渺随即肃然吩咐道。

“你真的要深入潭水之中？”苏弃刚才试了这水的寒劲，不由担心地问道。

“没事！我从不会做傻事的，如果我受不了，你们便用绳子把我拉上来就行了。”林渺活动了一下筋骨，笑了笑道，倒像是全不在意生死一般。

秦复不知林渺弄的什么玄虚，如此奇寒的水，除了那只巨兽之外，谁能受得了？可看林渺倔犟的样子，他自不能阻拦。

“你要小心些，受不了赶快拉动绳子！”秦复叮嘱道。

“这点还是知道的！”林渺笑了笑，缓缓地步入潭水之中，先是微微皱眉，然后猛地一下扎入潭中，倒让苏弃和秦复诸人吓了一大跳。

“阿渺！”白才有些小心地唤了一声，但林渺是不可能回答的，回答他的只是水面上冒出的一串串浪花。

巨瀑飞泻，整个碧水潭仿佛是被煮沸了一般，但是谁又会知道，这碧水潭中之水竟会寒如玄冰呢？没有试探过的人绝不会相信其寒之烈。

白才和苏弃及秦复的担心并不是没有根据的，而此时断崖之上传来巨兽的狂嚎，可以想象，定是巨兽与齐万寿的人斗了起来，不用猜也知道，齐万寿绝不敢让自己的人与这庞然大物正面交锋。

事实上，任凭齐万寿的武功如何登峰造极，面对巨兽也必是毫无用处，对于这一点，秦复绝对有把握。

太阳升是升起来了，但因为时间尚早，阳光根本就无法射入谷中来，而且今天的太阳光线极弱，仅一个红红的火盘，连森林之中的沉雾都无法驱散，更别说这充满水气的深谷了。

谷中的雾气极重，尤其是在这碧水潭之畔，几乎是数丈外便不能视物，不仅如此，听觉也极差，耳中只有巨瀑的轰鸣，其它的声音极难听清，除非像那巨兽的狂嚎一般声响震天动地。

苏弃警惕地注视着周围的动静，他们不敢有半点疏忽大意，因为在这片森林沼泽之中并不只有齐万寿这一路人马。

白才想到了杨叔诸人，以这寒潭中如此刺骨的水，他们几人跳下来岂有不死之理？思及此处不由得一阵黯然，那几个都是曾共过患难的兄弟，可是眼下却只剩下他们三人。

林渺猛然沉入水中，只觉得寒意如万千枚小针自每一寸肌肤窜入，但是体内的那团热量也在同时被轰然激活，仿佛在他的体内启动了一个巨大的生命场，一股强盛的生机在体内熊熊燃烧，并将每一分热量分散于每一寸肌肤，使入侵的寒意转为淡淡的温暖。

这种变化，使得林渺放下心来，他知道，这潭水虽然奇寒彻骨，但却不能对他造成任何伤害。

没有顾忌，林渺自然是放开手脚在水中四处寻找玄门。

在这片水潭之中，找不到一条鱼和一个活物，这并没出林渺的意料之外，因为在这水潭之中住着那庞然大物，其余的生物只配做其食物。只是林渺想不明白，巨兽是怎样成长的，居然拥有如此庞大的躯体。不过，在这洪荒沼泽之中，什么样的可能都存在，也许那是一只存活了数千年的洪荒古物，天下也仅此一只也说不定。

寒潭似乎深不见底，而林渺无法让自己沉得更深一些，且潭水似乎在不停地涌动，巨大的浮力使他无法沉得更深。他知道，因那狂瀑下冲，使得水潭底部形成一股奔涌而上的暗潮，这使人的躯体根本就不可能沉得更深。

但这却有一点好处，那就是水底之中绝不会特别闷，因为那狂瀑冲入潭中，强压使空气一下子冲入水底，虽不能助人呼吸，但若借此偶尔换口小气却是没有多大问题的，尤其是对于林渺这种功力深厚的人而言。

无法沉得更深，林渺便只好在有限的深度顺着水潭的四壁寻找玄门。水中虽白花花的一片，但他尚勉强可看清丈余内的景象，不过找了近盏茶时间仍无所获，他便只好又返回水面。

秦复诸人在潭边等得极为心焦，见林渺突然上来，不由得大喜。

“找到没有?”

林渺苦笑着摇摇头道：“这潭水中的浮力太大，我根本就不能沉得更深一些，里面什么也没有，连一条小鱼都找不到!”

“那你先上来歇一会儿吧，水中太寒!”白才担心地道。

林渺摇了摇头道：“没事，我这次要抱块大石头下去，看可否沉得更深一些，这水还奈何不了我!”

秦复见林渺面色红润，并无苍白之色，也便放心地道：“你小心些，向最冷之处靠近，玄门要在便在最冷的地方!”

林渺顿悟，暗骂自己傻，这么简单的道理都没有想到，还在水中瞎摸了半天。

“把所有的绳子都接起来，我们便以拉绳为信号，你们有事也这样告诉我!”林渺吩咐道。

“好的！你真的没事吗?”白才仍有些不放心地问道。

“自然是没事！我还会骗你吗?”林渺不由得笑了，说完伸手抱起一块百余斤的大石，又缓缓地沉入水潭之中……

抱着大石，果然能够很快下沉，且越沉越深，水温越来越低，呼吸也渐渐难以流畅，尽管仍似乎有暗潮上涌，却也不甚激烈，这潭水似乎没有止境的深。

林渺越沉越心惊，身上所承受的压力越来越强，侵入体内的寒意也越来越烈。他唯有调和心情，默默告诫自己：不要慌，要镇定！同时试着催动体内那股自动燃烧的生机，以保证四肢百脉的暖意。

林渺知道，这股奇异的热力可能是来自那不世奇果“烈罡芙蓉果”和那火怪、风痴两个老疯子给他吃的什么七窍通天丹之类的至刚至阳的奇药，那些东西在这种要命的场所之下竟然发挥出了难以想象的妙用。

水下一片白茫茫，似乎什么都看不到，耳边仿佛尚可感受到巨大的轰鸣声。

林渺也不知道自己究竟沉了多深，但他却知道自己已到了那巨瀑之下。这碧水潭的最中间便像是一个巨大的深井，其周围倒不是很深，但到了中间却突然像是没了底一般。

猛然间，林渺觉得身上的绳索动了一下，不由得吃了一惊，而便在此时，脚底之下传来一股强大至极的吸力，他不由自主地向下猛沉。

“砰……”腰间的绳索似在一块尖石之上被挂断。

林渺大惊，忙抛下大石，伸手反抓绳索，但什么也没有抓到，更无法上浮，而脚下那股巨大的吸力像是一只巨大而无形的手，将他身不由己地向深不可测的潭底狂扯。

林渺心中的骇异是无与伦比的，他对那未知的深度本就心存惧意，此刻不仅绳索断了，还有一股强劲将他吸向潭底，这怎不叫他心惊？他拼命地想抓住一些什么，但四面除了冰寒刺骨的水之外，却再无它物。

林渺心中不由得暗叹，忖道：“没想到我没死在战场，没死在那群魔宗杀手的手里，却要葬身于此！若命该如此，我只有认命了！”但同时他心中又暗暗祈祷：“老爹呀，我知道你一直在九天之上保佑我，才让我经历那么多次大难而不死。老爹，你就再多保佑我一次吧，否则你可要断子绝孙了，这可就不能怪我了！”

林渺闭上眼睛，一只手却搭在肩上的刀柄之下，努力让自己的心平静下来。他知道，在这种时候慌乱只会使情形变得更糟。因此，他努力地让自己平静，并将身子缩紧，以防任何突变。

意外的是，林渺并没有感到呼吸困难，虽然那股压力越来越大，但在水中，他仿佛可以不用换气。而且闭上眼睛的林渺，似乎可以察觉自己身边那急速流动的水的形态，甚至可以感觉到方圆两丈之内的水的动向，这一切都似乎印在他的脑海之中，一种奇异的直觉告诉他，玄门与他越来越接近了！

潭边的秦复猛地觉得手中的绳索一震，已是到了尽头，但猛然间又觉绳索的另一端一轻，变得空荡荡的。

“不好！”秦复不由自主地脱口低呼。

“怎么了？”白才忙跑来一拉绳索，不由得呆住了，急呼：“快！快拉起来！”

不用白才吩咐，秦复也正是如此做，他两人拼命地拉着数十丈长的绳索，却越拉越心惊。

“哗……”绳索破水而出，绳索的另一端哪有林渺，只是空空如也一截断绳抖落的几点水珠。

“阿渺……”白才不由得惊呼。

“出了什么事？”苏弃也快速赶来，但他很快就看到了那截断绳。

绳索被这奇寒的潭水一浸，都显得有些僵硬了，而在其尽头之处是一个起了毛的断头，显然是被钝器割断，而非林渺身上的刀锋所至。也就是说，绳索绝对不是林渺自己切断的，而水中的林渺究竟遇上了什么呢？

秦复不语，他也不知道该说些什么。他也不知道水中究竟发生了什么事，但至少证明，林渺已经潜入水底五十丈，这可不是一个短距离，当然这并非垂直距离。

“这绳索并没有我们为他准备的那么长！”苏弃突然似乎仍存一些侥幸地道。

“是的，阿渺的背上至少还有二十余丈长的绳子！”秦复吸了口气道。

“怎么会这样？”白才神情沮丧地问道。

“如果我估计没错的话，这断头之处是一个深浅差距极大的地方，因此阿渺沉入水底之时，因为下沉力道重了些，而这绳索又是贴在一个急转角之处的坚石之上，在阿渺急速下沉，绳索用尽之际，会有一股大力，使绳索在水中磨了一下，这才导致绳索断成两截！”秦复分析道，同时在地上画着一个大概的中间呈井状、四面缓高的锅状图形，并指出断绳可能达到的地方。

“你是说在这水潭的中心可能像一口深井一般？”白才讶异问道。

“我想应该是，因为这水太寒，绳索在水中浸泡时间一长，就会变得很脆，少了许多柔韧性，因此才会容易断裂！”秦复道。

“那你认为阿渺并不是受到了什么东西攻击？”苏弃仍抱着一丝希望地道。

“应该是这样，如果是受到什么东西攻击的话，那断头之处应该是在阿渺不过几尺或几丈远之处，可事实并非如此。所以，阿渺可能并不是受到了什么攻击！”秦复安慰两人道。

白才心中似乎也抱着一丝希望，他宁可相信秦复所说是真的，因为他绝不想林渺死，哪怕是让他代替林渺去死，他也不会皱一下眉头。

秦复伸手探了一下潭水，依然是奇寒彻骨，大概也只有那怪物才能在这种水中生存。若是有人在之中长时间浸泡的话，只怕连血液都会凝固，可是林渺却似乎并不惧这彻骨奇寒，这又是为什么呢？

秦复难以想象，也百思不得其解，他没觉得林渺有什么特别之处，可是林渺就是不惧此奇寒，唯一可以解释的便是，林渺也像那怪物一样，有着奇异的体质！

思及此处，秦复心头突地一动，他想到了帝王印，并迅速将之掏出，握于手中，再放入水中，奇事发生了，他感到整条手臂一片温热，似乎根本就没有感受到潭水的奇寒彻骨。

白才和苏弃也看出了秦复惊喜的神色，白才不由得惊奇地问道：“难道这宝物可以御寒？”

秦复点了点头，道：“好像是的！让我试试。”说完握着帝王印踏入潭水之中，整个大腿几乎麻木得失去知觉，骇得他赶快上岸。

“怎么了?”苏弃讶异地问道。

“好像只能护住一个地方。”秦复苦笑道。

“那便把它放在胸前，护住脏腑就行了呀!”白才灵机一动道。

秦复眸子里闪过一丝异彩，赞道：“对！你们用绳子系好，我下潭去看看!”

白才和苏弃望了望这神秘莫测的碧水潭，却没见林渺上来，不由得无可奈何地道：“你要小心一些!”

“我会的，如果情况有异，不要等我们上来，你们可以在昨晚我们所居之处等我们。如果我们还能活着回来，明天天亮前定会去找你们，若明天天亮没去，你们便准备船先走好了，不用再等我们了!”秦复叮嘱道。

白才和苏弃对望了一眼，心中不免涌出一阵悲怆，但他们知道这是不得已的事情，于是点了点头道：“我们知道该怎么做!”

宛城。

刘秀大帐之中，李轶、李通、老铁等南阳豪强基本上已经聚集。

“刘公子，我们的军队正获小胜，为何要撤离宛城?”雀次有些不解地问道，同时他对刘秀今日所作出的决定有些不满。

“是啊，我们的战士伏击王兴前锋军，损敌近千，我们的士气正旺，又有宛城这座坚城相守，又何惧王兴区区七万兵马?”说话者是坐于雀次身旁的祈蒙。

刘秀未语，他决定率军撤出宛城奔赴春陵与其兄刘寅会合，是以他召开义军起事以来的第二次最重要的会议，而其军将刚在淯水之畔伏击了王兴的先锋军，获得小胜。

事实上，他早就知道这次会议会出现一种激烈争论的场面，因为在座的多为南阳豪强，在宛城之中拥有自己的家业，撤离宛城虽是战略的需要，但同时也是一件很难让众人适应的事。

“宛城城坚粮多，根本就不用担心这区区数万官兵，我想请刘公子为我们指点迷津！”雀武也附和道。

雀次、雀武兄弟二人在宛城也是极有头脸之人，此次刘秀起事，他们因与刘家关系不错，也跟着响应，却没料到刘秀竟要撤出宛城，这使他们心存疑虑。

刘秀望了望在座的众人，可以看出有半数人存在着疑问，但却没有几个人说出来，最相信他决策的人只有李轶、李通和老铁几人，便是孔大和刘清、宋义都有些不解，而邓禹却并不在场。

“撤出宛城，只是一个步骤！”刘秀知道自己不能不说话了，肃了肃嗓音，又道：“相信大家也听说过绿林军的下江兵在蓝口集吃了败仗这回事吧？”

众人皆点头，王常和张卯在蓝口集吃了败仗虽是近几天的事，但是这些消息传得极快，几乎只是在第二天宛城便收到了战报。

“竟陵虽有坚城，但是王常也无法守住，可见严尤和陈茂之来势是如何强猛！”刘秀顿了顿道。

众人不由得不解，王常战败蓝口集及严尤、陈茂的来势与宛城又有什么关系？眼下来攻宛城的人只是那并不太擅领兵的王兴，而不是严尤和陈茂这两员朝中猛将，而且蓝口集距宛城近千里，严尤和陈茂所领之兵根本就不可能作为王兴的后援力量。

刘秀淡淡笑了笑，他知道没有人明白他所说之话的意思，随即又悠然道：“大家以为严尤和陈茂大败王常所率之下江兵后会做什么？”

“当然是平定南郡了！”雀次脱口道。

“我看严尤不会先平定南郡之乱，而会先对付绿林军！”李轶从容地道。

“李将军何以见得？”雀次有些不服气地反问道。

李轶悠然笑了笑，从容地道：“严尤为王莽征战天下，少有败绩，此人智勇双全，当然善于审时度势。南郡秦丰虽然要除，但秦丰之军随时可入云梦泽避过大军之袭，再以小股作战拖住官兵。因此，如果官兵想灭秦丰，就必须打长时间清缴战的准备，耗时耗力耗财。便是王莽不知道这一点，严尤又怎会不知?”

众人听李铁如此一说，皆点头称是。

李铁吸了口气，又接着道：“而严尤的军备并不适合打持久战，另外，他也没有太多的时间与秦丰对耗，亦不敢与秦丰多耗!”

顿了顿，李铁继续道：“绿林军因一场瘟疫使其声势大弱，气焰更是大不如从前，还弄得四分五裂，分裂成下江兵、新市兵和平林军三支，而眼下这三支义军各自休整，欲恢复元气。试想，严尤敢给这几支义军以休整的机会吗?要是官兵与秦丰耗上了，等他们回过头来，绿林军再次整合，只怕严尤也是回天乏术了，而官兵这新胜的锐气也必定白白浪费。是以，如果我是严尤，就一定会舍秦丰而不战，对王常穷追猛打，然后整军北攻绿林军，趁自己气势大盛而绿林军气势大弱之机，一举将绿林军击破!”

“李将军所言甚为有理!”宋义和众人皆点头赞同。

“可这与我们要撤离宛城又有什么关系呢?”雀次仍然不服气地问道。

刘秀不由得笑了笑道：“刚才李将军的分析正与我意见相同，这之间和我们宛城可大有关系!”说完扫了众人一眼，接着道：“宛城虽为坚城，但四野平阔，若死守此城，守之数月或无问题，但如若想以此为据地四面进击的话，却是绝对不够。平原之地，以马战为上策，我们虽有战士、粮草和士气，但骑兵却是我们最为缺乏的。因此，我们不弃宛城，便只有死守宛城，否则与官兵骑兵一战，必定有败无胜，可是我们起兵的愿望是什么呢?”

顿了顿，刘秀加重语气道：“是复高祖之业，解救万民于水火，而并非占地为王！所以我们要弃宛城而去并不是盲目之举，这是以退为进!”

“或许，春陵无宛城之坚，但却有地形之利，我们的力量正在兴起，兵有勇而无纪，人众而无法！我们重要的不是如何守住这座城，而是要保住我们的战士，要让其强大，让其成为有组织、有纪律的精兵！如果我们陷身宛城，便根本没有练兵的机会；而若合兵春陵，借地形之便，官兵绝不敢贸然来攻，这便给我们留下了休兵整顿的时间，也给了我们壮大发展的空间，以一座城来换取这些时间和空间并不亏！不知大家认为如何呢？”刘秀悠然问道。

众人皆不语，事实上这是一个很难衡量的问题，谁又真正说得清呢？因为未来的事情会如何发展只是一个未知数。

“当然，若只是因为这个原因，也还不值得我们撤出宛城！毕竟，宛城地方富饶，交通便利，乃南北要塞，如此重镇，舍之确实可惜。但是，我们应该看到有利的一面和其不利的一面！”刘秀随即又道。

“刚才说到，严尤若要对付绿林军，这对我们的处境可谓是极为不利！要知道，绿林军是我们南方的屏障，若是绿林军崩溃，我们便是拥有宛城富饶之地，但敌我兵力悬殊，在官兵四面合围之势下，我们便成孤军，这对于我们来说，是最为不利之处！

“各路义军唇齿相依，单凭任何一支的力量都不足以硬撼官兵。正如绿林军，分则各个击破，合则让官兵闻风丧胆。因此，目前我们与春陵合兵乃是刻不容缓之事。若只是与春陵合兵，让春陵兵北进宛城也可，但这一路上逆流而进，绝对会损失惨重，而且仅只与春陵合兵仍然势单力薄，我们最重要的乃是与绿林军合作，方能够稳住我们眼下已得的战果，然后再举兵北上。只要联合了绿林军，再以绿林山一带地形复杂之处为根据地，我们就可立于不败之地，而后再图发展又岂是难事？因此，我们此去春陵虽是与春陵合兵，实是支援绿林军，寻求联盟共举之大计。届时，东有赤眉，南有我南阳大军，北有铜马诸军，让王莽兵力分散，复高祖大业并不是难事，大家以为然否？”刘秀侃侃而谈道。

众人不由得皆点头称是，便是雀次也不由服气地点了点头。刘秀所言确实是高瞻远瞩。

“成大事者，无须妇人之仁，刘公子说得对，我们都听你的！”宋义断然道。

“不知大家还有没有反对的意见呢?”刘秀淡然反问道。

众人皆摇头。

“那就好，邓禹已自湖阳世家购得十艘大战舰，只要我们顺流南下，官兵无可阻挡也！我们水陆并进，谅淯阳和棘阳两城官兵不敢出城相击，而王兴重夺宛城，定难分出多少追兵，合兵春陵之事便这么定了!”刘秀断然道。

林渺只感到自己像是进入了一个漩涡，一个具有强大吸引力的漩涡，本来直沉的身体似乎一直在打转，使他的头都有些昏沉之感，更弄不清楚是在向下沉还是向哪个地方去。他不敢相信这个水潭会有如此之深，如果真是这样，岂不是会沉到水底去?而且如果潭水真有如此深，他岂能承受得了那无与伦比的压力?

林渺并没有感到压力继续加重，而只是感到越来越寒冷，脑中变得一片昏沉，只感呼吸越来越困难，那憋住的一口气也根本换不过来，他甚至有些绝望的念头。

也不知道过了多久，自以为必死的林渺突然感到压力逐减，他心中不由得一喜，同时身子也不再旋动，而是平流而过。

“哗……”林渺的脑袋居然探出了水面，尽管眼前一片漆黑，但至少可以呼吸到一口稀薄的空气。

林渺大喜，他竟没死，而是到了一条地下河之中。他努力地伸手想抓住点什么，但却不知道地下河的沿壁在何处，他还觉得水温渐渐有转暖之感。

林渺的脑子是清醒的，不由得吃了一惊，他知道，绝不可能顺此河远流，否则他只会离玄门越去越远，因此他极力地往回游去。

河水并不甚急，地下的情况林渺并不知道，但感觉逆水而游并不吃力。他发现经过刚才那一阵刺骨寒流的考验，不仅没有手足麻木，反而更为灵活，体内充盈着一股莫名但却强大至极的生机，让他仿佛拥有了用之不尽的力量。

林渺触到了河壁，顺着河壁，他双手交替，便像是一只壁虎般，急速爬行，犹如踩着水面飘过一般。

林渺心中大喜，他知道，经过那寒流的考验，他的功力更进了一层。

河水渐寒，不过林渺却更为小心谨慎了，他可不敢再有半点马虎大意，因为刚才那道暗流差点将他给憋死了。至少，在这地下河道的另一端，会是这股暗流的出口，若是再被卷入其中，他也不知道会不会有如此幸运仍能够活着。

河水越来越冰，林渺感到了那股暗流的存在，这股暗流竟是自河底直涌上来，强大的冲击力使得林渺差点稳不住身子。而便在此时，林渺竟看到了一层乳润的光彩，像是晨雾的色彩，又像是炭灰一般的色泽，而强烈的寒潮便是自那里传来。

林渺大喜，他知道，那定是秦复口中所说的万载玄冰。

林渺在崖壁之上极速攀爬而过，但不久，却发现这些崖壁滑不溜手，全都是冰块，只好下到河水之中，但河中似乎也渐无水，全都是滑溜至极的冰，而那暗淡的光润便是这些坚冰所反射出来的。

林渺知道这次没有找错地方，他小心地自冰上行过。大概行走了数里之遥，仍未走到这巨大冰洞的尽头，他不由得暗骇。确如秦复所言，这万载玄冰之寒举世无匹，竟可将这地下河道冰封数里，可是他又觉奇怪，为什么仍有这么宽阔的空间可让人行走呢？

转过一道弯，林渺眼前一亮，他看到了一块犹如神玉般流光溢彩的奇石，黑暗中的光线便是来自这块奇石，而在奇石的周围分布着各种奇形怪状的冰棱。

林渺感到体内的热流不断地膨胀，在不知不觉间抵抗着身外那无与伦比的奇寒，而对于他来说，似乎并未真正感受到来自某种意义上的彻骨极寒，这一切仿佛与他的肉体并无关系，只是他体内的一股生机与体外一种奇异生命的较量而已。但他却知道，在内外的较量之中，他体内的那股异常生机会与他的身体结合得越来越密切，而他的功力也会在不知不觉之中提高。

万载玄冰，是一个巨大的六边棱形，如一颗巨大的奇钻。

林渺并没有看到什么门之类的，只是感觉这地方透着奇怪的气息。

越靠近冰母，便越觉寒意更甚，似乎空气之中全都是冰渣一般，割体生痛，即使是林渺也同样感到有些难以忍受。但，林渺绝不想退缩，他倒要看看这传说中的玄门之中究竟有些什么。

即使是此刻离开这里，也绝难再回到那冰潭之中，若是自这地下河道中出去，只怕不知道会被冲到哪儿去。因此，他怎能错过这个机会？

门，似乎是在冰母之后，这六边棱形的东西底下似有一道缝隙，没有冰封的缝隙。

在这冰母之下居然会有没有冰封的缝隙，林渺伸手向冰母拨去，手掌一落到冰母之上，便像触了电一般，那股奇寒之意自经脉之中冲入，几乎将他体内的气息冲得一塌糊涂。

林渺不由得吃了一惊，这冰母的寒劲之可怕确实出乎他的想象，不过这并不能阻止他移开冰母的念头，他庆幸自己服食了烈罡芙蓉果和那些什么狗屁灵丹，否则这一刻只怕已冻成冰条了，而这便是他移开冰母的本钱。

冰母缓缓被移开，在冰母与林渺双掌相触之处，缓缓升起一缕轻烟，而林渺的牙齿禁不住磕碰在一起，那股寒意让他冻得有若筛糠一般直哆嗦。

“呵呵……”才让冰母移开尺许，林渺便不得不收回双掌猛呵热气，他的手掌竟冻得发紫，即使是有股至阳之气相护仍不能完全抗拒冰母的奇寒。

冰母仿佛重愈万钧，若非地面早结坚冰，可以滑动，只怕林渺根本就移不动这块巨大的冰母。

尺余宽的缝隙，已经够让林渺穿入其中了，里面确实有一道暗门的存在，可让林渺感到惊讶的却是这暗门的通道之上竟洒落了许多极为罕见的宝石。

林渺再无怀疑，这里确实如传说中所讲，藏有世人梦寐以求的宝藏，只看这些宝石便可以想到在这扇门之后还会拥有多少不可想象的财富。

“站住！”林渺正欲挤身穿过那道暗门，突闻一声冷哼自身后响起，他不由得吃了一惊，缓缓转身，不由得惊呼：“阿复！”

来人竟是秦复！这确实让林渺大感意外，而令林渺意外的不仅仅是秦复的到来，还有秦复手中那张超强的连弩。

秦复手持一张连弩，三支短矢并排搭于弩机之上，矢头都泛着幽蓝之色，一看便知道由剧毒浸泡过。

三支短矢全都对准了林渺！

秦复的脸色苍白得让人有些心惊。

“你这是干什么？”林渺感受到来自秦复身上的杀机，不由微感气恼地问道。

“你应该知道我是什么意思！”秦复话语极为冷硬，却透着果决的杀意。

林渺不由得笑了，秦复居然也从他来的路上赶到了这里，而且还要杀他，这怎不让他意外，同时也感好笑。

“你笑什么？”秦复一步步地向林渺逼近，冷冷问道。

“我笑自己傻，差点忘了这宝藏本是你秦家的，你自不会让外人与你共同分享了，还亏我仍以为我们是共患难的兄弟！真是好笑！”林渺不无揶揄地道。

“不错，这宝藏确实是我秦家的，任何欲与我分享这些东西的人唯有死路一条！你不能怪我，实是不得已而为之，我不想我的复秦大业受到你的阻碍！”秦复摇了摇头，有些无可奈何地道，同时与林渺相距五丈而立。

“复秦大业？”林渺大惊，有些好笑地问道。

“不错，复秦大业，我也不想瞒你，我本是大秦后裔，始皇嬴政便是我的祖先，大秦被灭，二世身死，但我一家乃是大秦大王子扶苏的后人。秦虽亡，但大秦的财富却由人密藏于此，而天下间唯有扶苏王子的二儿子嬴啸知道此秘密。秦亡后，嬴啸改姓秦，以复大秦万年基业为终身目标。当刘邦攻陷关中后，嬴啸知道复秦无望，便以秦啸的身份投靠楚霸王项羽，更献虞姬于霸王，以博得项羽宠信，谁知项羽会败于垓下，又自刎乌江!”

顿了顿，秦复又道：“霸王虽死，但却留下了绝世武学《霸王诀》，而临终之前，项羽将此绝世武学交予其最信任的属下嬴啸，后来嬴啸也因身受重伤，勉力将此书送于此地，然后把此地的地形刻于孔雀符上。刚刚返回家中，便重伤而亡，也便留下了这个悬念至今!”

林渺不由得愣住了，半晌才道：“当时嬴啸何以不将此秘诀直接送到自己家人的手中?”

“当时刘邦大军四处追杀，他根本就没有机会，只好潜到这处秘地避过一段风头，可他因伤势太重，知大限已至，不得不再返家中，这才留下了数百年的遗憾。后来我们代代隐迹江湖，探访秘址，以图复我大秦江山，直到王莽篡汉，我们才看到了希望，便知天下将乱。因此，我父亲意欲自我手中恢复我大秦江山，为我取名为秦复!”

林渺不由得感到好笑，弄来弄去，原来秦复竟是想恢复大秦江山，而他却要为这种虚渺的愿望而牺牲，似乎也太不值了。

“你的手有些发抖!”林渺突然淡淡地道。

秦复的脸色似乎更为苍白，林渺没有说错，他的手的确是在发抖，是因为这里太寒冷，虽然帝王印有一股热量使他的五脏六腑不受寒意所侵，可是他的手足依然被冻得有些麻木之感，这种寒冷是他无法想象的。是以，他的手和脚都有些发抖，而以林渺那锐利的目光，这一切自然无法逃过其眼。

“放下它吧，我们依然是共患难的朋友!”林渺突地深深吸了口气，淡淡地道，语调极为诚恳。

秦复不由得苦笑了笑道："这是不可能的，有些事情是不可以回头的，若回头，一切都会失去意义！"

林渺也无可奈何地苦笑道："以你现在的状态，你以为可以杀得了我吗？"

秦复自信地笑了笑道："也许我杀不了你，但我手中的强弩却绝对能够击杀你！在这种距离，这种狭窄的冰窟里，你根本就不可能躲得过三支连弩！"

顿了顿，秦复又道："就算这三支连弩杀不了你，但弩矢之上的毒却绝对不会放过你，这是西疆的天蟾之毒，哪怕只是擦破一点皮，盏茶之内必死无疑！"

林渺脸色微变，吁了口气，冷冷道："只要有这盏茶的时间，我便可以杀死你！"

秦复脸色再变，林渺的话并不是唬人的，可以看出，林渺面色红润，似乎并未受到这酷寒的影响，而他已手脚麻木，除了以弩箭攻击之外，自身武功根本就难以施展。

"但这也是没有办法的，这一切，就要靠赌，待你避过我这三支弩箭再说吧！"秦复说完，一松手，弩矢如电般闪射而出。

"铮……"林渺的刀极速自左肩出鞘，而在他的腰际同时划出了另外一道光弧。

秦复的眸子里闪过一丝难以置信的神采。

是的，秦复确实难以置信眼前的事实，那三支弩矢尽数被击飞，没有一支伤了林渺。

林渺右手自左肩擎出的长刀，如电火般快捷地斜劈而出，以让人难以置信的弧度和准确度劈落后射而出的两支弩矢，而林渺的左手竟自右腰际拖出一道光弧，以比肩头长刀更快的速度击飞最先奔至的劲矢，那是一柄尺许长的短剑。

所有动作一气呵成，林渺的身子连移都未曾移一下，手中的刀剑呈交叉状横于腹下，有种说不出的洒脱，被击落的三支弩矢化成了六截，这一切都只是发生在顷刻之间。

秦复的脸色变得更为苍白，握住弩机的手抖得更为厉害，他太低估了林渺的速度，也太低估了林渺的武功。

其实，林渺对自己的表现也感到极度的惊讶，那三支飞射而至的弩矢所处的角度和方位他竟看得无比清晰，一切便仿佛是早在他的计算之中。而出剑和挥刀的速度比他所估计和想象都要快上许多，这怎不让他感到意外？但，没被弩矢所伤，却是一件幸运之事。

林渺没有继续出招，只是悠然还刀入鞘，淡淡地道："事实上这些财宝便是给我，我也不会稀罕，我并不觉得拥有这么多的财富是一种幸福，倒不如只要每天都拥有足够买酒的钱，每天都可以痛痛快快、自由自在地活着！如果为了这些东西，失去一个好朋友，那更是一种悲哀！我来这里，只是寻求一份好奇，既然你认为这些对你那么重要，那这便属于你吧！"

说完，林渺缓步向来路行去。

秦复不由得愣住了，几乎不敢相信这是真的，他不敢相信世上会有这么傻的人，面对着富可敌国的财富和冠绝天下的武学秘技而不动心。

直到林渺自他的身边行过七八丈，那截系于林渺腰间的绳子仍拖在地上之时，秦复才回过神来，他知道林渺没有必要与他开这样的玩笑。以林渺的武功，击杀他只是轻而易举的事情，以刚才林渺那种出刀的速度，他根本就不可能避得开，即使是平时也同样如此，何况此刻他的手脚更有些麻痹！一时之间，他心中什么滋味都有，羞愧、失落……

"站住！"秦复低喝道。

林渺悠然立定，却并未转身，只是有些落寞地反问道："还有什么事吗？"

"你为什么不杀我？"秦复表情极为复杂，声音有些颤抖地问道。

"我们两人的理想和观点并不相同，如果在利益之上存在着极大的矛盾冲突，而这种冲突超过了一个限度之时，我会杀了你，但是现在还没有！”林渺不无伤感地道。

“难道你不想得到人人梦寐以求的绝世武学和富可敌国的财富吗？”秦复再问道。

“想！”林渺肯定地道。

“那你就应该杀了我！”秦复沉声道。

“但我不想用它来换取我一生的寂寞和孤独！”林渺以一种极为沉缓的语调道。

秦复不由得再次怔住了，林渺的话是那般简洁而明朗，但却说出了一个他无法不承认的至理——成大事者，便要拥有一颗独享寂寞和孤独的心！

成大事得天下者，只能是高高在上，被人仰慕却绝不会被人们所理解，受人崇拜却绝不会有人真心以对！每天都活在猜疑和钩心斗角之中，对于这些人来说，任何事情的发生都是有目的和所图的。因此，他们永远都不可能得到最纯真的东西。

“我走了，你好自为之，即使你拥有了超凡的武功和财富，即使是得到天下，我都不在意，但请你务必善待百姓，水能载舟亦能覆舟，这是绝对的真理！……”

“不，请你留下！”秦复突地打断林渺的话，认真地道。

“我对征战和天下没有兴趣！”林渺悠然道。

“你不是对这些东西很好奇吗？难道你就不想看一看里面究竟藏着一些什么吗？”秦复反问道。

“你不怕我看了之后再动心，而且会杀了你吗？”林渺反问道。

“我已经死过一次，如果你再杀一次，也无所谓！”秦复毫不在乎地道。

林渺不由得笑了，但是突然神色一变，低喝道：“不好，有人来了！”

秦复的神色也变了，林渺已经极速奔到他的身边，顺手便抓起了他自那尺许的缝隙间塞了进去，然后伸手拾起地上的几根断矢，身子一缩，也滑入玄冰之后的空洞之中，同时将腰间的绳子极速拖入洞内。他也没顾身后的秦复，伸手将那玄冰再移至洞口，这才转头松了口气，但在转头之际，林渺和秦复不由得全都怔住了。

秘洞之中依然冷寒，但却是狼藉一片，四处都零零落落地洒了一些金银珠宝，但也就只那么稀稀落落的一些。除此之外地上还有几具尸体，尸体的怀中也似乎塞了一些珠宝，却全都结成了冰棱……

“怎么会这样？有人曾经来过这里！”秦复不由得呆住了，望着那满地有些破烂的珠宝箱，以及这散落的金银珠宝，他的心不由得一直往下沉。

“哈哈哈……我终于找到你了！”洞外传来一阵十分得意的狂笑。

林渺暗惊，低声道：“齐万寿！他居然也来了！”

听到“齐万寿”这个名字，秦复不由得清醒了过来，望了林渺一眼。

“你去找找看，我来对付他！”林渺迅速靠在洞口处，向秦复打了个眼色。

秦复立刻明白，忙后撤一步，向洞内移去，同时拿出劲弩。

“真是苍天不负有心人，我齐万寿整整忍了十五年，终于等到了今天！”齐万寿一阵狂笑，显然心神极度激动，可以想象得到，当他想到自己拥有绝世武功和无与伦比的财富之后，会是如何兴奋。

林渺不由大感好笑，忖道：“要是你进来看到这种场面，只怕又会大哭一场了！”

“吱……”那冰母缓缓地移开尺许，一道身影似乎有些急不可耐地蹿了进来。

林渺哪会再等，极速出刀，他绝不能给齐万寿任何反击的机会，因为他知道自己的武功与齐万寿相比，相差极远。

“呀……”林渺手起刀落，那人根本就没有想到洞内会有人伏击，待他发现不妙之时，已经身首异处。

林渺大喜，正感击杀齐万寿太过轻松之时，忽觉一股霸烈无比的气流横扫而至。

林渺暗呼不妙之际，回刀相救已是不及，唯翻掌相接。

“轰……”林渺只觉五脏六腑如被搅动一般，身子飞跌而出，手掌被震得发麻。

“勇儿!”一声悲呼，却是齐万寿所发出的。

林渺大惊，心中暗自叫苦，刚才以为是齐万寿，谁知竟是锦衣虎齐勇，难怪如此轻易得手。

“啊……”齐万寿突地一声闷哼，一支弩矢直没入他的肩头，却是秦复暗中出手。

若在平时，这支短矢绝对无法伤齐万寿，但是此刻，林渺杀了他的三弟子齐勇，使其伤心欲绝，在悲愤之中，心神失去了警惕，这才被秦复暗算得手。

“是你！我要将你这小杂种碎尸万段!”齐万寿抬头看见秦复，不由得咬牙切齿地道。

秦复大惊，他本想对其一击致命，谁知齐万寿在心神大乱之时仍那么机警，避过要害。

“你这伪君子！你不杀我，我也不会放过你!”秦复虽然嘴巴够硬，但对齐万寿却是极为畏惧。

齐万寿的目光扫了一下洞中，不由得也怔住了，半晌才冷冷问道：“这里的宝藏你们已经搬走了?”

林渺不由得笑了起来，同时撑起身子。

“你笑什么?”

“我笑你们真是可怜，为这虚无的宝藏争得你死我活，你以为我们有这么快的速度和能力将这里的东西搬走吗?”林渺靠近秦复，与之并排而立，反问道。

“那这里怎么会是这样?”齐万寿心中最重要的似乎并不是爱徒的仇恨，而是这里的宝藏，或许在他眼里，眼前这两个人是死定了，根本就没有必要急在一时。

“亏你还名震一方，连有人早就将东西搬走了也看不出来，岂不是让天下人笑话吗?”林渺并不在意地笑了笑道。

“不可能！这不可能!”齐万寿的心神大乱，这个事实对他的打击比林渺杀了他的爱徒还要大。对于他这种为这宝藏苦寻了十五年的人来说，这只有一个机会，而他的徒弟却有好几个。

林渺向秦复递了一个眼色，疾步而上，挥刀便向齐万寿攻到。他绝不想放过齐万寿心神错乱的机会，唯有这一刻抢得先机，才有可能占到最大的优势。

秦复大惊，他哪想到林渺如此大胆，竟敢主动攻击齐万寿！不过他此刻根本就无法帮上林渺任何忙，他的手脚几乎都已经麻木了，这里的寒冷是他完全没有办法对付的，只是他有些不明白齐万寿和齐勇怎么不受这里环境的影响。

当林渺的刀奔至了面前之时，齐万寿才反应过来，不由得冷哼一声，身子微退，十指如戟，以极为古怪的角度反挑而上，竟自林渺的刀隙之间穿过。

林渺低啸一声，身子如游鱼般扭动了一下，刀锋侧偏，也斜挑而上。

齐万寿大惊，林渺所使的招式与他如出一辙，只是换作以刀的形式划出。

秦复也傻眼了，他自不会看不出林渺的招式与齐万寿同出一源，这使他也有些糊涂了。

齐万寿快速变招，林渺也迅即变招，仍是与齐万寿的招式相同，在速度上，林渺竟不输给齐万寿，如果齐万寿不变招的话，必会是两败俱伤的结果，这让齐万寿惊怒不已。

“好小子，居然偷学了老夫的武功!”齐万寿再次变招。

林渺不敢笑，咬紧牙关也跟着变招，同样还是与齐万寿相同的招式，他似乎预先算准了对方要出此招一般。

这下齐万寿可真恼了，再次变招，杀气如潮般罩向林渺，似乎已下决心要将这个难缠的小子送上西天！

“你上当了！”林渺低笑，也迅速变招，但却是与齐万寿截然不同的招式。

“青月手！”齐万寿吃惊地低喝一声，但是又立刻意识到林渺出的是刀，而不是游幽的青月手，在呼出这三个字之时，齐万寿骇然飞退，同时自袖间滑出一道幽冷的光彩。

“叮叮……”一阵清脆的金铁交击声过后，林渺和齐万寿同时闷哼而退。

齐万寿的左肩又添一道深深的刀痕，而林渺的胸前也是一片血红，两人竟然两败俱伤，这确实让秦复骇异至极。

林渺拄刀大口大口地喘息着，但却露出了一丝极为欣慰的笑容。

“你的招式是从哪里学来的？”齐万寿也大口大口地喘息着，不只是林渺让他受了伤，更让他吃惊的是左肩那道弩矢伤口处传来一阵麻木之感。刚才正因为肩头的麻木之感，使他左肩失去了灵活，这才受了林渺一刀，否则即使林渺使出诡计，也不会伤得了他，而饶是如此，林渺似乎仍是比他伤得更重一些。

林渺神秘地笑了笑道：“你教我的！”

“放屁！老夫什么时候教你的！”齐万寿大怒道。

“当然是你与游幽交手的时候，他不正是以这招什么青月手让你进退失措吗？于是我便记下了这一招，没想到就记住他的这么一招，还真管用！”林渺咳出一小口鲜血，不无得意地道。

“不可能！你就只看过一遍居然会用得如此纯熟，这是不可能的！”齐万寿不相信地道。

“事实就是这样，信不信是你的事！”林渺深深地吸了口气，居然立了起来，有些冷漠地道。

不仅齐万寿不敢相信，便是秦复也难以置信，但除了这个解释之外，又该如何解释呢？他心中忖道：“难怪当时阿渺在山崖顶上看得那么入神，原来竟是在偷学绝技!”可是他却很难相信，林渺仅仅看了一遍就能把这些招式使得如此纯熟，而且还以刀招施展出掌式，这简直有些不可思议。

同时，秦复对林渺是打心底佩服的。林渺的心计之巧确实令他叹为观止，居然先用几招自齐万寿那里偷学来的招式，使得齐万寿以为林渺第四招依然会是他的武学，于是使出一招专门克制林渺，谁知林渺第四招竟突然改成游幽的青月手，这才使得估计失误的齐万寿吃了大亏。

要知道，青月手乃是魔宗宗主亲授给青月坛的绝学，即使是游幽也仅会几手而已，其威力自是非同小可。只是林渺由齐万寿的武功突变为青月手，之间便不能够施展得圆通自如，正因为这一点间隙，才使得齐万寿反击成功，而且还好像根本就伤不了齐万寿。

齐万寿脸色再变，目光极为怨毒地投向秦复，道：“箭上有毒?”

秦复不由得笑了，冷冷道：“不错，今日就是你的死期，我想时间也快到了，毒性也该是发作的时候了!”

齐万寿闷哼了一声，额头滑落出两颗豆大的汗珠，证明了秦复并不是在恐吓他。齐万寿自怀掏出一大把药瓶，拼命地向口中倒了许多药丸，显然病急乱用药。

“噗噗……”齐万寿迅速封住箭伤附近的穴道，狠声道：“我一定不会放过你的!”说完也不管齐勇的尸体，飞身倒射出秘洞之外。

第二十章　再世为人

林渺并未追，而是静了半晌。

“阿渺，你没事吧？”秦复关心地问道。

林渺长长地松了口气，蓦地一屁股坐在了地上。

秦复大惊，忙伸手相扶，急问道：“你怎么样了？”

“他的剑气伤了我的经脉和内腑，快扶我去一个安静的地方，我要疗伤！”林渺痛苦地喘息道。

秦复吃了一惊，这才明白刚才林渺之所以立而不倒，只是想给齐万寿一种压力，其实只要齐万寿再进攻的话，他根本就没有还手之力。

秦复勉力拖起林渺，向秘洞深处行去……

也不知走了多远，蓦地，秦复突然止步！

林渺喘息着问道：“怎么了？”他感觉到了秦复似乎是发现了什么。

秦复放下林渺，急步走到一凸壁之前，伸手圈点了一下。

“轧……”一阵尖厉的响声传来，那面洞壁竟轰然裂开，露出一扇宽阔的石门来。

林渺微感惊讶，秦复却已拖着他步入了那扇门之中。

“轰……”石门又缓缓合拢，里面却是一个极为精巧的石室。

秦复放下林渺，对这之中的一切仿佛极为熟悉，而且石室内似乎暖和了一些。

秦复在石室之中踱了几步，眉头却微微皱了起来，突地踏前一步，自语道："坎为水，演为节、屯，节为坎宫一世卦，水泽节；屯为坎宫二世卦，火雷屯……奇怪，怎么屯卦跳上了离位？离为火，水火不相融，这是什么卦象？"

林渺颇感惊愕，不明秦复怎地突然说到这些，不过对八卦他是一点都不懂，但他却知道，秦复乃天下第一巧手秦盟的内侄，自然对这些卦理之类的东西在行了，是以并不奇怪。他可不管这些，只是专心地疗伤。

秦复又踱了几步，又自语道："震越巽位，艮兑脱节，乾坤却又未乱，这是什么卦象？"不由得沉思不语。

也不知过了多久，林渺缓缓睁开眼来，他的伤似乎好了一些，那有些错乱的经脉也顺畅了许多，石室内光线明润，因为其中有数颗龙眼大的夜明珠。

秦复的眉头仍皱得极紧，似乎还在考虑那些让人头大的问题。

林渺并没有打扰他的意思，只是觉得秦复这样伤脑筋似乎有些不值，难道这石室之中还会藏有什么秘密不成？

"我想出来了！我想出来了！"秦复蓦地大喜，脱口低呼道。

"你想到了什么？"林渺不由得讶异地问道。

秦复一怔，自信地笑道："虽然这里的宝藏为人所拿，那是因为藏宝之处仅那一道简易的玄门而已，但放置武学秘笈之处却绝不是任何进入了此地的人都能够打开的，在这里没有重重机关及生死之门，只有破开了卦象，才能够找到秘笈，否则便是毁掉此地也是枉然！"

"你是说这是藏着武学秘笈之处？"林渺讶异地问道。

"不错！我仔细地算了一下，这冰窟的方位，正暗合九宫八卦，而我们所处之地为离宫，属火，因此是最为暖和之地。当年嬴啸老祖临终之前便说了一个'火'字，想来，便是指此离位。而这室内的卦象却为'离宫游魂卦'，为双重天火，因此秘笈一定是在这个方位！"说到这里，秦复指着南面石壁。

林渺对卦象可是门外汉，根本就不知道这些是什么意思，不过走到这份上来了，也只好听之任之。

秦复大步靠上南面的石壁，双手在石壁之上掂量了一下，然后在五尺左右处摸了一会儿，突然大喜道："找到了！"

"轧……轧……"南面的石壁缓缓裂开，再见一个石室。

秦复大步跨入，大喜道："果然在这里！"

林渺也大为惊讶，挪身进入那内间的石室，果见石室的四壁似乎刻有许多字迹和图像。

"轧……"石壁又缓缓合上。

"这就是《霸王诀》上的武功了！"秦复大喜道，兴奋之情溢于言表。

"看，这里有人留下了字！"林渺一指西面之墙，念道："尔等能破'双重天火游魂卦'，可算是有缘，既有缘，吾也不欲太过绝情，不留半点好处给有缘人，是故吾取走《霸王诀》，却在石壁上刻留半部，也算是苍天对尔等之眷顾了！"

"阿复，这里有人来过！"林渺一拉兴奋若狂的秦复，大声道。

秦复心神全都落在墙上的图像之上，根本就没有听到刚才林渺所念的东西，此刻闻林渺这么一喊，不由得微有不悦地道："当然有人来过，我先祖嬴啸不就来过吗？"

林渺见秦复太过醉心于墙上的武学，也微有些不悦，指了指西墙上的几行字道："你看看这上面写了些什么。"

秦复微惑地看了看那些字，顿时神色大变。

"这怎么可能？天下间还有什么人能破这卦象？"秦复不敢相信这是事实。

林渺不由觉得秦复有些可怜，似乎总不敢面对现实，又太功利了，可这也是没有办法的事，毕竟自己与其生活的环境和担负的使命不同。因此，他无法理解秦复那种心态，也不苟同秦复的思想，当然，他却有些同情秦复。

“世间许多事情都是有可能的，只是我们没有想象到而已！”林渺叹了口气道。

秦复不由傻愣愣地呆住了，这个打击对他确实很大。

“不过，不要丧气，有这半部《霸王诀》，说不定也足够我们露脸江湖，或许那习全了《霸王诀》的人已经老死了，有这半部《霸王诀》撑腰，我们也可以天下无敌不是没有可能！”林渺搭过秦复的肩膀，安慰道。

秦复怔了半晌，不由得涩然一笑，他还能够说些什么呢？既然这些都已经成为了现实，再伤神也是枉然。

“谢谢你，我不会有事的！”秦复感激地道，面对林渺，他确实有些惭愧，对于这一切，林渺似乎根本就不在意，看得是那般平淡，那平和的心态他似乎永远都难拥有。

林渺的心态确实是平和得让人难以理解，秦复更不能，他自小所存在的环境和林渺截然不同。很小的时候，他便肩负着沉重的使命，而家人对他的教导总是灌输一种特殊的思想，这使他形成了一种为达目的，不择手段，更不惜牺牲任何人的自私心理。因为要得天下者，就必须抛开任何私情，踢开任何可能阻碍自己发展的人，但林渺却不同！

林渺从小生活在混混之中，在不断地求生存和发展的同时，更深切地体会到如何做人处世，明白了除武功之外还有一些更重要的东西，那就是快乐！而他的快乐便是朋友多，且都是最讲义气的朋友。混混并不是武林高手，单靠一人的力量绝难成事，混混的力量，便是人多，是群体的力量，因此在林渺的生活之中，自私所占的分量并不重。也正因为如此，他与秦复是两种性情截然不同的人，但这一刻却走到了一起。

苏弃和白才极为沮丧，他们躲在一旁看到齐万寿与齐勇也潜入了水潭，可是却再也没有人能自潭中返回，包括林渺和秦复。

不过，苏弃和白才也有意外的发现，那便是齐万寿和齐勇敢潜入这冰寒刺骨的潭水之中，是因为饮了那巨兽的血液。

齐万寿没能杀死那巨兽，但却取到了巨兽的血液，而他也因此而损失了几名家将。当然，齐万寿着人引开巨兽，这才敢潜入潭水之中，他似乎对这里并不陌生。

苏弃和白才也想去弄些巨兽的鲜血来，但却没有齐万寿那般能耐，无可奈何之下，他们只好离开这个鬼地方，回到了他们昨晚休歇之处。那匹战马居然还活着，这倒是一个意外。

苏弃和白才似乎没有想到结果会这么惨淡，但在他们感到有些悲观的时候，意外地发现金田义和白庆几人正蹒跚着走回到他们所驻扎之处。

苏弃和白才几乎不敢相信这一切都是真的，金田义居然没死，包括白庆，不过杨叔却是被人抬回来的，回来的只有五人。

钟破虏没能回来，另外还有几名家将，回来的几人是白庆、杨叔、金田义、白泉和柳丁。

金田义诸人发现白才和苏弃居然还在这里，也皆大喜过望。

众人能再重聚，恍如隔世，但得知这死域般的沼泽之中竟发生了这么多事时，不由得皆大感惊讶，而林渺的失踪也使众人的心头蒙上了一抹沉重的阴影。

原来白庆诸人被巨兽逼得太急，皆跳入碧水潭中，一入水才知道那种感觉是如何恐怖。潭水几乎让他们僵毙，但所幸巨瀑冲入潭中，形成上升的暗流将他们快速冲出水面，然后顺着河水淌远，否则只怕早已冻毙于潭水之中了。但他们顺水冲出很远之后手脚才稍缓过来，勉强上岸，相互扶持，可还是丢失了两人。几人怕与林渺走失，便又顺河而返，可是在路上又遇上猛兽和毒蛇的袭击，险死还生之中，钟破虏却被毒蛇咬伤，中毒而亡，另一名家将因探路没入浮泥之中死去。晚上几人又遇上异兽偷袭，杨叔也因此而受伤颇重，但侥幸的是这几人最终尚活着走了回来。

对于那寒潭，白庆诸人是谈之色变，何况此刻又有那巨兽守于其中，他们想都不敢想要前去找林渺，即使是知道那里有宝藏也只能望而兴叹了，因为保命才是最重要的。

第二天，几人便顺着林渺和苏弃找到的那条小河来到了沔水边，扎起了两张大木筏，顺水而下。赶到避尘谷，可是没有林渺在，几人根本就无法求见天机神算，虽然杨叔苦苦哀求，但最终只获得一卦。

杨叔诸人也便心满意足，此次他们落难于沼泽死域，把所有带给天机神算的礼物都丢失了，而林渺也不在，没有三老令这个面子，想请出天机神算根本不可能，能得天机神算一卦，已经给了湖阳世家足够面子了。

由于是大木筏，很难在急流中逆流而上进入竟陵，因此只好顺水而下，流入长江，然后赶到江夏，自江夏换马走陆路急速赶回湖阳。自扎大筏而走至赶回湖阳，白庆诸人先后竟花了半个月的时间。

王常所率之下江兵自竟陵败退，引兵北上，移兵至随县以东的龙山和钟山一带。

随州官兵欲加挡截，但却因情报外泄，王常早觉，大败伏击的官兵，扎寨安营于龙山，以龙山地利稳守。

同时王常更让成丹和张卯另立寨于钟山，收服两山的草寇，接纳附近的难民，休养生息。

严尤的大军欲追击，却遭新市兵伏击，于云杜附近被袭，只好暂停北进扫除绿林军的步伐。

同时，严尤还要巩固竟陵，提防秦丰的骚扰，一时之间也抽不开身。

与此同时，宛城义军顺水南下，退出宛城，这一招极出王兴的意料之外，使他们追之不及。

淯阳和棘阳也都措手不及，他们绝没料到刘秀居然会弃宛城而走，待他们发现时已阻之不及，加上春陵义军的接应，刘秀的大军杀开淯阳的防守，由于船快又是顺江而进，淯阳的水军大败，吓得退回城中不敢出战。

刘秀大军一路南下，包括其物资之类的皆已分批自水路运至春陵。

刘家本就有做漕运生意，要带走宛城的一切并不难。临离宛城之时，刘秀开仓放粮，分给全城的百姓，使得宛城百姓都舍不得刘秀的义军离去。

一路之上，刘秀的义军不断壮大，至春陵之时，兵力已至七千，与春陵兵并合，其声势立刻大壮，竟聚众一万数千之众，而且声势还在不断地壮大。

王兴夺回宛城，却已与空城无异，却也无可奈何，想率兵南伐，但是宛城有太多事务要处理，根本就调不出人手。而这些日子以来，赤眉军闹得正凶，河北义军也是不可开交，朝中又要对付外夷入侵，根本就无可派之兵。因此，他们只好眼睁睁地看着刘秀和刘寅合兵一处，将春陵作为根据了。

当然，整个天下的战局并不是王兴所能控制的，便是王莽也已经无法控制大局，只是在纵情挥霍余下的生命，他们这些做臣子的又能够做一些什么呢？

刘秀和刘寅会兵，正是十月，号称春陵兵。

此时，在南阳和南郡之间，便有了五支义军。王匡、王凤所率的新市兵活动于京山云杜一带；刘玄、陈牧所率平林兵则活动于武胜关、桐柏山一带；王常、成丹所率的下江兵活动于钟山和龙山一带；刘秀和刘寅兄弟俩的春陵兵则以春陵为根据地；南郡云梦泽附近却是秦丰的南郡兵，这也是一支不可忽视的义军。

眼下的形势，南阳和南郡两地已基本上不在朝廷的控制之下，尽管宛城、淯阳、棘阳据军仍死守着义军北上的要道，可是官兵早已没了斗志，战乱已使他们有些麻木了。

天下的形势一团糟，南方的诸侯许多都只是翘首观望，并不会对王莽的朝廷多少支持，更有甚者，自立为王，割地自封，但是王莽根本就没有办法处理得了这么多事。

河北连年灾荒，义军最是猖狂，尤来、上江、大彤、铁胫、五幡、青犊几路义军更向山西渗透。五幡诸部以射犬城为中心，控制了黄河以北的大片土地，危及洛阳，向西则危及上党郡，已控制沁水以东整个河北地区。

富平、获索义军以平原为据地，使济水以北的城池都受到威胁，而最大的威胁却是来自城阳国的赤眉大军。

赤眉军似乎居无定所，游战东部，破姑幕，攻探汤，逼临齐郡，再直击泰山郡。而另一路，则南击东海郡，游走于楚都彭城，其声势之强，足以使王莽寝食难安了。

赤眉军发展势头之快更胜绿林军，短短一年时间，便达十余万人，更节节取胜，使得朝廷也无可奈何。

湖阳世家，近日来形势极为不好，多处分坛被神秘人所毁。

不用说也知道这是魔宗干的好事，但是对于那神秘的魔宗，他们却似乎并没有多大的还手之力，唯有整个家族处于最紧急的戒备状态，并将物资秘密运回唐子乡，各地分散的力量也都聚合，以抵抗外敌的偷袭。

最让湖阳世家头痛的是，他们根本就不知道魔宗的任何秘址，使得欲还以报复都难。

白老太爷气怒交加之下，竟病了，而因林渺的失踪，没请到天机神算，更让白鹰的心情不佳。白玉兰本是位坚强的女人，这一刻却也如遭雷殛，一天未进粒米，这下可把白府上下都给急坏了，小晴也不哭了，反过来安慰白玉兰。

苏弃和白才却在小晴和白玉兰都在流泪的时候来了。

白玉兰只好收拾情怀，强忍悲切传两人进来。她知道，苏弃和白才是见过林渺最后一面的人，而林渺下那碧水寒潭之际，苏弃和白才正在潭边，所以她让苏弃和白才进来。

“苏弃、白才见过小姐!”苏弃和白才望了白玉兰和小晴一眼，心中暗自叹了口气道。他们当然能感觉出眼前的大小姐对林渺极为关心，否则当日林渺离开湖阳世家时，白玉兰也不会亲自送那么远还再三叮嘱林渺小心了，可见林渺在白玉兰的心中分量不轻。

“二位有事吗?”白玉兰调整了语调，淡淡地道。

苏弃和白才相对望了一眼，苏弃这才踏前一步，极为沉重地道：“阿渺在失踪的前夜叫我将一件东西交给小姐。”

白玉兰和小晴同时一震，白玉兰急问道：“什么东西?”

苏弃自怀中掏出一本小册子递上，小晴接着转交到白玉兰的手中。

白玉兰信手一翻，不由得愕然，连翻数页，抬头惑然望着苏弃，问道：“就是这个?”

“不错!”苏弃肯定地点了点头道。

“这是什么意思?一个字都没有，他当时还说了些什么?”白玉兰不解地问道。

“这本册子是竟陵翠微堂白横堂主临死之时交给杨叔的，但后因一个字也没有，便给了阿渺。其实，阿渺知道这本册子并不是一个字都没有，而是要用水浸湿才能显出字来，因事关重大，我没敢在老太爷身边交给小姐，因那时众人都在，所以还请小姐慎重以对。”苏弃神情恳切地道。

白玉兰神色再变，向小晴打了个眼色，小晴迅速出外打水。

苏弃见室中并无外人，微微松了口气道：“阿渺还叮嘱，除老太爷和主人之外，请小姐绝不可将此事随便让府中其他人知道。”

“他为什么会在前一天把这个交给你?难道他当时知道自己会回不来?”白玉兰反问道。

“因为当时他决定和秦复一起去探玄门宝藏，已估计到事情可能把握不大，这才将这东西交给我们，说如果他不能回来，便由我们二人亲自交给小姐!”白才不无伤感地道。

白玉兰的眼圈一红，叹了口气问道：“秦复又是什么人?”

“据说是当年大侠秦鸣的儿子，天下第一巧手秦盟的侄儿。”苏弃回答道。

白玉兰不由得吃了一惊，虽然她并未听说过秦复其名，但却听说过秦盟和秦鸣这两个当年曾名动天下的人物。

“他们是怎么认识的?”白玉兰讶异地问道。

“这个小的便不知道了。”白才摇了摇头道。

小晴端来一盆清水，白玉兰这才打住话头，心神转移到这本小册子上，心里却在猜想，小册遇水，上面会出现什么样的反应呢?

新市，位于云杜东北，傍依绿林山，西有京山相护，其地形极好，易守难攻，是以官兵数次围剿，却都以惨败而终。

绿林军据于新市，却仅以山寨为凭，难得坚城相持，虽破云杜，但却无法据云杜城为己有，只做了回匆匆过客。

云杜，尚在官兵的控制之下，但是城中的官兵极为谨慎，因为谁也估不到绿林军会在何时再破城而入，洗劫粮草。不过，近来一场瘟疫使得绿林军散成三支，这也使云杜的守军松了口气。

新市与云杜相距八十余里，有这一段路相阻，也使得云杜守军心中多了一丝侥幸。不过，新市兵尚有万余义军，但这些义军分散于绿林山一带，以二十余寨为据点，并不是一时可以聚集的。当然，这也使得官兵的围剿更添了几分困难。

绿林山方圆数百里，山阔林深，地形复杂，绿林军不断地小股袭击附近各城镇，确也让官兵头大，却又拿绿林军莫可奈何。

京山脚下，蹄声如雷。

“别放走了刘嘉！”蹄声伴随着呼声顺着尘土飞扬而起。

刘嘉，刘寅的亲信，正是其叔父刘良的儿子，在刘家以足智多谋、能言善道著称。

有人传说，刘秀是刘寅的一大臂膀，而刘嘉则是刘寅的眼睛和口舌。

刘寅重视刘嘉，刘家也重视刘嘉，或许只是因为刘良在刘家的身份和地位不同，抑或是因为刘嘉的辩才可直追苏秦和张仪。

正因为这样，刘寅、刘秀起事，朝廷便已将刘嘉的名字与刘寅、刘秀的名字放在同一位置对待，其头颅的价值比之李通和李轶还要值钱，便是邓禹也要差上一筹。

刘嘉并不是名士，论声名，比不上刘秀和刘寅及邓禹，只是家学渊深使其拥有别人所不能企及的学识，而最难得的是他绝不张扬的性情。

在刘家，刘嘉甚至比圣公刘玄还受人尊重，因他与刘玄是两种类型的人。

刘玄张扬、傲气，更功利，但是刘嘉却恰恰相反，他没有架子，只会让人感到亲切，更有绝对忠诚的心，对刘家忠诚，对刘家的大业忠诚。是以，刘嘉成了刘寅的绝对心腹。

刘嘉也不知道何以官兵会知晓他的行踪，此次他前来游说新市兵首领王凤、王匡与春陵军联合进兵的事，只有刘家的内部人员及几位重要的春陵军将领知道，可是此刻竟为官兵察觉了行踪。

刘秀虽与刘寅合兵一处，自守虽然足够，但是攻城掠地却嫌不足。因此，刘秀展开了一系列的游说工作，他要联合绿林军散于各地的力量，合而进兵。

这近一个多月来，刘秀和刘寅对春陵军大加改编，使其更显有组织、有纪律，但在他们的心中，却只想北上进军，破关中夺长安，恢复汉室江山。因此，他们绝不想多呆半刻。

“五爷先走，我们挡住这群混蛋！”说话者是刘嘉身边的近卫刘显。

刘嘉比较清瘦，看上去有些文弱，在刘氏众兄弟之中，他排行第五，因此家将们皆称其为五爷。

刘嘉此次还来了二十名好手，但是在官兵的伏击之下，竟折损了十一人，仅剩下连他一起的十人受伤突出重围。

此刻，刘嘉并不指望王凤的新市义军前来救援他们，因为他刚自王凤的寨中出来，才行出二十余里便中伏，所幸他警惕，这才没有全军覆灭。值得庆幸的是，他说服了王凤和王匡等一干新市兵将领，不日便将举兵与刘寅相合。当然，这是因为刘寅本身就声名远播，以仗义豪爽出名，而刘家的财力与实力也确实雄厚，王凤这才答应合兵。

在这种特殊的情况下，绿林军境况日渐低下，王凤和王匡身为新市兵的首领，也不想坐吃山空，总想另找出路，而刘家起兵，又派使者前来游说，于是双方便一拍即合。

刘显不等刘嘉答应，已经领着五名兄弟掉头杀了回去。

“刘显！”刘嘉惊呼，他知道刘显抱着必死的决心，凭其六人绝不可能是对方百余官兵之敌，可是他却没有更好的办法。不过，他并不想自己独自离开，也欲掉头杀回去。

“五爷，不可！”一名亲卫迅速并马一挟，在刘嘉的马股上抽了一鞭。

刘嘉想调马头，但战马奔跑更快。

“五爷，以大局为重，只要我们能赶回去，他们便没有白死！”尚有三人护在刘嘉的身边，急切地提醒道。

刘嘉心中一阵难过，但却明白这几个亲卫的话没有错，只要他能返回春陵，这些兄弟便不会白死！只是他不明白，官兵何以会知道他的行踪？何以会未卜先知地在路上设伏？这中间一定有问题，可是问题究竟出在哪里呢？

“驾……”刘嘉放下心事，此刻，他必须快速离开这里，摆脱官兵的追捕。再行三十余里，便到绿林山的地域，在那里有绿林军的山寨，官兵就拿他们无可奈何了。

“噗……希聿聿……”刚转过一个山坳，跑在最前面的一名亲卫的战马惨嘶一声，失蹄而倒，那名亲卫立刻摔落马下。

刘嘉大惊带住马缰，却发现一簇弩箭直奔他的坐骑而来。

“啪啪……”刘嘉的马鞭疾抖，准确至极地扫落十数支弩箭，但却仍未能护好战马。

战马悲嘶而倒。

刘嘉低呼：“上坡！”说完身子如大鹰般朝山坡顶疾掠而去。

那名跌下马的亲卫就地滚落，竟以出人意料的速度抖出几支袖箭。

“呀……呀……”袖箭无一虚发，两名潜伏在路边大树上的箭手应声而落，但一簇弩箭在这名亲卫未能发出第三箭时，已将其射成刺猬。

那两名尚在马上的亲卫心头滴血，但是却无可奈何，他们必须保护刘嘉，这是他们最重要的职责，哪怕是为此付出生命，也在所不惜。

“刘嘉，束手就擒吧！你已无路可走了！”刘嘉刚到山坡之上，便听一声冷喝自山头上传来，山坡之上竟转出十余名全副武装的官兵，为首者是一身轻甲、发髻微散的中年人。

“梁丘赐！”刘嘉失声低呼。

“刘五爷果然好眼力，正是本将军！”那中年人淡淡一笑，傲然道。

“见到大将军还不束手就擒？”梁丘赐身边的亲兵高喝道。

刘嘉心中暗忖：“这下完了！”对于梁丘赐，刘嘉绝不陌生，知道此人与阳浚、甄阜、隗嚣、陈茂为王莽的五虎大将，声名仅次于严尤和孔仁。只不知梁丘赐怎会来到这里，而且还在此地设下伏兵？

“识时务者为俊杰，刘五爷，本将军敬你是个人才，如果你愿意投降的话，我保你会享尽荣华富贵，又何必成乱军之爪牙呢？”梁丘赐悠然道。对于刘嘉，梁丘赐的态度的确十分客气。

“哼，识时务者为俊杰，我看梁将军又何必为昏君王莽卖命呢？眼下所谓的朝廷已如风中残烛，王莽气数已尽，再盲目愚忠，对将军这等人才而言，只是一种浪费。以将军之威勇，足可另树一帜，保一方百姓不受凌辱，将来新皇临政，将军的声望和地位绝不会比现在低！”刘嘉反劝道。

梁丘赐的脸色微变，他身边的官兵也都变了脸色，刘嘉直贬王莽，确为大逆不道，不过主将没有说话，他们也不敢轻举妄动，因为梁丘赐吩咐过一定要抓活的。

“笑话，凭尔等乌合之众，又能有多大作为？口出狂言，我只闻刘家五爷智计过人，学识卓见不似凡人，但今日一见，却让人大感失望！”梁丘赐故作不屑地道。

刘嘉不屑地笑了笑，道：“不错，在眼下，我们可谓乌合之众，但我们却深得民心，一呼百应。义军虽散，却前赴后继，只要有一点良知者，便不甘受昏君盘剥，更不甘忍受屈辱偷生。虽涓涓细流，却能汇成江河，有江河便可成湖海。而眼下普天之下的义军已成沸腾之势，如怒潮汹涌之汪洋，即使你们训练有素又能如何？仅只是在巨涛中死守微舵，倾覆只在下一刻而已。先有绿林大胜，再有赤眉大胜，并长驱直入，紧接河北沦陷，王莽的朝廷如一只千疮百孔的破船，你们只是在拼命地舀出涌入船中的水，可是只要孔洞仍在，这艘船的沉没只是时间的问题！”

梁丘赐的脸色数变，刘嘉的话像是一支利箭，正中他的要害，而且说得是那般实在而贴切，他想反驳都无辞以对。这一刻他倒真的相信外界所传，刘嘉是刘寅身边的第一舌辩之士。

“嘚嘚……”蹄声由远而近，那第一批伏击刘嘉的官兵及伏于山坡之下的官兵迅速围拢而来，竟有近两百人之多。

刘嘉不由得扭头环顾了四下一眼，心中暗叹，知道此次绝难幸免，想自此地突围而出根本就没有可能，仅那个梁丘赐的武功便不会低于他。

“要杀就杀，要剐就剐，我刘嘉今日落在你手上，这是命！”刘嘉冷冷道。

“好！既然你如此固执，我也没有办法，给我绑了！”梁丘赐冷喝道。

“轰……希聿聿……”一阵战马的嘶鸣声中，几匹战马竟陷入深坑之中。

梁丘赐大吃一惊，居然有人敢在这条道上设下陷马坑！

众官兵也都吓了一跳，急忙带住缰绳，但见两条人影悠然自两旁的树林中行出。

“此路是我开，此树是我栽，欲从此地过，留下买路财！”两人自林中一行出便毫无顾忌、耀武扬威地向众官兵高喝道。

梁丘赐想笑，想笑这两人不知死活到了这种程度，居然敢打劫官兵，他不由得仔细地打量了两人一眼，但见这两人相貌平凡，平凡得便是相见十次都不会留下太深的印象。不过，这两人确实似乎还很年轻。

“大胆小贼，劫财居然敢劫到这里来了！”梁丘赐身边的亲卫怒喝道。

刘嘉不由得也怔了一怔，他不知道这突然杀出来的人是哪一路人马，竟敢在光天化日之下公然挡官兵的道儿。

“本大爷并不是贼，只是想借两匹马来代代步，如果识相的便借我两匹，不识相的，那我们就只好抢两匹马儿了。”另一人冷冷回应道。

“是啊，你们反正马多，也不在乎这一两匹，本大爷借去了，还有个人情在。你们的头领是谁，让他出来与我们讲话！”最先开口的那小贼大言不惭地道。

“别跟他们啰唆，放箭！”一名官兵小头目大为恼怒，命令道。

“嗖……”立刻有数人松弦发箭。

“好哇，敬酒不吃吃罚酒！”那两人似乎大为震怒，伸手一挥袍袖，那射去的几支劲箭竟如没入水中，尽数落在那两人的手中。

梁丘赐吃了一惊，大笑道：“好身手，两位原来是高人！”

“自然是高人，你以为呀！否则我们凭什么向你们借马？”

那群官兵也怔了一怔，但梁丘赐开了口，却又不敢胡乱动手。

“来人，为这两位壮士送上两匹好马!”梁丘赐竟异常好说话地吩咐道。

众官兵先是一愣，但却不敢违抗。

“不知两位是哪路朋友？尊姓大名可否见告?”梁丘赐倒是个爱才之人，极为客气地问道。

那两人也没想到梁丘赐这么好说话，不由得有些憨憨地笑道：“我们便是这路上的朋友，我叫莫大，这是我兄弟莫二，你又是什么人?”

梁丘赐不由得一怔，他身边的亲卫却恼怒地喝道：“大胆，连梁大将军也不认识!”

“梁大将军又是什么人?”

“管你什么人，我们哥儿俩才不吃这一套。不过，你这人蛮好，我喜欢，下次再把马儿还给你。”莫二大大咧咧地道。

“不用还，这两匹马便送给两位好了，只不知两位要去哪儿呢?”梁丘赐反问道。

“云杜!”莫二又抢着道。

“哦，两位此去云杜，正好与我们同路，不若我们同去如何？这一路刚好有伴!”梁丘赐客气地道。

莫大不由得看了莫二一眼，莫二沉吟了一下，有些担心地望了望那一队官兵，道：“你们不会耍什么手段坑我们哥儿两个吧？你们这么多人，我们可只有两个人!”

梁丘赐不由得哈哈大笑道：“两位请放心，本将军从不会做言行不一之事，是见二位身手不俗，这才一见如故，只是想与两位交个朋友，并无恶意。如果我要对付两位，这一刻，我们还不是要比你们人多?”

莫大和莫二又相视望了一眼，同时点了点头，憨憨地道：“也是，也是，那好吧，这可是你说的呀，到了云杜，你们也不能向我要马哦，否则，我们就先走!”

“那当然。”梁丘赐又笑了起来，心道：“原来这两位只不过是粗人，如果能将其收服，倒真是一件美事。”

那些官兵也觉得眼前两人有些好笑，那种憨憨的表情配着那平凡不惹眼的外表，却有一种别样的滑稽。

“那好，走吧！”莫大翻身上马，但似乎并不太熟知马性，虽然刚开始表现的身手极为不俗，但面对着战马，却像无知的娃娃，那种表情和动作似乎没骑过几次马一般。

“你说，师父会不会追咱们到云杜？”莫二在莫大的耳边轻语了一句。

“不知道。”

“师父要是发现我们又偷偷溜下山，肯定要骂我们……”

梁丘赐耳目极精，竟隐隐捕捉到莫大和莫二的小声低语，不由得大感放心，忖道：“原来只是两个背着师父偷偷下山的劣童，难怪像是有些不通世务。”

“走！”梁丘赐挥手道，立刻有官兵在前面开路。

梁丘赐在八名亲卫相护之下靠近莫大和莫二，笑问道：“两位公子不知家住何处呀？”

莫大一怔，莫二脸色一变，谨慎地打量了梁丘赐一眼，然后摇头道：“这可不能告诉你。”

“是啊，要是你跑去告我们的状，我们可就惨了！看你像是个好人，才跟你说这么多，否则我们兄弟才不与陌生人说话呢。”莫大也插嘴道。

梁丘赐不由得大感好笑，这似乎正证明眼前的两个年轻人并没有什么心计。

梁丘赐身边的亲卫也显得有些轻蔑地看了莫大和莫二一眼。

行出近十里，莫大和莫二依然与梁丘赐相距不远并骑而行，那群官兵对刘嘉看守得极紧。

“哎，你这个将军究竟有多大的官儿？有皇帝大吗？”莫二突然开口问道。

梁丘赐和众亲卫不由得都笑了起来，这两个人似乎傻乎乎的。当然，如果不是傻乎乎的，又怎会以两人之力贸然前来劫这两百官兵的战马，还横得目中无人？

“当然没有，天下间没有比皇帝更大的官了。”梁丘赐笑着解释道。

“那你为什么不做皇帝，却要做将军呢？”莫二似乎更不解地惑然问道。

梁丘赐和众亲卫神色微变，但却并不会责怪莫二。

“这话可不能乱说，别人听见了，可要杀头的！”梁丘赐道。

莫二和莫大不由得交换了一个眼神。

梁丘赐以为莫大和莫二是心中害怕，但蓦然之间，他觉得胸前劲风疾动，莫大的身形在马背之上晃动了一下。

那八名亲卫先是一怔，随即倏觉莫大的身形已经撞入了他们之中。

梁丘赐暗呼不好，便听得一声轻啸响起，身前的两名亲卫如弹丸一般弹射而出，却是莫二出手了。

莫大和莫二的出手全无征兆，而且快若迅雷，一出手便破开了八名亲卫的护卫网，直奔梁丘赐而至。

“呀……”莫二腰间亮光一闪，一名亲卫的剑刚抽出一半，握剑的手便喷血而坠，竟被一抹亮光斩为两截。

梁丘赐大怒，这两个人竟只是故意装傻，而这一刻才显出其原形，却是为了来对付他，怎叫他不怒？亏他刚才还以为这两人只是粗人，没有心计，可是这一刻他才真的明白，这两个人比谁都会演戏，也更明白什么叫作“扮猪吃老虎”。

梁丘赐出剑，刚好阻住莫二手中的一抹弧光，但只觉手臂一沉，一股巨力自剑身涌来，长剑几乎被震得脱手而飞。

“噗……”梁丘赐挡开了莫二一剑，但却迎来了莫大的当胸一拳。

梁丘赐不愧为王莽五虎将之一，身子在百忙之中竟自马股之后滑落地面，莫大这一拳击中鞍背。

战马惨嘶，竟如烂泥般瘫在地上，根本就无法抗拒莫大这凶猛的一拳。

官兵这才反应过来，大吼着向莫大和莫二扑来。

梁丘赐死里逃生，心中却骇异莫名，眼前这两人的武功之高完全超出了他的想象。

“砰……”梁丘赐正欲翻身而起，倏觉背上一阵巨震，竟是一名官兵的躯体准确地撞上了他，不由得一个踉跄，待他回过神来之时，已有一缕幽风迎面而至，他看到了莫二那冷如寒电的眼神。

“叮……”梁丘赐的剑再一次截住莫二的剑，但莫二却在此时弃剑。

莫二弃剑，手如出洞灵蛇，滑上了梁丘赐的剑身，以快得难以理解的速度摸上梁丘赐握剑的手腕。

“轰……”梁丘赐猛然出拳，在距莫二胸前三寸之时，被莫二的手掌挡住。

莫二身子狂震，但却并未松开梁丘赐的手腕，反而抓得更紧。

“去死吧！”梁丘赐的脚飞速弹出，脚尖之处竟突现一截断刃，直踢向莫二的小腹。

莫二身子刚受梁丘赐那疯狂一拳，并未完全稳住，但莫大却来了。

莫大身边的官兵纷纷而倒，在最紧要的关头，他的拳头击在了梁丘赐的腿上。

“轰……”梁丘赐一声惨哼，莫二在他的脚被击退的一刹，反身出肘，击中梁丘赐的前胸。

“哇……”梁丘赐喷出一口鲜血，欲再挣扎出击之时，却觉得脖子上一凉，搭在他脖子上的是他自己的剑。

“都给我住手，否则我杀了梁丘赐！”莫二的声音残酷而冷杀，莫大警惕地护在莫二的身边。

那群围过来的官兵和梁丘赐的亲卫不由得全都傻了，这一切发生得太快了，快得他们没有一点心理准备。

八名亲卫伤了五人，甚至连梁丘赐都受伤被擒，而这一切只是眼前这两个看似憨憨的年轻人所为，怎不让他们吃惊？

此刻莫大和莫二两人的神态与刚才简直完全像是变了个人，冷静、沉稳，更充盈着强大的霸杀之气，虽仍是平凡的外表，但有着来自骨子里的超然之威，让人不敢正视其冰冷的双眸。

“本将军败得心服口服！”梁丘赐不由得惨然一笑，淡淡地道。

“你只是败给了自己的性格，当然心服口服。”莫二淡淡一笑道。

“想不到我梁丘赐戎马一生，阅人无数，却仍对二位看走了眼，命该如此，要杀要剐，悉听尊便！”

莫二和莫大都笑了，莫二耸了耸肩，又道：“如果你听过扮猪吃老虎的故事，就不应该轻视任何对手，更不该太过大意。换作不是你，别人也会一样。不过，今日我并不想杀你，至少，到目前为止，我们不觉得你这人很坏。”

“快放下将军，你们想要什么尽管说！”一名亲卫急喝道。

莫二斜瞟了一眼那名亲卫，淡淡地笑了笑，向梁丘赐道：“在战场上或许你能强悍无敌，智勇双全，但说到玩手段，你仍不够心狠！这或许就是你致败之因。我今天也不想要别的，只要你放了刘五爷和那两位兄弟，我们也便不为难你。”

梁丘赐涩然一笑，莫二所说的并没错，他虽然驰骋沙场少有败绩，但是对于沙场之外玩手段，他却不够心狠，更会轻忽一些细节，这便是让莫大和莫二有可乘之机的原因。但是，他对莫大和莫二的武功却感到极大的惊讶。

“放了他们！”一名官兵头目忙吩咐道。

被缚在马背之上的刘嘉和那两名刘家家将把这一切都看得极为清楚，在惊愕的同时又感大惑不解。他们并不知眼前这两个神秘的人物是谁，而在南阳和南郡两地拥有如此武功之人，都是可以叫上号的，但这两人却如此年轻，而且看来十分陌生，但无论如何，他们心中还是极为高兴。

“你们究竟是什么人？拥有如此武功，当非无名之辈！”梁丘赐吸了口气，问道。

莫二不由得笑了笑道：“这个并不重要，不过告诉你也无妨，在下林渺，正是被朝廷四处通缉杀死孔庸的凶手！”

“林渺？”梁丘赐对这个名字并不太熟悉，虽隐隐听说过，但他从未在意。

“在下秦复！”莫大也笑了。

刘嘉和那两名刘家家将大喜，虽然他们从未见过秦复和林渺，但是却在邓禹和刘秀那里听说过这两人的存在。

“给我们备马！”林渺向官兵喝道。

官兵自不敢违拗，因为梁丘赐的命捏在林渺的手中，只要他们稍有异动，梁丘赐便死定了，而若梁丘赐被杀，那这群官兵也没有一个可活。

“两位公子之名早有耳闻，却没想到在此等情形下相见，多谢了！”刘嘉欢喜地道。

“五爷先走，在前面等我们就行了！”林渺悠然一笑道。

梁丘赐也只好望着刘嘉远去，若他早知如此，就不会留下活口了。不过，他却知道，那是不可能的，因为刘嘉对刘家的秘密知之甚详，能抓住刘嘉，便等于揪住了刘家的小辫子，哪想半道上却杀出了这么两个人来？他本以为拥有此等武功的定是江湖名宿，却没料到只是两个名不见经传的人物，他感到有些窝囊，他之所以败，是败在林渺二人的诡计之上。

这两人居然完全不依常规，以这种手段擒贼先擒王，虽然有效，但也太不光明，甚至有些卑鄙。不过，梁丘赐又能说什么？在战场上不也是无所不用其极吗？虽然林渺利用了他求才心切和对人的信任，但这也是他的缺点。正如林渺所说，他太过轻视敌人了，这不正是他导致惨败的原因吗？

“好了，劳烦将军送我们两百步吧！”林渺淡淡一笑道，说完挟着梁丘赐跃上了马背。

“若是谁敢追来，便准备为他收尸好了！”秦复冷喝道。

官兵果然都不敢乱动！

林渺和秦复并没有进一步对付梁丘赐，他们也不想这样将梁丘赐宰掉。正如林渺所说，他并不觉得梁丘赐怎么坏，而他们又与义军并无多大牵连，是以除了救刘嘉之外，两者并无什么特别的冲突。

要想宰梁丘赐那是义军的事，就让那些人去头大好了。

原来，林渺和秦复在十天之前便离开了云梦泽，他们在云梦泽之中待了近一个月，每天除了练功之外，便是吃和睡，在那洞中存有一些粮食，虽不知存放了多久，但是那并未腐蚀，因为那里极寒，使食物不会变质。

在洞中也没有时间的观念，饿了就吃，困了就睡，似乎完全放开了一切，两人只是如痴如醉地练功，其他的什么都不想。

林渺和秦复都是资质绝佳之人，对于这些武功学起来得心应手。这里虽然只有《霸王诀》的前半部分，却高深莫测，不过还难不倒林渺和秦复。

林渺一直都没有时间静心练功，现在有这么一个与世隔绝的机会，怎会错过？不仅尽学了石壁之上的前半部《霸王诀》，更将记忆之中的各种杂学也都重新温习一遍。一些不明之处，有秦复这家学渊深的人在，根本就不用愁。

也不知过了多少日，两人对所学巩固之后便想急速离开这里。林渺怕湖阳世家的担心，而秦复又另有心事，因此两人将墙上的武学记于脑中之后，便毁去其文字，顺那地下河漂流而出。

地下河出口竟是沔水之畔，两人扎筏顺流漂出云梦泽，进入江夏。在江夏买马时，两人才得知在那冰窟之中待了近一个月，林渺离开湖阳世家已有四十余天，因此急于赶回，他不知道白才和苏弃诸人究竟怎样了。

这日来到京山附近，却听得官兵布下陷阱抓刘嘉的事，林渺与邓禹、刘秀还算是颇有交情。因此，他自不能让官兵抓到刘嘉，这才与秦复相约救刘嘉。

秦复与邓禹、刘秀之间也算有些交情，何况此刻是林渺邀请，这些日子与林渺共处一室，情如手足，有林渺出手，他自然不会袖手旁观。只是他没想到林渺行事时是那般不依常规，所幸他与林渺心意相通，一唱一和，竟将梁丘赐给耍得团团转。

最初秦复见官兵有两百多人，根本就没想到会成功，可是林渺居然将这没有可能的事变成了可能，确实让秦复不得不佩服。或者，也只有以林渺这种来自市井的方式才能完成这些。

装傻，当别人疏忽之时，再给别人以致命的一击，这确实是市井之中最常见的，也是林渺在天和街生存中学得的本领。

林渺并不在乎这些，江湖与天和街没什么两样，适者生存，只要击败对手，无论用什么方式都不是问题。

秦复也是只求目的、不择手段之人，因此，对林渺选择的方式并不在意。

林渺与刘嘉会合，刘嘉受伤并不重，因为在梁丘赐擒下他之时，他并没有选择反抗。因此，他们并没有受多少伤。

五人并骑疾驰，梁丘赐的那些官兵并未追来，因为他们已拐向了绿林山的方向，官兵也担心林渺和秦复并不只是两人，在前途的路上若有伏兵，那他们可就吃不了兜着走了。何况，此刻梁丘赐受了伤，他们要保护梁丘赐的绝对安全。

如果梁丘赐有什么意外，不仅是这群官兵负不起责任，只怕连云杜的守将都脱不了干系，这绝不是虚谈。

“久闻两位公子的大名，刘某早有耳闻，只是一直无缘得见，却没想到在这种情况之下相遇，实在是惭愧!”刘嘉笑道，欢喜之情溢于言表。

“五爷何须客气？我等和光武兄乃患难之交，与五爷自也是一家人，一家人哪用说两家话?”林渺一撕脸上的一层面膜，露出本来面目，笑道。

“哦，两位公子原来是易容而动，难怪与通缉的榜文图像不太相像。”刘嘉释然道。

“现在是不是更像一个犯人?”林渺打趣地笑问道。

刘嘉一怔，随即也笑了起来，向那两名亲卫喝道：“还不来见过林公子和秦公子?”

“小的刘杰、刘雄见过两位公子，谢两位公子的救命之恩!”那两名亲卫恭敬地上前行礼道。

“这不，这不，又见外了是不!”林渺煞有介事地道。

秦复也有些乐了。

“不知两位公子此去何方?”刘嘉不由得问道。

“我们本欲前往云杜，探听一下湖阳世家的消息，却刚好适逢其会。不过，我想现在没有必要再去云杜了。”林渺道。

“湖阳世家?”刘嘉微感惊愕，突地道：“听说白鹰白老太爷去世了，其中内情我倒知道一些。”

“什么?”林渺神色大变，失声惊问。

湖阳世家确实发生了极大的变故，白鹰白老爷子患病而亡，这是在白庆诸人返回白家第三天的事。

白鹰之死，让人很难相信，要知道白鹰向来身体健朗，很少生病，只是近来受怒气所染，并非大病，但却一病不起，与世长辞，这怎不让人惊讶？

当然外人并无多大惊讶，吃惊和不解的只是白家内部人员。

白善麟未能及时赶回，因为他正在丹阳处理家族中的一些事，尽管有人以快马相报，但却不能即刻赶回。

湖阳世家的长老们主持着家族中的一些事务，负责将白鹰的死讯极快地传出去，通知湖阳世家寄于外地的家人尽快赶回唐子乡为老太爷奔丧。

丧事准备在十一月初八进行，尚有数日时间。

唐子乡人人戴孝，都在等白善麟回来主持大局。

这几天，白玉兰都未曾踏出闺阁，便是府中之人也很难见到她，没有多少人知道她在干什么。但谁都知道她为白鹰的死难过，因为谁都知道她是白鹰最为疼爱的孙女。

白玉兰的身边只有小晴和喜儿侍候，其余任何人欲踏入白玉兰所在的朝阳阁，都要征得白玉兰的同意。当然，在朝阳阁外戒备极为森严，这里可是白府的重防区。

白府老祖宗居东厢，设有静心堂，那是一大片园林区，不过白府老祖宗根本就不过问白家之事，只是一个又聋又呆的干老头，每天只由几个下人照料他的生活。

在湖阳世家，白鹰还有一位弟弟白鹤，却并不在唐子乡的府中，而是长年驻于异地，不过可以肯定，此刻白鹤正在赶回的路上。谁是白家下一代真正的主人，正因为白鹤的存在，于是留下了悬念，这也是白鹰丧事意义重大的另外一个原因。

白善麟是白家的主人，但是整个湖阳世家的事业却并不是白善麟一人所能做主的，许多涉及到家族利益的事，都必须白鹰点头，可是白鹰却未能将湖阳世家的大权完全交出，便忽然病死，这确实是一种遗憾。